Nicolas Barreau hat sich mit seinen charmanten Paris-Romanen ein begeistertes Publikum erobert. Sein Buch «Das Lächeln der Frauen» brachte ihm den internationalen Durchbruch. Es erschien in 36 Ländern, war in Deutschland mit weit über einer Million verkauften Exemplaren «Jahresbestseller» und wurde anschließend verfilmt sowie in unterschiedlichen Inszenierungen an deutschen Bühnen gespielt. In «Die Zeit der Kirschen» erzählt der Autor die Geschichte seiner unvergesslichen Helden Aurélie und André fort. Auch mit «Die Frau meines Lebens», «Eines Abends in Paris» sowie «Du findest mich am Ende der Welt» bezauberte der Autor seine Leserinnen und Leser.

«Nicolas Barreau zu lesen, ist, wie mit meiner besten Freundin zusammenzusitzen und endlich Zeit zu haben.» *Nina George*

«Romantisch-witzige Wintergeschichte.»
Ruhr Nachrichten

Nicolas Barreau

TAUSEND LICHTER ÜBER DER SEINE

Roman

ROWOHLT TASCHENBUCH VERLAG

2. Auflage Oktober 2023
Veröffentlicht im Rowohlt Taschenbuch Verlag,
Hamburg, Oktober 2023
Copyright © 2022 by Rowohlt Verlag GmbH, Hamburg
Liedtext Seite 222: Françoise Hardy – Mon amie la rose,
Text: Cecile Caulier
Liedtext Seite 222/223: Françoise Hardy – Tous les garçons et les filles,
Text: Françoise M. Hardy
Liedtext Seite 223: Françoise Hardy – Le temps de l'amour,
Text: Lucien J. Morisse, André M.C. Salvet
Covergestaltung Hafen Werbeagentur, Hamburg
Coverabbildung Chris Campe, Kavalenkaya Volha / Alamy; iStock
Satz aus der Adriane Text
bei Pinkuin Satz und Datentechnik, Berlin
Druck und Bindung CPI books GmbH, Leck
ISBN 978-3-499-00372-1

Die Rowohlt Verlage haben sich zu einer nachhaltigen
Buchproduktion verpflichtet. Gemeinsam mit unseren Partnern
und Lieferanten setzen wir uns für eine klimaneutrale
Buchproduktion ein, die den Erwerb von Klimazertifikaten zur
Kompensation des CO_2-Ausstoßes einschließt.
www.klimaneutralerverlag.de

Für Ruth

1

Der November ist bekannt als ein trister Monat, in dem in der Regel nicht viel passiert. Jedenfalls nicht viel Erfreuliches. Es regnet oft, ein ungemütlicher Wind fegt um die Häuser, über die Brücken und Boulevards, Regenschirme schlagen um, man bekommt nasse Füße und oft genug einen Schnupfen. Die Menschen sitzen mit müden Gesichtern in der Metro, und alte Leute sterben öfter als in anderen Monaten – das ist in Paris auch nicht anders als in anderen Städten. Man versucht, irgendwie durchzuhalten, sich von einem dunklen Tag zum nächsten zu hangeln, bis der Dezember naht – und mit ihm die Vorfreude auf Weihnachten, dieses wunderbare Fest der Liebe und der Lichter, das ganz Paris in ein Märchen aus Zuckerwatte und Silberglanz verwandelt.

Lange Zeit habe ich Weihnachten geliebt. Unser Baum, den Papa wie jedes Jahr hinter der verschlossenen Tür des Salons schmückte, konnte mir nicht groß genug sein, und bereits im Laufe des Novembers strich ich durch die von Lichterketten erhellte Stadt, die geschmückten Straßen und Geschäfte, und fing an, Ausschau nach Geschenken zu halten.

Doch seit drei Jahren ist das Fest aller Feste, dieser friedliche Endpunkt des Jahres, auf den alles zuzulaufen scheint, der Familien zusammenführt und Verstrittene versöhnt, weniger schön und verheißungsvoll für mich. Ehrlich gesagt, hasse ich Weihnachten, und das hat seinen Grund.

Aber dieses Jahr im November passierte etwas, das meinem Leben – buchstäblich – eine neue Richtung gab.

Ich bekam zwei Briefe. Der eine enthielt eine schlechte Nachricht, der andere eine traurige. Und doch bescherten mir diese beiden Briefe auf den seltsam verschlungenen Wegen, die das Leben manchmal nimmt, am Ende und völlig unerwartet das schönste Weihnachtsfest meines Lebens.

— ❄ —

Ich erinnere mich noch genau an jenen verregneten Montagmorgen, als ich fröstelnd die vier Stockwerke zu den Briefkästen hinunterlief, um wie jeden Vormittag gegen zehn nach der Post zu schauen. Ein kleines Ritual, eine willkommene Unterbrechung meiner einsamen Arbeit – wie das Zubereiten des morgendlichen Kaffees oder der nächtliche Blick aus dem Fenster meiner Mansardenwohnung, die an der Place Sainte-Marthe liegt, einem verträumten Platz in der Nähe des Canal Saint-Martin.

Sobald es wärmer wird, erwacht dieser kleine, etwas

abseits gelegene Platz zum Leben. Dann sitzen die Gäste im Restaurant Galopine mit seiner taubenblauen Fassade, vor dem La Sardine stehen bunte Tische und Stühle und das Bistro Sainte-Marthe mit seiner roten Markise ist von jungen Leuten bevölkert, die bis spät in die Nacht draußen schwatzen. Das Stimmengewirr, in das sich ab und zu ein helles Lachen mischt, steigt zu mir hoch in den vierten Stock, wo ich bei offenem Fenster am Schreibtisch sitze und arbeite. Es stört mich nicht. Im Gegenteil. Es ist ein angenehmes Hintergrundgeräusch, das mich irgendwie beruhigt und mir das Gefühl gibt, ins Leben eingebettet zu sein, während ich da oben in meinem Rapunzelturm hocke, mich auf meine Übersetzung konzentriere und nach Worten und Sätzen suche, die dem Originaltext gerecht werden.

In der kalten Jahreszeit, wenn es stiller wird und der Platz mit seinen alten Laternen, den Bänken und der einsamen Litfaßsäule allmählich im Winterschlaf versinkt, bringt mich der nächtliche Blick aus dem Fenster zum Träumen. Die Bäume unter meinem Fenster rascheln leise, ein letzter Passant geht über das im goldenen Licht verschwimmende Pflaster, die Schritte verhallen, und dann gehört der kleine Platz ganz mir.

Mein alter Freund Cedric Bonnieux, ein Kolumnist, der mit seinem Lebensgefährten Augustin direkt am Canal Saint-Martin wohnt und jedem als Erstes auf die Nase bindet, dass er von seiner Wohnung am Quai de Valmy aus direkt auf die Brücke von Amélie Poulain schauen kann, sagt immer, dass die Place Sainte-Marthe «überhaupt nicht schick sei» und so «fuuurchtbar aus der Zeit gefallen». Dabei schaut er mich dann immer etwas vorwurfsvoll an, als wolle er sagen: «Wie kannst du nur dort leben?», und zupft an seinem bunt gemusterten Etro-Schal.

Und er hat wohl recht. Die Place Sainte-Marthe ist eine Welt für sich. Nur eine knappe Viertelstunde vom Canal entfernt, der mit seinen malerischen Eisenbrücken und den vielen Cafés und Bistros schon längst eine sehr angesagte Gegend ist, wo die Leute gern bis spät in der Nacht ausgehen und am Wasser sitzen, liegt dieser kleine Platz hinter dem Park des alten Hôpital Saint-Louis verborgen, fast wie aus einem Traum. Besonders abends, wenn die Nacht sich sanft über die Place Sainte-Marthe senkt und die Laternen angehen, ist dieser Platz für mich einer der schönsten von Paris. Er passt zu mir, denn auch ich bin etwas aus der Zeit gefallen und nicht besonders schick. Sonst hätte ich mir wohl einen glanzvolleren Beruf ausgesucht. Einen aus der ersten Reihe, wo man sichtbar ist. Ich meine, wer denkt schon an die Übersetzerin, wenn er ein Buch aus einer anderen Sprache liest? An die Herausforderung, sich fremde Worte zu eigen zu machen und sie dann zu beheimaten in der eigenen Sprache. Neue Bilder zu finden, die am Ende und im besten Fall genau das transportieren, was der Autor sagen will, und dies alles, ohne dass der Leser überhaupt realisiert, dass er eigentlich ein englisches, spanisches, oder gar finnisches Buch liest. Weil es so klingt, als wäre es in seiner Sprache geschrieben.

Übersetzen ist wie Balletttanzen eine hohe Kunst. Wir scheinen mühelos durch die Lüfte zu fliegen mit unseren Sprachgebilden, drehen uns mit einem Lächeln auf der Fußspitze, landen sanft und geräuschlos im nächsten Satz. Einer gelungenen Übersetzung merkt man die Anstrengung nicht an, hat der alte Monsieur Lassalle einmal zu mir gesagt. Er ist der Verleger der Éditions Lassalle, einem kleinen Verlag in Saint-Germain, für den ich mittlerweile fast ausschließlich fremdsprachige Romane übersetze, und ich kann ihm da nur zustimmen. Denn nur durch diese Leichtigkeit, diesen fein abgestimmten Pas de deux zwischen zwei Sprachen, wird ein fremdes Buch erst zum Lesegenuss. Wir Übersetzer sind diejenigen, die die Brücke schlagen zwischen den Sprachen, die Wanderer zwischen den Welten. Und ich bin stolz und glücklich, wenn mir das immer wieder gelingt. Wenn ich eine Übersetzung abgebe, steckt jedes Mal auch ein Teil von mir darin. Auch wenn das in der Regel niemand bemerkt.

Manchmal, bei einem eher bedeutenden Werk der Literatur, macht sich jemand vom Feuilleton vielleicht die Mühe, zu erwähnen, dass die Übersetzung ganz hervorragend sei und die Übersetzerin kongenial. Doch in den meisten Fällen werden unsere Namen schlicht und ergreifend vorne im Buch unter dem Titel genannt und rasch überblättert:

«Aus dem Finnischen übersetzt von Joséphine Beauregard.»

Joséphine, das bin ich, und meinen etwas hochtrabenden Namen verdanke ich dem Umstand, dass meine Mutter immer noch von den glanzvollen Zeiten der *Grande Nation* träumt und eine glühende Verehrerin von Napoleon Bonaparte ist. Als ehemalige Zahnärztin hat sie nicht nur auf die Zähne ihrer Töchter geachtet (dank täglicher Mundspülungen und der Zahnspangen, die wir als Kinder tragen mussten, sind unsere Zähne tatsächlich makellos), sie hat uns auch alle nach den Heldinnen der napoleonischen Zeit benannt. Doch während meine beiden älteren Schwestern ihren großen Namen gerecht geworden sind – Eugénie ist eine angesehene Herzchirurgin, die ständig zu irgendwelchen wichtigen Mediziner-Kongressen eingeladen wird, und Pauline, die wahrscheinlich nicht mal nachts ihre Perlenkette ablegt, ist nach dem Jurastudium in die Fußstapfen von Papa getreten, dessen gut gehende Anwaltskanzlei sie eines Tages übernehmen wird –, bin ich mit meinem schlecht bezahlten Übersetzerjob wohl die Versagerin in unserer Familie.

Als ich Maman damals erklärte, dass ich Sprachen studieren wolle, um Bücher zu übersetzen, starrte sie mich nur ganz fassungslos an. «Als Beruf?», fragte sie entsetzt. «Du meinst doch nicht als Beruf, oder?»

«Natürlich als Beruf», gab ich gereizt zurück. «Was denkst du denn?»

«Aber davon kann man doch nicht *leben*, Kind! Warum studierst du nicht etwas Vernünftiges wie deine Schwestern. Du könntest doch wenigstens Apothekerin werden. Oder geh in den diplomatischen Dienst. Papa hat doch gute Verbindungen ins Ministerium. Mit deinen Noten kannst du *alles* werden.»

«Genau», sagte ich trotzig und verließ den Salon.

Später hörte ich, wie sie Papa im Schlafzimmer ihr Leid klagte.

«Übersetzerin!», stöhnte sie. «Kannst du denn nicht mal mit ihr reden, Antoine?»

«Nun ja, es ist doch ihre Entscheidung, Isabelle», lenkte Papa vorsichtig ein. «Letztlich.» So brillant Papa vor Gericht ist, zu Hause geht er Konflikten lieber aus dem Weg. «Natürlich hätte ich sie auch lieber in der Kanzlei gesehen.» Es klang ein bisschen enttäuscht. «Aber unsere Kleine ist eben anders als Eugénie oder Pauline. Nicht so durchsetzungsstark. Eine Traumtänzerin.»

«Du sagst es. Umso wichtiger ist es, dass sie etwas Vernünftiges macht.»

«Aber wenn es doch ihr Herzenswunsch ist …»

«Was heißt schon Herzenswunsch. Ich bitte dich, *chéri!* Übersetzen ist eine brotlose Kunst. Das weiß doch jeder …»

«Sie liebt eben die Literatur …»

«*Franchement*, Antoine. Wir *alle* lieben die Literatur. Unsere Regale sind voll mit Literatur. Aber muss man gleich einen Beruf daraus machen? Da kann sie ja gleich zum Zirkus gehen und Trapezkünstlerin werden.» Ich konnte geradezu sehen, wie sie ihre blonden Haare, die sie gern wie die Schauspielerin Cathérine Deneuve trägt, missbilligend schüttelte. Anders als Papa, der aus dem Burgund stammt, ist Maman in Paris geboren und damit vielleicht das wichtigste Wesen auf der Welt. Und sie weiß immer alles ganz genau.

«Jetzt übertreibst du aber, Isabelle.»

«Nein, durchaus nicht, Antoine. Ich will einfach nur das Beste für meine Tochter, und das solltest du auch. Warum kann sie sich nicht einen respektablen Beruf aussuchen? Ich mache mir Sorgen. Was soll denn mal aus ihr werden? Ach, Joséphine war schon als Kind so stur ...»

So ging es noch eine Weile hin und her, und ich stand mit brennenden Wangen hinter der Tür und lauschte, was meine Eltern über mich redeten. Ich war betroffen, wie wenig sie mir zutrauten. Als Nachzüglerin, die fast zehn Jahre jünger war als meine beiden großen Schwestern, war ich immer die Kleine gewesen und würde das wohl auch für alle Zeiten bleiben.

«Nun, man kann nur hoffen, dass sie wenigstens einen vernünftigen Mann abbekommt, der ihr ihren Herzenswunsch auch finanzieren kann», hörte ich Maman schließlich seufzen. «Hübsch genug ist sie ja. An ihrem Kleidungsstil sollte sie allerdings dringend etwas ändern.»

Nun – nicht nur, was meinen Kleidungsstil angeht, auch bezüglich der Wahl meiner Männer habe ich Mamans Erwartungen wohl schwer enttäuscht. Anders als meine beiden so eleganten und erfolgreichen Schwestern hatte ich auch mit einunddreißig noch keinen respektablen Ehemann vorzuweisen. Nach ein paar Beziehungen zu einigen abgerissenen Möchtegern-Intellektuellen, die sich vor allem durch exzessives Kaffeetrinken, Schwadronieren und Rauchen auszeichneten, gab es seit ein paar Jahren nicht einmal einen festen Freund an meiner Seite, was die Familie zunehmend mit Sorge erfüllte. Ich sah die Blicke, die sie sich zuwarfen, wenn ich auf Familienfeiern wieder einmal alleine aufkreuzte. Diese «Die-Kleine-kriegt-eben-nichts-auf-die-Reihe»-Blicke. Und allmählich fing ich an, die Familienzusammenkünfte zu hassen.

«Warum hat Tante Joséphine eigentlich keinen Mann, Maman?», hatte Camille letztes Jahr beim Weihnachtsessen mit ihrer klaren kindlichen Stimme gefragt und ihre großen blauen Augen dann etwas ratlos auf mich gerichtet. Sie ist die niedliche und für meinen Geschmack etwas anstrengende fünfjährige Tochter von Eugénie und Guy. Guy, Spezialist für plastische Chirurgie und ein Garant dafür, dass seine Frau auch noch in hundert Jahren ganz fabelhaft aussehen wird, hat seine Praxis in einer riesigen Villa in Neuilly, wo die beiden auch wohnen. Und vor zwei Jahren haben sie zur Komplettierung der Familie einen weiteren blond gelockten Engel in die Welt gesetzt – den kleinen César, der sich mit seinen Patschehändchen, die alles verschmieren, was er anfasst, seines kaiserlichen Namens wohl noch nicht allzu bewusst ist.

So wohlgenährt und friedlich, wie er in seinem Hochstuhl saß, glich er eher einem kleinen dicken Brutus. Camille hingegen war sozusagen von Geburt an ein aufgewecktes Mädchen, dessen Wissensdurst unerschöpflich schien.

Nach ihrer Frage herrschte einen Moment lang

Schweigen am Tisch. Ich legte mein Silberbesteck an den Tellerrand und spürte, wie mir das Blut in die Wangen stieg. Allmählich kam ich mir vor wie die schwer vermittelbare arme Verwandte aus einem Jane-Austen-Roman. Nur ein Mr. Darcy war leider nicht in Sicht.

«Aber Camille», rügte Eugénie ihre Tochter sanft. «Du darfst nicht so vorlaut sein, Engelchen. Du bringst die arme Joséphine in Verlegenheit.»

«Warum sollte Joséphine denn verlegen sein?», meinte Pauline und spielte an ihrer unvermeidlichen Juristinnen-Perlenkette herum. «Vielleicht lebt sie einfach lieber allein. *Ohne* Mann, meine ich.»

«Gut erkannt», sagte ich, trank einen Schluck von meinem Rotwein und prostete den anderen zu. «Willkommen im 21. Jahrhundert übrigens.»

Pauline zog vielsagend die Augenbrauen hoch und grinste, und Maman schaute etwas misstrauisch drein. So, als ob ihr gerade ein weiterer beängstigender Gedanke durch den Kopf geschossen wäre, der sich mit ihren großbürgerlichen Vorstellungen von Familie sicher schwer vereinbaren ließ.

«Aber wenn sie keinen Mann hat, bekommt sie auch keine Kinder», folgerte Camille, das kluge Kind, ganz richtig. «Und ich will endlich eine Cousine.»

«Ich *möchte*, Camille. Ich *möchte*, heißt das», sagte Eugénie und strich sich leicht genervt ihre blonde Mähne zurück. «Vielleicht möchte Tante Joséphine keine Kinder», meinte sie spitz.

«Dann musst du wohl mit deiner Tante Pauline weiterverhandeln, meine Süße», schaltete sich Papa ein, wie immer bemüht, auszugleichen und Frieden zu stiften. Er lächelte freundlich und sah seine zweitälteste Tochter an, die ihm gegenübersaß. «Wie sieht's aus, Pauline? Schenkst du Camille eine Cousine?»

«Ich schau mal, was sich machen lässt,», entgegnete Pauline und warf Bertrand von unten einen belustigten Blick durch ihre dichten Wimpern zu. Pauline hat wie ich die dunklen Haare und Augen von Papa. Doch im Gegensatz zu meinen schulterlangen Locken, die immer etwas ungekämmt aussehen, trägt meine Schwester einen kinnlangen Bob, der bei jeder Bewegung ihres Kopfes anmutig und in seiner Perfektion ein wenig furchteinflößend mitschwingt.

Bertrand ist der Mann meiner Schwester. Er sieht ein bisschen studentisch aus mit seiner kleinen Goldrandbrille und dem etwas zu langen Haar, aber zur Freude meiner Eltern ist er natürlich kein «Intello», der den lieben langen Tag in Cafés herumhockt und ansonsten keinen Knopf an der Hose hat, wie man in unserer Familie zu sagen pflegt. Bertrand ist Professor für Geophysik an der Sorbonne, und seit Neuestem berät er auch das Umweltministerium, weswegen ich doppelt aufpassen muss. Es gibt immer Querverbindungen, und auch in den Ministerien wird geredet. Zu Hause hat Bertrand nicht viel zu melden. Meine Schwester ist eine Magnolie aus Stahl, und sie organisiert alles. Aber mein Schwager scheint damit gut umgehen zu können. Mit einem nachsichtigen Lächeln legte er jetzt den Arm um Paulines

Schultern und meinte: «Also ... *Ich* hätte nichts dagegen. Aber das muss die Chefin entscheiden.»

«Na, dann wäre das ja geklärt», sagte Papa.

Alle lachten. Selbst Maman, die sich bei der Aussicht auf ein neues Enkelkind wieder gefangen zu haben schien, lachte.

Und dann aßen wir weiter.

Wunderbar, wie sich alle um mich herum so blendend verstanden. Ich war hier die Außenseiterin, ganz klar. Und auch, wenn ich mir trotzig in Erinnerung rief, dass die Helden aller wirklich interessanten Romane meistens Außenseiter sind, war das in der Wirklichkeit doch kein echter Trost.

Lustlos stocherte ich in meinem Confit de Canard herum. Und während die anderen erzählten und lachten, war mir plötzlich der Appetit vergangen. Es war ja gar nicht so, dass ich keinen Mann gewollt hätte. Oder gehabt hätte. Oder lieber allein lebte. Und eine Kinderhasserin war ich auch nicht. Jedenfalls würde ich meine eigenen Kinder niemals hassen, sollte ich jemals welche bekommen, beschloss ich.

Nur konnte ich meiner Familie nichts von Luc erzählen. Aus verschiedenen Gründen musste unsere Verbindung noch geheim bleiben. Zumindest war das vor einem Jahr so gewesen, als ich mich so unfroh durch dieses Weihnachtsessen quälte. Aber all das würde sich nun endlich ändern. Luc hatte es mir versprochen.

«Dieses Jahr Weihnachten bin ich an deiner Seite», hatte er mir am Ende des Sommers versichert. «Ganz offiziell.» Er hatte mich aus seinen unglaublichen Augen angeschaut, die nicht einfach nur blau sind, sondern aus vielen unterschiedlichen Blautönen zusammengesetzt zu sein scheinen. Lucs Augen sind magisch. Magnetisch.

«Glaub mir», hatte er gesagt. «Ich warte nur noch auf den passenden Moment.»

Und ich glaubte ihm. Wieder einmal. Doch nachdem er gegangen war, warfen die Zweifel erneut ihre Netze aus, und der Gedanke an Weihnachten erfüllte mich wie jedes Jahr mit düsterem Unbehagen.

In einem hatte Maman jedenfalls nicht recht gehabt. Natürlich konnte man vom Übersetzen leben. Wenn auch nicht in einer 250-Quadratmeter-Wohnung in der Rue de Bourgogne, wo meine Eltern seit vielen Jahren so überaus feudal residierten. Aber es reichte immerhin für eine charmante Dachwohnung im 10. Arrondissement, in der im Winter die altersschwache Heizung nicht immer zuverlässig funktionierte.

«*Mon Dieu*, du haust ja immer noch wie eine Studentin!», hatte Maman bekümmert ausgerufen, als sie mich vor ein paar Jahren das erste und einzige Mal hier besuchte. In diesem Augenblick hatte ich die kleine Mansarde mit ihren Augen gesehen – als wäre plötzlich ein greller Scheinwerfer auf alles gerichtet worden: die alten Möbel, die nicht richtig zusammenpassten, die bunte indische Decke über dem Bett, das mit seinen vielen Kissen auch als Sofa diente, der Weichholzschreibtisch vor dem Fenster, die Kochnische unter der Schräge (in der

der Kühlschrank manchmal so laut brummte, dass ich ihn nachts abstellen musste), der Korbstuhl in der Ecke, der ein bisschen schief war –, und mit einem Mal hatte ich mich ganz miserabel gefühlt. So als wäre mir mein Leben nicht geglückt. Und vielleicht war das ja auch so, vielleicht belog ich mich selbst und wollte die Wahrheit nicht sehen. Doch nachdem Maman wieder gegangen und die Tür hinter ihr ins Schloss gefallen war, ging es mir schon wieder besser.

Ich hatte mir einen Tee gemacht, den großen roten Iittala-Becher mit den Füchsen und Eulen aus dem Regal über der Spüle genommen – eine Erinnerung an mein Studienjahr in Helsinki, wo die Winter so dunkel und doch so voller Lichter waren und die Sommer endlos und hell –, hatte mich in den Korbsessel gesetzt und mein kleines Reich betrachtet.

Eigentlich mochte ich meine Wohnung. Mein Quartier mit den kleinen Gassen und Geschäften. Meine Vintage-Kleider und bunten Schals. Und auch wenn ich bei Weitem nicht so viel verdiente wie meine großartigen Schwestern, hatte ich doch mein Auskommen. Meine Arbeit machte mir Freude, meine Übersetzungen wurden geschätzt, und mein Terminplan war gut gefüllt mit Aufträgen, die bis weit ins nächste Jahr reichten.

Auch an diesem Montag, der wie ein ganz normaler Tag im November begann, hatte ich bis spät in der Nacht an einer Übersetzung gesessen, die ich bis zum Ende der Woche abgeben wollte.

Alles war wie immer, und als ich noch etwas verschlafen durch das Treppenhaus stapfte und den Briefkasten aufschloss, hatte ich nicht die geringste Ahnung von dem, was sich das Schicksal für mich ausgedacht hatte. Selbst als ich die beiden Kuverts zwischen den üblichen Werbe-Flyern entdeckte und neugierig herauszog, ahnte ich nicht, dass sich mein Leben grundstürzend verändern würde. Im Halbdunkel des Treppenhauses, in dem das Licht nach wenigen Minuten stets erlosch, drehte ich die beiden Umschläge in meiner Hand und versuchte, die Absender zu entziffern.

Der eine Brief kam vom Verlag. Wahrscheinlich eine Abrechnung. Der andere, ein etwas größerer Umschlag aus edlem Büttenpapier mit fein gedruckter grauer Schrift, kam von einer mir unbekannten Kanzlei.

Berger & Fils.

Was mochte das sein?

Während ich die Treppen hochstieg, beschlich mich ein ungutes Gefühl. Obwohl ich die Tochter eines Rechtsanwalts bin, bekomme ich immer einen kleinen Schreck, wenn ich ein Schreiben von offizieller Stelle erhalte. Hatte ich eine Rechnung übersehen? Meine Steuern nicht rechtzeitig bezahlt? Hatte ich mir irgendetwas zuschulden kommen lassen?

Sei nicht albern, Joséphine, schalt ich mich selbst, als ich oben angelangt war und die Tür zu meiner Wohnung aufstieß. Kopfschüttelnd setzte ich mich in den Korbsessel, legte den Umschlag von der Kanzlei Berger auf das rote Marmortischchen und beschloss, erst einmal in die Verlagspost zu schauen.

Ich öffnete den Umschlag und überflog den Brief, der vom Verleger persönlich unterschrieben war. Es war gut, dass ich bereits saß, denn schon nach den ersten Zeilen wurde mir ganz flau.

Sehr geehrte, liebe Mademoiselle Beauregard,

diesen Brief zu schreiben, fällt mir nicht leicht. Sie haben nun schon so viele Jahre so ausgezeichnete Arbeit für uns geleistet, und wir waren immer sehr zufrieden mit Ihren wunderbaren Übersetzungen.

Umso mehr bekümmert es mich, Ihnen heute mitteilen zu müssen, dass ich mich schweren Herzens und nach reiflicher Überlegung dazu entschlossen habe ...

Mit klopfendem Herzen überflog ich die Seite und ließ dann wie betäubt das Blatt sinken.

Robert Lassalle gab seinen Verlag zum Ende des Jahres auf. Seine Gesundheit sei nicht mehr die beste, schrieb er, und Nischenthemen wie die finnische Literatur, für die er sich immer so stark gemacht hatte, seien auf dem französischen Markt immer schwerer durchzusetzen. Von wenigen Ausnahmeerfolgen wie Arto Paasilinna mal abgesehen. Bislang habe er die Verluste durch Zuschüsse aus seinem Privatvermögen aufgefangen, doch nun sei der kleine Verlag so weit in die roten Zahlen gerutscht, dass er nicht mehr zu retten sei. Ein Insolvenzverwalter sei bereits eingeschaltet, der sich um alles Weitere kümmern würde. Selbstverständlich würde ich die Übersetzung, an der ich gerade arbeitete, noch vergütet bekommen. Alle weiteren Aufträge seien leider hinfällig.

Es tut mir wirklich sehr leid, dass ich heute so schlechte Nachrichten für Sie habe. Ich hatte immer gehofft, dass dieser Tag niemals kommen würde, aber nun ist er eben doch gekommen. Man muss wissen, wann es vorbei ist.

Ich hoffe jedoch sehr und bin mir sicher, liebe Mademoiselle Beauregard, dass Sie mit Ihrem exzellenten übersetzerischen Talent schon bald neue Aufträge akquirieren werden.

Und lassen Sie mich Ihnen noch etwas mit auf den Weg geben, das ich auch mir selbst sage: Wir alle haben verständlicherweise Angst davor, dass etwas zu Ende geht. Aber im Grunde geht niemals etwas wirklich zu Ende. Die Dinge verändern sich nur.

In diesem Sinne wünsche ich mir, dass Sie optimistisch nach vorn schauen und dass wir uns vor Weihnachten noch einmal sehen, um uns persönlich voneinander zu verabschieden.

Seien Sie sehr herzlich gegrüßt von Ihrem
Robert Lassalle

Ich fühlte mich wie vor den Kopf gestoßen. Nein, ich fühlte gar nichts mehr. Eine große Taubheit hatte meinen Körper erfasst. Doch dann begannen die Rädchen in meinem Kopf sich zu drehen, und eine Welle der Panik stieg in mir auf. Hatte ich mich nicht noch gerade so sicher gewähnt – mit genügend Aufträgen für das kommende

Jahr? Nun blieb mir davon nichts mehr. Eine Übersetzung noch, und dann war Schluss. Fieberhaft überlegte ich, was ich noch an Rücklagen auf dem Konto hatte. Da war nicht viel. Für ein, zwei, drei Monate würde es wohl reichen, wenn ich sparsam war. Ich musste dringend an neue Aufträge kommen, aber wie? Stöhnend schlug ich mir die Hand an die Stirn. Jetzt rächte es sich, dass ich, weil es so komfortabel war, quasi als Hausübersetzerin für die Éditions Lassalle gearbeitet hatte. Wie hatte ich nur so dumm sein können? Jeder weiß doch, dass es immer besser ist, mehrere Eisen im Feuer zu haben.

Ich ließ mich in den Sessel zurücksinken. Ich hatte wirklich gern für diesen Verlag gearbeitet, wo man sogar als Übersetzerin den Verleger noch persönlich kannte. Wo man nicht nur per Mail einen Auftrag bekam und ein paar Monate später seine Übersetzung als Word-Datei zurückschickte. Wehmütig dachte ich an die netten Besprechungen mit den beiden Lektorinnen, die oft genug in dem Rückgebäude der Rue des Canettes stattgefunden hatten. An die ausgelassenen Weihnachtsfeiern im Restaurant Bonaparte, zu denen auch ich als Übersetzerin eingeladen war. An die Handvoll Lesungen mit finnischen Autoren, bei denen ich moderieren durfte. An all die Erfolge, die es im Laufe der Jahre durchaus gegeben hatte und über die wir uns alle zusammen freuten.

Erst jetzt wurde mir bewusst, dass die Éditions Lassalle für einige Jahre ein zweites Zuhause für mich gewesen war. Ein Rückhalt, nicht nur finanzieller Art. Und nun war von jetzt auf gleich alles weggebrochen. Es würde nicht leicht werden, auf die Schnelle neue Verträge an Land zu ziehen. Meine «exzellenten übersetzerischen Talente» halfen mir da erst mal auch nicht weiter. Wieder spürte ich, wie die Angst mich erfasste. Die Angst, die jeder kennt, der selbstständig arbeitet und auf Aufträge angewiesen ist. Die Angst um die Existenz.

Mein Blick fiel auf den anderen Brief, den ich fast vergessen hatte. Mit zitternden Fingern griff ich nach dem Kuvert. Was konnte dieser Berger, von dem ich noch nie etwas gehört hatte, von mir wollen?

Ich riss den Umschlag auf und spürte, wie das Herz mir bis zum Halse schlug. Das Schreiben kam von einem Notar aus Chablis.

Sehr geehrte Mademoiselle Beauregard,

ich bedauere Ihnen mitteilen zu müssen, dass Ihr Onkel, Monsieur Albert Beauregard, wohnhaft in der Résidence St-Julien-de-Sereine in Chablis ...

Auf eigenen Wunsch wurde Ihr Onkel feuerbestattet ...

... beauftragte mich, seinen Nachlass zu regeln. Nach dem mir vorliegenden Testament sind Sie die allein Begünstigte ...

Onkel Albert war gestorben. Papas älterer Bruder, der schon seit vielen Jahren in einem Seniorenheim im Burgund lebte und lange Zeit davor den Kontakt zur Familie gänzlich abgebrochen hatte, hatte nach Jahren der Demenz seinen letzten Atemzug getan und war friedlich und ohne jede Erinnerung an uns eingeschlafen. Doch bevor die Krankheit ausbrach, hatte Onkel Albert offenbar ein Testament zu meinen Gunsten gemacht. Ich war die Einzige aus der Familie, die er mochte, und das beruhte auf Gegenseitigkeit. Ich erinnerte mich noch gut an diesen einen unvergesslichen Sommer, als ich aufgrund einer glücklichen Fügung und weil meine Eltern keine Zeit hatten, in den Ferien mit Onkel Albert auf dessen Hausboot gemächlich die Seine herunterschipperte und wir anhielten, wo es uns gefiel. Damals war ich elf gewesen und liebte das Abenteuer. Und was konnte es Aufregenderes geben, als auf einem Boot zu schlafen? Abends saßen wir an Deck unter dem Sternenhimmel, Onkel Albert trank seinen Wein und erzählte Geschichten, während das Wasser sanft gegen die Planken schlug. Bis an den Oberlauf der Loire waren wir gekommen, hatten uns ein Auto gemietet und ein paar von den herrlichen Schlössern erkundet, die inmitten grüner Wälder und Wiesen im idyllischen Loire-Tal lagen. Und so hieß auch das Boot meines Onkels: *La Princesse de la Loire*. Und die schöne und wagemutige «Prinzessin von der Loire», das war natürlich ich.

Jedenfalls glaubte ich das damals, und Onkel Albert hat es nie bestritten. Auf unserer Flussfahrt vor mehr als zwanzig Jahren hatte er mir schmunzelnd versichert, dass ich, Joséphine, seine kleine Loire-Prinzessin sei, und ich platzte fast vor Stolz, dass jemand ein Boot nach mir benannt hatte.

Nach diesem wunderbaren Sommer hatten wir uns aus den Augen verloren, sei es, weil Onkel Albert, der als Weinvertreter im Burgund lebte, seine eigenen Wege ging, sei es, weil meine Eltern nicht viel von ihm hielten und immer ein bisschen die Nase rümpften, wenn die Sprache auf den Bruder von Papa kam, der – warum auch immer – als schwarzes Schaf der Familie galt. Doch ich hatte nur gute Erinnerungen an meinen Onkel, der mich stets in allem bestärkt hatte.

Während des Studiums hatte ich ihn noch ab und zu besucht, nicht sehr oft, um ehrlich zu sein, aber da lebte er schon in der Seniorenresidenz, und die Krankheit fing an, ihm mit beängstigender Geschwindigkeit seine Erinnerungen zu nehmen.

Beim letzten Mal begrüßte er mich freundlich, erkannte mich aber offensichtlich nicht mehr. Erst als ich noch einmal von unserer Flussfahrt erzählte, glomm für einen Moment ein Licht in seinen leeren Augen auf. Er strich mir übers Haar und sagte mit seiner brüchigen Stimme: «Ah, c'est toi! Ma petite princesse de la Loire. Hast du mich endlich gefunden?» Dann versank er wieder in seiner eigenen Welt, und ich verließ auf Zehenspitzen das Zimmer.

Und nun, viele Jahre später, war ich von Monsieur Isidore Berger nach Chablis einbestellt, um die Asche meines Onkels abzuholen und mein Erbe anzutreten, das aus einem Brief und einem Satz Schlüssel bestand. Und diese Schlüssel gehörten zu seinem alten Hausboot, das schon seit Ewigkeiten ungenutzt und ohne, dass irgendjemand davon gewusst hätte, am Ufer der Seine vor sich hinschaukelte. Mitten in Paris!

Ich merkte, wie mir schwindlig wurde.

Innerhalb von einer Viertelstunde hatte ich alle meine Aufträge verloren, weil Robert Lassalle seinen Verlag zumachte. Mein Lieblingsonkel war gestorben, und wie es aussah, war ich nun die Besitzerin eines Hausboots. Das war eindeutig zu viel für einen ganz normalen Montagvormittag. Das gibt's doch nicht, dachte ich noch.

Und dann brach ich in Tränen aus.

2

Nachdem ich mich wieder etwas gefangen hatte, versuchte ich, Luc zu erreichen, aber er ging nicht ans Telefon – wie so oft. Ich hinterließ eine Nachricht auf dem Anrufbeantworter und bat ihn, mich zurückzurufen. «Bitte melde dich, ich bin völlig durch den Wind», sagte ich mit zitternder Stimme. Dann wollte ich Papa anrufen. Ich überlegte kurz und ließ den Hörer wieder sinken. Es erschien mir irgendwie angemessener, in die Kanzlei zu fahren, um ihm die Nachricht vom Tod seines Bruders persönlich zu überbringen. Der Tod an sich ist ja doch immer ein einschneidendes Erlebnis und verdient einen gewissen Respekt. Und auch, wenn die beiden sich seit über zwanzig Jahren nicht mehr gesehen hatten und offenbar nicht viel miteinander anfangen konnten, war Albert doch immerhin der einzige Bruder von Papa.

Als ich meine Wohnung verließ und zur Metro-Station Goncourt eilte, um dort im unterirdischen Transportsystem der Stadt zu verschwinden, prasselte der Regen vom Himmel. Onkel Albert hatte sich jedenfalls den richtigen Monat ausgesucht, um diese Welt zu verlassen. Es herrschte Weltuntergangsstimmung, und ich hoffte, dass er dort, wo er jetzt war, zumindest besseres Wetter hatte.

Mit meinem Regenschirm bewaffnet, eilte ich wenig später den Boulevard Saint-Germain entlang, der an diesem trostlosen Novembertag ganz besonders verlassen wirkte.

Die Kanzlei Beauregard lag am oberen Teil des Boulevards, ein gutes Stück weg von den hübschen kleinen Cafés, Patisserien und Mode-Boutiquen, die sich rund um die alte Kirche von Saint-Germain-des-Prés angesiedelt hatten und zu jeder Jahreszeit eine nahezu magnetische Wirkung auf die Touristen haben. Doch in dem Abschnitt, den ich jetzt entlanglief, befanden sich in den herrschaftlichen Gebäuden nur noch elegante Möbelgeschäfte, Küchenstudios, Arztpraxen oder eben Rechtsanwaltskanzleien. Es waren kaum Fußgänger unterwegs, Autos fuhren geräuschvoll an mir vorbei und teilten das Wasser der Pfützen, die sich auf der Straße gebildet hatten. Ein Schwall Regenwasser spritzte plötzlich auf und ergoss sich über den unteren Teil meines Mantels und meine Schuhe.

«He, pass doch auf!» Aufgebracht schwenkte ich meinen Schirm und blickte dem Wagen nach, der ohne jede Rücksicht an mir vorbeigebraust war. Ich strich mir eine nasse Haarsträhne aus dem Gesicht und stolperte leise fluchend vorwärts. Die Hand, mit der ich den Griff meines Schirms hielt, war schon ganz klamm. Ein paar Meter weiter tauchte endlich das dunkelblaue Holzportal der

Kanzlei Beauregard auf, und ich drückte meinen Finger auf die Messingklingel.

Papa saß hinter seinem Schreibtisch und blätterte gerade in einer Akte, als ich in sein Büro trat, dicht gefolgt von Madame Martin, die entschuldigend lächelte, weil sie mich nicht hatte aufhalten können.

«Ihr Vater hat gleich einen wichtigen Telefontermin, möchten Sie vielleicht einen Moment warten, Mademoiselle Beauregard?», hatte sie gesagt, als ich die Tür zur Kanzlei aufstieß und mein zugeklappter Schirm auf den Teppichboden tropfte. «Was für ein Wetter! Sie sind ja ganz nass», hatte sie mit Blick auf meinen Mantel hinzugefügt. «Wollen Sie mir vielleicht Ihren Mantel geben? Bitte, nehmen Sie doch Platz.» Sie hatte auf die beiden Sessel im Vorzimmer gedeutet. «Einen Kaffee vielleicht?»

Die Sekretärin meines Vaters war immer von ausgesuchter Höflichkeit. Sie sagte gern «vielleicht», so als ob man eine Wahl gehabt hätte, aber hinter ihrem unerschütterlichen Lächeln steckte eine durchaus entschlossene ältere Dame, die ihren Chef vor jeder Störung abzuschirmen versuchte.

«Nein, danke, Madame Martin», erwiderte ich und marschierte an ihr vorbei. «Tut mir leid, aber es ist wichtig.»

Papa blickte überrascht auf und setzte seine Lesebrille ab, als er mich im Türrahmen auftauchen sah.

«Ihre Tochter, Monsieur Beauregard», meinte Madame Martin nun überflüssigerweise und strich sich über ihren grauen Chignon. «Ich habe ihr gesagt, dass Sie gleich einen Anruf erwarten, aber sie meinte, es sei wichtig...»

«Schon gut, schon gut.» Papa nickte seiner Sekretärin zu und winkte mich herein, während Madame Martin sich diskret zurückzog und die grün gepolsterte Tür hinter sich schloss.

«*Bonjour*, Joséphine!», sagte Papa und sah mich lächelnd an. «Was führt dich denn hierher?» Er hatte seine Hände auf dem lederbespannten Kirschholzschreibtisch ineinander verschränkt, und seine dunklen Augen ruhten freundlich auf mir. Es kam in der Tat nicht oft vor, dass ich Papa in der Kanzlei besuchte. Ich starrte ihn mit gemischten Gefühlen an und wusste plötzlich nicht, wie ich es am besten sagen sollte. Es war immerhin das erste Mal für mich, dass ich eine Todesbotschaft überbrachte.

«*Salut*, Papa», entgegnete ich lahm.

«Ist etwas passiert?» Papa runzelte die Stirn. «He, meine Kleine, du bist ja ganz blass, was ist denn los?» Er stand auf und kam hinter seinem Schreibtisch hervor.

«Ach, Papa», sagte ich. «Onkel Albert ist gestorben. Ich habe es gerade erfahren.»

Papa nahm die Nachricht vom Tod seines einzigen Bruders relativ gefasst auf. «Ach, du meine Güte», sagte er nur. «Albert.» Dann verstummte er und wirkte etwas ratlos. Er trat an eine der drei hohen Fenster mit den Eisenbalkonen und starrte eine Weile in den Regen. Ich zog meinen nassen Mantel aus und hängte ihn über den alten Heizkörper neben der Tür. Dann schaute ich wieder zu Papa hinüber, der immer noch schweigend am Fenster stand. Vielleicht dachte er gerade an seine Kindheit im Burgund, an die Tage, als er mit seinem älteren Bruder durch die Weinberge streifte, an die Zeit, bevor ihre Wege sich trennten und sie sich irgendwann überhaupt nicht mehr sahen. Ich wollte ihn nicht in seinen Gedanken stören, aber schließlich trat ich doch zu ihm und legte von hinten meine Hand auf seine Schulter.

«Es tut mir leid, Papa», sagte ich.

Er drehte sich zu mir um und sah mich mit schwer zu deutender Miene an. «Was? Nein, nein, es ist schon gut, Joséphine. Du weißt ja, Albert und ich standen uns nie besonders nahe. Wir hatten sehr ... unterschiedliche Vorstellungen vom Leben. Es ist nur so ... endgültig. Vielleicht hätte ich ihn doch mal besuchen sollen. Andererseits ... Na, wie auch immer. Möge er in Frieden ruhen.»

Er schüttelte seufzend den Kopf. Dann ging er zur Tür, um Madame Martin mitzuteilen, dass sie im Moment keine Gespräche durchstellen sollte. «Wir haben einen Todesfall in der Familie», fügte er erklärend hinzu, und ich hörte einen bedauernden Laut aus dem Vorzimmer.

«Komm, setzen wir uns einen Moment», sagte Papa gefasst und steuerte die beigefarbene Polstergarnitur in der Ecke seines Büros an, in dem jeder Schritt durch den dicken blauen Teppichboden gedämpft wurde. «Woher weißt du ... Ich meine, wie hast du es erfahren?»

«Durch ein Schreiben seines Notars. Es kam heute Morgen. Hier ...» Ich zog den Brief aus meiner Handtasche und reichte ihn meinem Vater. «Onkel Albert ist schon ... also, die Einäscherung hat bereits stattgefunden. Er hat alles verfügt ... soweit», stotterte ich verlegen und bemerkte die Erleichterung in Papas Gesicht. Eine Beerdigungsfeier in Chablis nach all den Jahren wäre ihm sicher seltsam vorgekommen. Ganz zu schweigen von Maman, die Albert noch nie hatte leiden können.

«Man sollte nicht glauben, dass dieser Mann dein Bruder ist, Antoine», pflegte sie missbilligend zu sagen. «Er ist so völlig aus der Art geschlagen. Hat er überhaupt schon mal etwas Sinnvolles gemacht in seinem Leben?»

Der arme Albert. Außer mir mochte ihn wohl keiner so recht. Und nun war er tot.

Schweigend beobachtete ich, wie Papa sich den Brief des Notars ansah.

«Ich soll nach Chablis kommen, um die ... äh ... Urne abzuholen. Und Papa – stell dir vor, ich habe Onkel Alberts Hausboot geerbt.»

Papa nickte. Doch bevor er etwas sagen konnte, ging die Tür auf, und Pauline trat ins Zimmer.

«Wer ist gestorben?», fragte sie. Offenbar hatte Madame Martin sie bereits informiert.

«Onkel Albert.»

«Oh!», sagte Pauline nur und verschränkte die Arme. «Der gute alte Onkel Albert. Mein Beileid. Er war doch noch gar nicht so alt. Woran ist er denn gestorben? Leberzirrhose?»

«Also wirklich, Pauline!» Ich sah sie an und runzelte die Stirn. «Wie kannst du nur so pietätlos sein.»

«Was denn?», gab sie zurück. «Das weiß doch jeder,

dass er ein Trinker war. Na, was das angeht, saß er ja sozusagen an der Quelle. Ein Weinvertreter, der selbst sein bester Kunde ist ...»

«Bitte, Pauline», sagte Papa. «Über Tote sollte man nicht schlecht sprechen.»

«Du solltest dich schämen», meinte ich vorwurfsvoll. «Onkel Albert war krank. Dement. Schon seit vielen Jahren. Und er war kein Trinker. Ich habe ihn jedenfalls nie betrunken erlebt. Und ich habe damals schließlich den ganzen Sommer mit ihm verbracht.»

«Was weißt du schon? Du warst ein Kind.»

«Albert hat Joséphine sein Hausboot vermacht.» Papa hielt Pauline das Schreiben des Notars entgegen.

«Du meinst diesen alten rostigen Kahn, mit dem er immer rumschipperte?» Pauline setzte sich zu uns und überflog neugierig den Brief von der Kanzlei Berger. «Glückwunsch!» Sie drehte das Blatt um. «Und sonst? Hat er dir sonst noch etwas hinterlassen? Bargeld? Wertpapiere? Nein?» Sie zog die Augenbrauen hoch. «Warum wundert mich das jetzt nicht. Augen auf bei der Berufswahl, sag ich immer.»

Sie lächelte süffisant, und ich fühlte mich plötzlich angegriffen.

«Du müsstest dich mal hören, Pauline. Wo andere ein Herz haben, hast du einen Taschenrechner. Warum wundert *mich* das jetzt nicht?», gab ich zurück.

«Es gehört nun mal zu meinem Beruf, das Feld zu sondieren.» Sie legte das Schreiben zurück auf den Tisch und sah mich freimütig an. «Jedenfalls freut es mich für dich, kleine Schwester. Du bist ja die Einzige, die diesem alten Trottel immer noch die Stange gehalten hat. Und so ein Hausboot, auch wenn es schon etwas marode ist, findet sicher seinen Käufer. Du wirst es doch verkaufen, oder?»

Ich beschloss, den «alten Trottel» nicht weiter zu kommentieren, und zuckte die Achseln. «Na ja. Ich denke schon. Ich meine, was soll ich im Ernst mit einem Hausboot ...» Wenn ich bald nicht mal mehr weiß, wie ich meine Miete bezahlen soll, setzte ich in Gedanken hinzu.

Doch diese Neuigkeit behielt ich lieber für mich. Wie es um meine Finanzen stand, ging niemanden etwas an. Ich hatte überhaupt keine Lust darauf, mir wieder die endlosen Vorträge von Maman anzuhören, über die brotlose Kunst, der ich nachging, wo ich doch mit meinem guten Schulabschluss alles hätte werden können. Und so traurig Onkel Alberts Ableben auch war, musste ich doch gestehen, dass es mir in dieser angespannten Lage wie eine glückliche Fügung erschien, dass er mir sein Hausboot vermacht hatte. Natürlich wollte ich es so schnell wie möglich verkaufen, um wieder an Geld zu kommen.

Papa, der eine Weile zusammengesunken in seinem Sessel gesessen hatte, erwachte zu neuem Leben.

«Da fällt mir etwas ein. Wenn du das Hausboot verkaufen möchtest, hätte ich da vielleicht einen Interessenten an der Hand», sagte er. «Ein jüngerer Kollege von mir, ein aufstrebender Rechtsanwalt, der bei uns gerne Partner werden möchte, sucht schon seit Längerem ein Hausboot. Wenn du deine Angelegenheiten in Chablis geregelt hast, mache ich euch gern miteinander bekannt.» Er überlegte.

— 36 —

«Wir könnten vielleicht mal zusammen zu Mittag essen, und anschließend zeigst du ihm das Boot.»

«Meinst du etwa Richard Bailleul?», fragte Pauline.

«Ja, genau den meine ich.»

«Was für eine hervorragende Idee.» Sie lächelte entzückt.

Ich sah, wie Papa und Pauline einen konspirativen Blick tauschten, und fragte mich, was das nun schon wieder zu bedeuten hatte.

«Doch, doch, Richard Bailleul wäre genau der Richtige.» Pauline legte den Kopf schief, und ihre Haare wippten unternehmungslustig. «Für das *Hausboot*.»

Ihr Lächeln verwirrte mich.

— ❀ —

Als ich die Kanzlei endlich verließ, war es bereits Nachmittag. Der Regen hatte aufgehört, draußen wurde es dunkel, und die Lichter spiegelten sich in den Pfützen und auf dem immer noch nassen Pflaster. Irgendwie hatte ich keine Lust, nach Hause zu gehen. An meiner Übersetzung würde ich nach diesem aufregenden Tag sowieso nichts mehr machen – wozu auch? Ich hatte ja demnächst Zeit genug, dachte ich bitter –, und so beschloss ich, nach Saint-Germain zurückzugehen, um im Vieux Colombier eine Kleinigkeit zu essen.

Luc hatte sich noch nicht bei mir gemeldet, wahrscheinlich saß er mal wieder den ganzen Tag in Besprechungen. Aber nun war es bereits später Nachmittag, und ich hatte die heimliche Hoffnung, dass mir Luc vielleicht nach Dienstschluss noch ein bisschen Gesellschaft leisten könnte. Das Vieux Colombier lag nahe genug am 7. Arrondissement, wo er wohnte und arbeitete, aber doch außerhalb der Reichweite seiner Ministeriumskollegen. Es war ein nettes kleines Bistro in der Nähe der Saint-Sulpice-Kirche, und wir hatten uns hier schon manchmal mittags getroffen.

Ich stieß die Tür der grün gerahmten Glasveranda auf und suchte mir einen Platz auf einer Lederbank in der hintersten Ecke des Bistros, und als ich Lucs Mobilnummer wählte, fing mein Herz an, schneller zu klopfen. Auch nach drei Jahren klopfte es noch schneller. Ich wusste ja nie, ob mein Anruf ungelegen kam, es war immer riskant, Luc anzurufen, wir durften nicht auffliegen, und meistens wartete ich, bis er sich meldete. Aber nach allem, was heute passiert war, musste ich ihn einfach sprechen und sehnte mich danach, dass er mich in die Arme schloss, mich tröstete und mir Mut machte.

Er war sofort am Apparat. «Ja?», meldete er sich und klang sehr geschäftsmäßig.

«Luc?! Ich bin's, Joséphine.» Unwillkürlich senkte ich meine Stimme. «Können wir uns sehen? Bist du noch im Ministerium?»

«Aah, Monsieur Bonnard. Sie sind's. Wie geht es Ihnen?» Er machte das wirklich gut. «Tja, um ehrlich zu sein, wollte ich gerade gehen.» Er lachte. «Ja, hahaha, irgendwann ist's auch mal gut mit der Arbeit, nicht wahr?»

«Ich bin im Vieux Colombier», sagte ich. «Kannst du herkommen? Auch wenn's nur kurz ist?»

«Heute noch?» Es klang nicht sehr begeistert.

«Ja, heute noch. Ich muss dich unbedingt sprechen. Warum meldest du dich nicht? Hast du meinen Anruf denn nicht bekommen? Ich hab doch heute Morgen schon versucht, dich zu erreichen.»

«Oh, ich fürchte, das geht sich nicht aus. Wie sieht es denn mit morgen aus?» Ich hörte ihn in seinem Terminkalender blättern. «Oder übermorgen? Da würde es besser passen.»

«Luc», beschwor ich ihn. «Es ist *wichtig*. Ich hatte einen furchtbaren Tag. Der Verlag, für den ich arbeite, macht zu, und ich hab alle meine Aufträge verloren. Außerdem ist mein Onkel gestorben. Ich brauche dich jetzt.»

«Ja, ich verstehe, ich verstehe», sagte er. «Das ist eine prekäre Situation, aber kein Grund zur Panik. Wir finden schon eine Lösung.»

Ich hörte eine weibliche Stimme im Hintergrund. «Was ist denn, *chéri*? Können wir jetzt endlich gehen?»

«Ist das etwa deine Frau?», fragte ich.

«Sie sagen es», entgegnete er. «Aber machen Sie sich keine Sorgen, Monsieur Bonnard. Wir kriegen das hin. Versprochen. Hören Sie, ich muss jetzt leider los. Ich melde mich später bei Ihnen, in Ordnung?»

Und dann legte er auf.

Es war wie immer. Wenn ich Luc brauchte, war er nicht da. Unsere Beziehung war kompliziert. Seit fast drei Jahren war ich nun schon die heimliche Geliebte von Luc Clément, einem verheirateten Mann, der Frau und Kinder hatte und einen Posten im Außenministerium bekleidete. Und ziemlich genau seit dieser Zeit redete er davon, dass es seine Ehe nur noch auf dem Papier gab, wie sehr er mich liebte und wie glücklich er darüber war, dass wir uns begegnet waren.

Auch ich war glücklich, dass wir uns begegnet waren. Doch wirklich, das war ich. Luc Clément war charmant, gebildet und hatte einen exzellenten Geschmack. Er war fünfzehn Jahre älter als ich, rannte ums Auto, nur um mir die Tür aufzuhalten, und erhob sich von seinem Stuhl, wann immer ich meinen Platz am Tisch verließ. Er führte mich in Restaurants aus, die ich mir normalerweise nicht hätte leisten können – ins Grand Colbert oder in die Closerie des Lilas. Er schenkte mir feine Unterwäsche und Blumen. Und sah dazu noch gut aus mit seinen blauen Augen, die mir gleich aufgefallen waren, als wir uns das erste Mal begegneten. Nur hatte ich mir die ganze Sache damals etwas anders vorgestellt.

Immer noch dachte ich so gern an jenen Samstagnachmittag kurz vor Weihnachten zurück, als ich auf der Suche nach Geschenken durch die Passage du Grand Cerf gebummelt war, an einem regnerischen Tag wie diesem. Zuvor war ich wie jedes Jahr noch in der Patisserie Stohrer gewesen – angeblich der ältesten Patisserie von Paris – und hatte mir eines von den köstlichen *Baba au Rhum* gekauft, dieses süße, weiche mit Rum aus Martinique durchtränkte Brioche, das wie ein großer Sektkorken aussieht und nach einem Märchen aus *Tausendundeiner Nacht* benannt wurde. Für mich aber hatte ein *Baba au Rhum* immer den Geschmack von Weihnachten. Der Koch Nicolas Stohrer hatte das Rezept angeblich in der Küche des in Nancy lebendenden polnischen Ex-Königs Stanislaus erfunden – zu einer Zeit, als man sich um Kalorien noch keine Gedanken machte und Zucker als Kostbarkeit galt. Und als die Tochter des Königs dann Louis XV heiratete, ging Stohrer mit nach Versailles und gründete die erste Patisserie von Paris. *Baba au Rhum* bekam man in der Weihnachtszeit überall, doch die von Stohrer waren einfach die besten. Vielleicht lag es daran, dass die Patisserie nicht an Alkohol sparte und man sofort, wenn man in das weiche Gebäck hineinbiss, eine beschwingende Wirkung zu verspüren glaubte.

Als ich mit meinem kleinen rosafarbenen Karton aus dem Laden trat, wehte mir eine feuchte Böe entgegen. Ich stellte mich noch einen Moment unter die dunkelblaue Markise der Patisserie und ließ meinen Blick über all die köstlichen Törtchen und Kuchen gleiten, während ich mich schon auf mein *Baba au Rhum* freute, das ich später zu Hause essen wollte. Dann ging ich weiter die malerische Rue Montorgueil entlang, während die Wolken sich über mir zusammenzogen, und als ich wenige Minuten später die Passage erreichte, fielen die ersten Tropfen.

Zwar gab es bei mir im 10. Arrondissement auch eine kleine überdachte Passage, doch die war nicht zu vergleichen mit der wunderschönen Passage du Grand Cerf, die mit ihrem hohen gläsernen pyramidenförmigen Dach, den alten Lampen und den originellen kleinen Läden mitten im Quartier Montorgueil lag und mich jedes Mal entzückte. Der Regen prasselte auf das Glasdach, von dem Kaskaden von Weihnachtslichtern herabhingen, während ich trockenen Fußes an den geschmückten Schaufenstern vorbeischlenderte, wo nicht nur Kleider und Schmuck ausgestellt waren. Es gab einen herrlichen Stoffladen und sogar ein Wolllädchen mit bunten Strickknäueln in allen Farben.

Hochgestimmt kaufte ich hier und dort ein paar Kleinigkeiten, und am Ende hatte ich die Hände voll von mit Schleifen und Bändern verzierten Papiertüten und beschloss, meinen Einkaufsbummel bei einem Aperol im Le Royale ausklingen zu lassen.

Das kleine Jugendstil-Café mit der prächtigen Holzbar, den blumenverzierten Kacheln, den Lampen, die wie geöffnete Blüten von der Decke hingen, und den Mucha-ähnlichen Frauen an den Wänden war an diesem Nachmittag gut besucht. Ich ließ meinen Blick schweifen und entdeckte einen freien Platz an einem Tischchen zwischen Fenster und Bar, wo bereits ein Herr saß und seine Zeitung las.

«Permettez-vous?», fragte ich, und er faltete die Zeitung zusammen und sah mich mit diesen unglaublichen Augen an.

«Aber gerne», sagte er. «Bitte. Hier ist genug Platz für Sie, Mademoiselle und» – er musterte lächelnd meine Tüten – «auch für Ihre ganzen Geschenke. Weihnachts-Shopping?»

Ich nickte und lächelte zurück.

Und damit fing unsere Geschichte an. Mit einem Lächeln.

Fangen nicht alle Liebesgeschichten so an?

———— ❀ ————

Ich kann nicht behaupten, dass Luc mir je etwas vorgemacht hätte.

Er trug einen Ehering, aber das hielt uns nicht davon ab, an jenem Nachmittag ein wenig miteinander zu flirten. Er machte mir Komplimente, fand meinen Beruf interessant, fragte mich nach Autoren, die ich ihm empfehlen konnte. Er brachte mich zum Lachen, war einfach ganz reizend, stieß aus Versehen mein Glas um, fragte, ob er meinen Aperol bezahlen dürfe, ob ich noch einen weiteren mit ihm trinken würde, ob er mich wiedersehen dürfe, und dass es lange her sei, dass er sich so gut unterhalten hätte. «Ich glaube, wir sind seelenverwandt», meinte er am Schluss und legte mit einer kleinen drolligen Geste seine Hand aufs Herz. Er bat mich um meine Telefonnummer, und ich schrieb sie ihm lächelnd auf einen Bierdeckel, den er beglückt einsteckte.

«Ich ruf Sie an», sagte er.

Als wir uns draußen vor dem Royale verabschiedeten und er noch einmal die Hand zum Gruß hob, bevor er in der Passage verschwand, fiel mein Blick auf den Schriftzug über dem Restaurant im Nachbargebäude. *«Le pas sage»*, stand dort. Doch ich las nur *pas sage*.

Unklug. Es hätte mir eine Warnung sein sollen.

Nein, es war nicht weise oder vernünftig, was ich da machte. Es war *pas sage.*

Ich machte es trotzdem.

Wie viele Romane hatte ich schon gelesen und übersetzt, in denen es genau um solche Beziehungen geht, die in der Regel sehr unschön enden. Wie viele tragische Werke der Weltliteratur speisen sich aus dieser verhängnisvollen Konstellation. Ein verheirateter Mann und seine Geliebte. Nicht mal in Komödien gab es da ein Happy End, weil der treulose Ehemann am Ende stets zu seiner Frau zurückkehrte, die ihm großmütig verzieh.

Doch in meinem Fall war es anders, das spürte ich einfach.

Luc wollte sich von seiner Frau trennen, die ihn sowieso nicht mehr liebte. Er wollte es von Anfang an. Schon als wir uns im Jardin des Plantes zum ersten Mal küssten, sagte er mir, dass er ab jetzt nur noch einen Wunsch hätte: nämlich mit mir zusammen zu sein. Aber bis er alles geregelt hätte, müssten wir diskret sein.

Ich nickte beglückt. Diskret zu sein, war kein Problem für mich.

Als ich mich Cedric anvertraute, sah er mich mitleidig an.

«Joséphine, Joséphine», sagte er und hob mahnend den Zeigefinger. «Hast du den Verstand verloren? Ich hoffe, du bist nicht ernsthaft verliebt in diesen Mann. So etwas kann nur gut gehen, wenn beide verheiratet sind. Ansonsten wirst du immer den Kürzeren ziehen. Was erwartest du im Ernst von einem verheirateten Mann in seiner Position? Mit einer Frau und zwei Kindern. Der trennt sich nie.»

«Du hast ja keine Ahnung», sagte ich. «Du wirst schon sehen.»

Seit drei Jahren träumten Luc und ich nun also schon von einem gemeinsamen Leben, in dem wir nicht solche unwürdigen Telefonate führen mussten wie gerade, in dem er nicht meine Hand losließ, sobald wir auf die Straße traten, in dem er nicht bei jedem Restaurantbesuch stets zur Tür schielte, aus Angst, entdeckt zu werden.

«Ich möchte, dass sie es von mir erfährt», sagte er immer. «Das verstehst du doch, *mon amour?* Alles andere wäre auch schäbig nach so vielen Jahren Ehe. Gib mir einfach noch ein bisschen Zeit. Ich möchte eine freundschaftliche Trennung mit Agnès. Das ist auch besser für die Kinder.»

Anfangs hatte ich ihm diese Zeit gern eingeräumt. Am Anfang einer Beziehung ist man immer großzügig. Wenn ich ehrlich bin, fand ich die im Flüsterton geführten Telefonate, die gestohlenen Küsse in den Parks und Cafés, in denen wir uns herumdrückten, die heimlichen Treffen im Hotel oder manchmal auch in meiner Wohnung unglaublich aufregend. Jede Begegnung war voller Leidenschaft, jede Nacht, die ich mit Luc verbringen konnte, wenn seine Frau mit den Kindern in das Ferienhaus in der Bretagne vorausfuhr oder wenn er einen Termin hatte, war ein Fest. Doch allmählich wurde dieses Versteckspiel für mich immer unerträglicher. Vor allem, als sich das Weihnachtsfest wieder näherte, erinnerte ich Luc an seine Worte. Doch im ersten Jahr unserer Beziehung starb die Mutter seiner Frau, und Luc hatte Skrupel, Agnès gerade jetzt zu verlassen, die offenbar in eine Depression gefallen war.

Im zweiten Jahr war es der Sohn, der eine ganz schwierige Phase durchmachte. Er kam in die Pubertät, kiffte, bekam Tobsuchtsanfälle und fuhr ohne Führerschein mit dem Auto seiner Mutter herum. «Ich fürchte, wir müssen uns noch etwas gedulden», meinte Luc unglücklich, als er mir kurz vor dem Fest eine kostbare Goldkette mit einem Rubinherz anlegte, die er mir als Geschenk mitgebracht hatte. «Ich kann Agnès jetzt einfach nicht im Stich lassen.»

«Soll das heißen, du kommst an Weihnachten wieder nicht mit?», fragte ich einigermaßen fassungslos und beglückwünschte mich im Stillen dazu, dass ich Luc zu Hause nicht angekündigt hatte. «Du hast es mir *versprochen*, Luc.»

«Ich weiß.» Er sah mich zerknirscht an, und da hatte ich immerhin so viel Selbstachtung, dass ich ihm die Kette vor die Füße schleuderte und ihn aus meiner Wohnung warf. «Es reicht!», schrie ich. «Ich will dich nicht mehr wiedersehen.»

Ich wollte mich von ihm trennen, ich hatte es fest vor. Vier Wochen hatten wir keinen Kontakt, doch dann rief er wieder an und bat mich um ein letztes Treffen im Hotel du Nord, wo wir uns so oft getroffen hatten, bat

—— 46 ——

mich um Verzeihung und um Verständnis, sagte, er wäre wegen der Kinder in einer schlimmen Zwickmühle, es würde ihm das Herz zerreißen, er wisse einfach nicht mehr weiter. Und schon hatte er mich wieder am Haken. Ich war ja kein Unmensch. Und obwohl ich weiterhin hoffte, dass sich am Ende alles in Wohlgefallen auflösen würde, merkte ich selbst, dass ich reizbarer wurde, wenn ich ihn nicht erreichen konnte. Ab und zu stritten wir uns, aber irgendwie schaffte er es immer wieder, mich einzuwickeln. Sobald er bei mir war und mich in die Arme nahm, war alles gut. Dann gab es nur ihn und mich. Und nun stand bald wieder das Weihnachtsfest vor der Tür, das wir – wollte man Luc glauben – endlich zusammen begehen würden.

———— ❊ ————

Ich saß noch eine ganze Weile im Vieux Colombier, bestellte mir erst einen Croque Monsieur, dann eine Mousse au chocolat, dann noch ein Glas Wein, und wartete auf Lucs Anruf.

Am liebsten hätte ich ihm eine Nachricht geschickt, aber Luc hatte mir eingeschärft, keine schriftlichen Spuren zu hinterlassen. Selbst meine Rufnummer hatte er unter dem Namen eines erfundenen Kollegen gespeichert.

«Manchmal führst du dich auf wie ein Geheimagent», hatte ich lächelnd gesagt. «Meine Güte, was soll denn schon groß passieren?»

«Du kennst Agnès nicht», sagte Luc. «Ich traue dieser Hexe zu, dass sie mein Handy checkt. Sie ist extrem eifersüchtig, und wenn sie ausrastet, ist sie zu allem fähig.» Er schaute mich bedeutungsvoll an, und ich sah plötzlich eine Medea vor mir aufsteigen, die aus Rache ihre eigenen Kinder umbrachte.

«Es wird wirklich Zeit, dass du dich von dieser grässlichen Person trennst.»

«Ja. Höchste Zeit», hatte er gesagt und mir die Hand geküsst. «Nicht jeder kann so ein Engel sein wie du.»

Ich wollte gerade zahlen, als mein Telefon klingelte. Es war Luc.

«Ich bin's», sagte er mit seltsam belegter Stimme. «Tut mir leid, aber ich konnte mich nicht eher loseisen. Agnès hat mich überraschend von der Arbeit abgeholt und zu einem Aperitif mit ihren langweiligen Freundinnen geschleppt.»

«Und wo bist du jetzt? Du klingst so komisch.»

«Wieder zu Hause. Ich bin oben im Bad und kann nicht lange sprechen», flüsterte er. «Tut mir leid – die Sache mit deinem Onkel und der Arbeit. Aber das wird schon alles.»

«Dann sehen wir uns heute also nicht mehr?»

«Nein, ausgeschlossen. Wie stellst du dir das vor? Ich komm hier jetzt nicht weg.»

«Ach, Luc!», sagte ich. «Ich hätte dich so gern gesehen. Das war heute ein absolut grässlicher Tag für mich, weißt du? Ich bin ganz durcheinander irgendwie.»

«Ja, ich weiß, Kleines. Ich denk an dich. Wir sehen uns morgen. Oder übermorgen. Ich ruf dich an. Schlaf schön.»

«Du auch», sagte ich enttäuscht, und für einen Moment sah ich den Luc von damals vor mir, der mir glücklich lächelnd zuwinkte und rief «Ich ruf Sie an!», bevor er in der Passage du Grand Cerf verschwand.

— ❁ —

Am Ende war es Cedric, der mich tröstete.

«Oje, das ist ja was!», meinte er mitfühlend, nachdem ich ihn angerufen hatte. «Meine arme Joséphine. Klar hab ich Zeit. Magst du vorbeikommen?»

Eine halbe Stunde später saß ich mit angezogenen Knien auf seiner riesigen hellgrauen Designer-Lümmel-Couch mit den fuchsiafarbenen Zierkissen und knabberte an ein paar Pistazien, die Cedric mir zusammen mit einem Glas Pineau hingestellt hatte.

«Dann erzähl mal», sagte er und ließ sich am anderen Ende der Couch ins Polster sinken. «Aber schön der Reihe nach. Eben am Telefon bin ich nicht so ganz mitgekommen, so aufgeregt, wie du warst. Wir haben genug Zeit. Augustin kommt heute erst später. Einer seiner Kollegen hat Geburtstag. Die wollten noch in den Club zum Feiern. Mir war das Gezappel heute ehrlich gesagt zu anstrengend. Und das Wetter zu mies. Dieser ewige Regen deprimiert mich.» Er grinste und nahm sein silbernes Zigaretten-Etui vom Glastisch. «Darf ich?»

«Ja, klar.» Ich nickte und trank einen Schluck von meinem Pineau und merkte, wie ich mich allmählich entspannte.

Augustin, der als Grafikdesigner in einer Agentur arbeitete, war sieben Jahre älter als Cedric. Er war eine Nachteule und liebte es, tanzen zu gehen, während Cedric für seine beliebte Zeitungs-Kolumne *Le Flaneur*, die er jede Woche schrieb, gerne die frühen Morgenstunden nutzte. In seinen Kolumnen machte er sich seine klugen und witzigen Gedanken über kleine und große Dinge, die er auf seinen Streifzügen durch Paris entdeckte. Cedric und Augustin verstanden sich gut und waren schon seit vielen Jahren ein Paar. Wann immer es möglich war, reisten sie zusammen nach Italien, ihrem erklärten Lieblingsland, kamen mit alten silbernen Spiegeln aus Verona und bunten Gewürzen vom Campo di Fiori in Rom wieder, und die Treffen mit ihnen waren stets lustig, unkompliziert und inspirierend. Eine Flasche Champagner war immer zur Hand, und aus der Bose-Anlage, die an der Wand hing wie eine fliegende Untertasse, erklang die rauchige Stimme von Amy Winehouse oder Maria Callas' unverwechselbarer Sopran. Ab und zu gab Cedric, der in seiner Freizeit gern kochte, ein fürstliches Abendessen für eine Handvoll Freunde, und dann war der Tisch in der ochsenblutrot gestrichenen Essecke opulent gedeckt mit den köstlichsten Speisen, mit riesigen Silberleuchtern, auf denen Kerzen brannten wie in einem Schloss, und Tellern und Schüsseln, auf denen sich rosa Flamingos, Palmen und exotische Blumen rankten.

Augustin hingegen aß lieber, als dass er kochte. Er war ein richtiges Schleckermaul und kämpfte immer mit ein paar Kilos zu viel. Aber wann immer es etwas zu reparieren gab, war er zur Stelle. Ich mochte Augustin, der mit seiner kräftigen Statur, dem breiten Lachen und dem raspelkurz geschnittenen dunklen Haar neben dem schlanken, dandyhaften Cedric eher wie ein Bulle aus einem französischen Film aussah, aber nun war ich doch froh, meinen alten Freund für mich zu haben. Er saß unter einer riesigen gerahmten Fotografie, die Romy Schneider zeigte, und sah mich gespannt an, während Nana, seine rothaarige Katze, es sich in dem Eames-Chair am Fenster gemütlich gemacht hatte.

Also erzählte ich von den beiden Briefen, davon, dass von jetzt auf gleich alle meine Aufträge geplatzt waren, von meinen düsteren Zukunftsvisionen, von dem schlechten Gewissen Onkel Albert gegenüber, von meinem Besuch bei Papa und natürlich auch von dem Hausboot, auf das ich jetzt alle meine Hoffnungen setzte.

Cedric hörte mir aufmerksam zu. Ab und zu nahm er einen Zug aus seiner Zigarette und seufzte anteilnehmend.

«Was für ein Tag, *darling!*», meinte er schließlich. «Was für ein Tag! Da hast du ja echt was mitgemacht. Immerhin, ein Hausboot. Das ist doch schon mal nicht schlecht. Hausboote sind derzeit sehr angesagt, das kriegst du bestimmt mit Handkuss los. Wenn dieser junge Anwalt, den dein Vater kennt, kein Interesse hat, höre ich mich mal um.»

—— 51 ——

«Ich weiß natürlich nicht, in was für einem Zustand es ist», wandte ich ein. «Vielleicht ist der alte Kahn auch schon so marode, dass man gar nicht mehr damit fahren kann.»

«Spielt keine Rolle.» Cedric winkte ab. «Gewisse Leute finden es einfach *très chic*, ein Hausboot zu haben – so als Zweitwohnung auf der Seine oder als kleines Liebesnest.»

Er lächelte versonnen. «Das wird dir einen hübschen Batzen Geld einbringen. Du bist ein Glückpilz, Joséphine. Also hör schon auf, Trübsal zu blasen!»

«Na, wenn du es sagst.» Allmählich fühlte ich mich schon besser. Wenn man mit Cedric sprach, wurden alle Probleme immer ein bisschen kleiner.

«Ein Hoch auf Onkel Albert! Ich kannte ihn nicht, aber er scheint ein netter Typ gewesen zu sein.» Cedric fuhr sich durch seine blonden Haare und hob sein Glas.

«Das war er. Auf Onkel Albert», wiederholte ich, und wir prosteten uns zu.

«Es war mir gar nicht klar, dass Hausboote inzwischen so begehrt sind», meinte ich dann und öffnete eine Pistazie.

«Doch, doch!» Cedric ließ seine Hand über das wuschelige Fell von Nana gleiten, die inzwischen neben ihn aufs Sofa gesprungen war und mit halb geschlossenen Augen wohlig schnurrte. «Es gibt einige Cafés, die sich auf Hausbooten in Paris befinden, sogar das Rosa Bonheur hat jetzt einen Ableger auf der Seine.»

«Ach wirklich?» Das Rosa Bonheur war ein charmantes Restaurant im Parc des Buttes-Chaumont, das nicht erst durch die Subutex-Romane von Virginie Despentes zum *place to be* geworden war. Im Sommer konnte man dort unter bunten Lämpchen auf der Terrasse sitzen und auf die Lichter der Stadt schauen, die weiter unten schimmerten.

«Ja. Nennt sich Rosa Bonheur sur Seine», erklärte Cedric. «Meine Güte, du bekommst aber auch gar nichts mehr mit, was?»

«Nicht, wenn ich mitten in einer Übersetzung stecke.»

«Es gibt mittlerweile Buchhandlungen auf Hausbooten, Kinos, Airbnb-Wohnungen und sogar ein Schwimmbad.»

«*Ein Schwimmbad?*»

«Ja. Bist du noch nie im Joséphine-Baker-Schwimmbad in der Nähe der Nationalbibliothek gewesen? Ich war letzten Sommer ein paarmal mit Augustin dort. Es ist unglaublich.» Cedric steckte sich eine Pistazie in den Mund und grinste. «Zu schade, dass es schon ein Hausboot namens Joséphine gibt, sonst könntest du das Boot deines Onkels auch behalten und dein eigenes Restaurant aufmachen. *Das* wäre doch mal ein Zukunftsprojekt.» Er lachte.

«Machst du Witze? Du könntest vielleicht ein Restaurant aufmachen, aber ich sicher nicht. Die Gäste würden nie mehr wiederkommen. Du weißt, dass ich weder kochen noch backen kann.»

«Ja, ich weiß.» Cedric verzog den Mund. «Ich erinnere mich noch sehr gut an diese fürchterliche *Galette des rois*, die du mir mal zum Geburtstag gemacht hast.»

Ich lachte verlegen. Ich erinnerte mich auch noch

daran, wie ich in einem Anfall von Selbstüberschätzung meinen Freund zu seinem Geburtstag am Dreikönigstag mit diesem traditionellen Kuchen, dessen Rezept mir nicht allzu schwierig erschien, hatte überraschen wollen. Es war mein erster und letzter Versuch gewesen.

«Der Boden war so schwarz, dass ich das Gefühl hatte, Kohle zu essen», fuhr Cedric augenrollend fort. «Nein, nein, du hast recht, verkauf das Boot lieber. Damit sind wir alle auf der sicheren Seite.»

Er lehnte sich zurück, und Nana sprang auf seinen Schoß.

Gedankenverloren blickte ich aus dem Fenster und schaute auf das Wasser, in dem sich die Lichter spiegelten. Ein Ausflugsboot glitt gemächlich den schmalen Kanal entlang und verschwand unter der Brücke von Amélie.

«Ich hoffe, man kann dieses Hausboot überhaupt noch bewohnen. Immerhin liegt es ja schon seit Jahren brach. Womöglich hat es ein riesiges Leck oder Schimmel an den Wänden, und man muss es erst komplett überholen.» Ich zuckte die Achseln. «Nur dass ich dafür gerade leider nicht das nötige Kleingeld habe.»

«*Darling*, du machst es dir immer so schwer. Warum bittest du deine gut betuchten Eltern nicht einfach um eine kleine Finanzspritze? Ich meine, du kannst ja auch nichts dafür, dass dein Arbeitgeber in die Pleite gerauscht ist. Mamie hat immer gesagt: Mit warmer Hand schenken. Und das hat sie dann ja auch. Ohne meine liebe Großmutter hätte ich damals nicht diese Wohnung anzahlen können.» Er grinste.

Ich schüttelte den Kopf. «Nein, Cedric, das möchte ich nicht. Auf keinen Fall. Dann komme ich wieder wie das Aschenputtel um die Ecke. Wenn meine Familie erfährt, dass ich meine Arbeit verloren habe, werden sich alle nur wieder über mich das Maul zerreißen.»

«Und wenn schon. So was kann jedem passieren», meinte Cedric.

«Mag sein, aber es passiert eben immer nur mir.»

Ich betrachtete ausgiebig meine Hände. «Meine Familie hält mich für eine Traumtänzerin. Ich habe keine Lust auf die Vorhaltungen, die dann wieder kommen. Außerdem, *so* gut betucht sind meine Eltern auch nicht. Die Wohnung haben sie schon vor langer Zeit gekauft. Heute könnten sie sich so einen Palast auch nicht mehr leisten. Maman arbeitet schon seit über zehn Jahren nicht mehr – seit sie damals diese blöde Sache mit dem Ekzem an den Händen bekam. Und Papa wird auch nicht mehr ewig weitermachen wollen. Nächstes Jahr wird er immerhin schon siebzig – abgesehen davon, dass meine Schwester sicher darauf brennt, die Kanzlei zu übernehmen.»

Plötzlich musste ich wieder an Papas betretenes Gesicht von heute Morgen denken. «Es ist so endgültig», hatte er gesagt. Und damit hatte er vielleicht nicht einmal Albert gemeint. Der Gedanke an die eigene Endlichkeit war durch den Tod seines Bruders zweifellos näher gerückt. Wenn jemand aus der eigenen Generation starb, stellte man sich wohl unwillkürlich die Frage, wann man selbst an der Reihe war. Maman war da anders. Sie verdrängte den Tod und hielt ihn für etwas, das in erster Linie anderen Menschen passierte. Sie machte jeden Morgen ihre Gymnastik und hatte sich vorgenommen, hundert zu werden. Und wenn dem wirklich so war, was ich ihr von Herzen gönnte, würde sie noch lange von ihren Ersparnissen leben müssen.

«Ich muss selbst schauen, wie ich klarkomme, Cedric», sagte ich noch einmal. «Danke fürs Zuhören, es geht mir schon viel besser. Jetzt fahre ich erst mal nach Chablis und kläre die Sache mit der Erbschaft. Und dann werde ich ein paar Bewerbungen rausschicken. Irgendwas wird sich schon finden.»

«Bestimmt», sagte Cedric. «Ich kenne ja auch ein paar Leute vom Verlag. Jedenfalls werde ich allen erzählen, dass es eine hervorragende Übersetzerin gibt, die an der Place Sainte-Marthe sitzt und noch Kapazitäten frei hat.»

«Du bist ein Schatz. Wie immer.»

Als wir uns voneinander verabschiedeten, war es schon spät.

«Wenn du für deine Fahrt nach Chablis noch einen Begleiter brauchst, lass es mich wissen. Der Flaneur steht allzeit bereit.»

«Das ist sehr lieb von dir, aber ich denke, das schaffe ich schon allein», entgegnete ich.

«Apropos allein. Was macht in diesem Zusammenhang eigentlich dein fabelhafter Freund?», wollte Cedric wissen. «Der könnte sich ja auch mal ein bisschen um dich kümmern.»

«Das tut er auch», entgegnete ich. «Du weißt, dass er ein sehr beschäftigter Mann ist.»

«Das sagen sie alle.» Cedric zwinkerte mir zu. «Wann bekomme ich den schwer beschäftigten Mann denn mal zu Gesicht? So als dein bester Freund, meine ich. Immerhin geht die Sache mit euch doch auch schon eine ganze Weile.»

«Bald», sagte ich. «Noch vor Weihnachten.»

Cedric legte den Kopf schief und sah mich mit einem seltsamen Lächeln an.

«Du bist wirklich eine Traumtänzerin, Joséphine», sagte er. «Lass dich nicht immer so hinhalten.» Er stach mir liebevoll den Zeigefinger in die Rippen. «Du musst diesem Luc jetzt mal die Pistole auf die Brust setzen. Sonst tu ich's.»

«Keine Sorge, das mach ich schon selbst», sagte ich und hauchte Cedric zwei Küsschen auf die Wange. «Versprochen.» Ich gab mich zuversichtlich, und eigentlich war ich es auch.

Doch als ich aus dem Haus am Quai de Valmy trat und in der Dunkelheit den Canal Saint-Martin entlangging, in dem sich die Lichter der alten Laternen schimmernd spiegelten und wo die letzten Blätter des Herbstes, die der Wind von den Bäumen gerissen hatte, sachte auf dem Wasser trieben, kam ich mir mit einem Mal ganz verloren vor.

Ich stieg die Stufen einer der alten Eisenbrücken hoch, um zur anderen Seite zu gelangen, dann blieb ich in der Mitte stehen, lehnte mich über die Brüstung und schaute über den Kanal, der so friedlich und still dalag. Eine Weile stand ich da und nahm dieses Bild in mir auf, das so schön war und mich zugleich so wehmütig stimmte.

Ich blickte hoch zur feinen Sichel des Mondes, die wie aus einem Märchen aus Tausendundeiner Nacht am tintenblauen Himmel stand, und wünschte mir, dass Luc an meiner Seite gewesen wäre.

3

Drei Tage später fuhr ich durch die Weinberge des Kanton Chablis. Um diese Jahreszeit war die sonst so grüne Gegend kahl und reizlos. Helle erdige Streifen mit dunklen knorrigen Weinstöcken, die sich auf sanften Anhöhen bis zum Horizont zogen, wechselten sich ab mit blassen grünen Wiesen und entlaubten Bäumen.

Der Himmel hing tief und bleiern über dem Land, als ich Kilometer um Kilometer in dem alten Citroën zurücklegte, den Cedric mir netterweise für die Fahrt überlassen hatte.

Früh am Morgen hatte ich mich auf den Weg gemacht. Und etwa zwei Stunden, nachdem ich Paris verlassen hatte, tauchten die beiden bauchigen, mir von meinem letzten Besuch noch wohlbekannten Steintürme der Porte Noël auf, die mit ihren spitzen Kegeldächern den Eingang des kleinen Ortes bewachten. Im Schritttempo fuhr ich durch die engen Gassen der Altstadt, vorbei an den mittelalterlichen Häusern mit den dunklen roten Dächern, den Weinkellern der Winzer, die auf ihren Schildern dazu einluden, den Chardonnay zu verkosten, der in dieser Region angebaut wurde.

Die Kanzlei *Berger & Fils* befand sich direkt hinter der kleinen Kirche Saint Martin, in einem alten Fachwerkhaus im ersten Stock. Etwas beklommen schellte ich an der Klingel neben dem Türschild aus Messing.

Isidore Berger, ein älterer kleiner Herr mit lebhaften Augen und festem Händedruck, begrüßte mich höflich und bat mich in sein Büro. Es gab keinen Kaffee, und die Verlesung des Testaments, das mein Onkel, wie der Notar mir mitteilte, schon viele Jahre vor seinem Tod gemacht hatte – zu einer Zeit, als er noch gar nicht in der Seniorenresidenz wohnte –, gestaltete sich seltsam nüchtern. Monsieur Berger las den letzten Willen Albert Beauregards mit leiernder Stimme vor. Dieser besagte, dass ich die alleinige Erbin aller Hinterlassenschaften war. Überdies hatte mein Onkel verfügt, dass seine Asche am Château de Sully verstreut werden sollte, einem Wasserschloss an der Loire.

«Diese Aufgabe würde dann in Ihre Obliegenheiten fallen, Mademoiselle Beauregard», meinte Monsieur Berger und schaute einen Moment von seinem Schreibtisch auf. «Ich gehe davon aus, dass Sie diesen letzten Willen Ihres Onkels erfüllen werden?»

«Ja ... ja, natürlich», stotterte ich beklommen.

Die wenigen Sachen des täglichen Bedarfs, die Onkel Albert am Ende seines Lebens noch gebraucht hatte – darunter ein Rollstuhl –, hatte er der Seniorenresidenz überlassen.

Ich musste ein paar Papiere unterschreiben, dann händigte Monsieur Berger mir die Besitzurkunde für das Hausboot aus und dazu einen Schlüsselbund und einen Brief meines Onkels, der sich in einem verschlossenen Umschlag befand. Ganz zuletzt überreichte er mir die Urne, die sich in einem Karton befand. «Mein Beileid», sagte er.

Ich bedankte mich verlegen, und der Notar wünschte mir alles Gute und verabschiedete sich mit einer angedeuteten Verbeugung. Das ganze Prozedere hatte kaum eine Stunde gedauert.

Ich verließ die Kanzlei mit einem etwas mulmigen Gefühl und setzte mich in ein Café in der Nähe der Kirche. Ich hatte das dringende Bedürfnis, einen Kaffee zu trinken. Als die Kellnerin wieder hinter der Theke verschwunden war, öffnete ich zögernd den Brief, auf dem in einer steilen Handschrift mein Name stand. Mit klopfendem Herzen las ich die Worte, die Onkel Albert vor langer Zeit an mich gerichtet hatte.

Meine liebe kleine Joséphine!

Nein, klein wirst du wohl nicht mehr sein, wenn du diesen Brief erhältst, aber ich sehe dich eben immer noch so vor mir, wie du damals warst, als wir zusammen auf große Fahrt gingen. Ein kleines Mädchen mit dunklen Zöpfen und einem kecken Lächeln. Du warst so glücklich, mit mir auf dem Boot zu sein, und ich war es auch. Obwohl du mir tausend Löcher in den Bauch gefragt hast. Nun, ich hoffe,

ich habe dir ein paar brauchbare Antworten geben können.
Mein Leben war immer frei und ungebunden, eine eigene
Familie habe ich nie gehabt, aber der Sommer damals mit
dir hat mir eine Vorstellung davon gegeben, wie es hätte sein
können, eine Familie zu haben. Ich habe keine großen Güter
angehäuft, die ich am Ende meines Lebens verteilen könnte.
Was ich hatte, habe ich ausgegeben, und was ich noch habe,
werde ich wohl in den kommenden Jahren brauchen. Aber
mein Hausboot sollst du bekommen – als Erinnerung an
deinen Onkel, der sicher nicht alles richtig gemacht hat in
seinem Leben, aber doch manches. Mein letzter Wunsch ist
es, dass du meine Asche am Château de Sully verstreust.
Dort, wo die Loire so golden in der Abendsonne schimmert,
soll mein Herz begraben sein, frag nicht, warum.

Das Leben ist eine Reise, es geht immer irgendwie
weiter, und am Ende fließt jeder Fluss ins Meer, wo sich alle
Schicksale treffen und das zusammenkommt, was zusam-
mengehört. Ich finde, das ist eine beruhigende Vorstellung.

Gib auf dich acht, Joséphine, bleib immer, wer du bist.
Denk nicht zu viel nach. Und wenn dir das Glück am
Wegesrand begegnet, zögere nicht und greif mit beiden Händen zu. Verpasse nicht den alles entscheidenden Augenblick.
Ich wünsche dir alles Gute und eine glücklichere Hand in
der Liebe, als ich sie hatte. Und nun trink ein Glas auf mich,
du weißt ja, was ich immer gesagt habe – in vino veri-
tas –, und denk noch ein letztes Mal an deinen alten

Onkel Albert

Einigermaßen betroffen ließ ich den Brief sinken und dachte noch eine Weile über die so freundlichen und auch ein wenig rätselhaften Worte meines Onkels nach. Was meinte er damit, dass er mir eine glücklichere Hand in der Liebe wünschte, als er selbst sie gehabt hatte? Und was hatte es mit diesem Schloss an der Loire auf sich, an das ich mich nur noch dunkel erinnerte. Es rührte mich, dass er unseren gemeinsamen Sommer offenbar in ebenso guter Erinnerung behalten hatte wie ich. Dass es auch für ihn etwas Besonderes gewesen war. Und dass er mir seinen wertvollsten und einzigen Besitz hinterlassen hatte. Sein Hausboot, von dem ich nun wusste, dass es irgendwo in Paris zwischen dem Pont de la Concorde und dem Pont Alexandre III ankerte.

Ein paar einsame Glockenschläge wehten von der Kirche zu mir herüber. Es war zwölf Uhr. Ich bestellte mir eine Quiche und einen Chardonnay und trank das gut gefüllte Glas auf Onkel Albert, dessen Asche unbegreiflicherweise neben mir in der Urne ruhte.

Dann rief ich Luc an.

«Na, hat alles gut geklappt?», fragte er. «Bist du etwa schon zurück in Paris?»

«Ja und nein», sagte ich. «Ich wollte mich nur mal kurz melden. Ich war schon beim Notar und bin noch in Chablis. Aber ich mache mich jetzt auf den Weg.»

Rasch berichtete ich von meinem Besuch bei Isidore Berger. Ich hatte Luc am Tag zuvor gesehen. Er war nach der Arbeit mit einem Strauß Rosen bei mir vorbeigekommen. Keine Ahnung, welche Ausrede er seiner Frau diesmal aufgetischt hatte, und es war mir auch egal.

«Bist du mir noch böse, *mon amour?*», hatte er gefragt und zerknirscht gelächelt. «Ich hab die ganze Zeit an dich gedacht. Ich konnte wirklich nicht eher kommen.»

«Nie bist du da, wenn ich dich brauche», hatte ich vorwurfsvoll gesagt. «Du weißt ja nicht, was hier los gewesen ist.»

«Aber jetzt bin ich doch da. Oder etwa nicht?»

Er zog mich an sich, und in diesem Moment überwog wie immer die Freude, ihn zu sehen. Dann dachte ich an Cedrics Worte und wand mich aus seiner Umarmung. Ich nahm die Blumen und stellte sie Stängel für Stängel in die Vase.

«Wir müssen reden», sagte ich.

«Ja, ja, natürlich», entgegnete er lächelnd. «Das tun wir auch. Später.» Er küsste mich. Und dann küsste er mich noch mal. «Mein Gott, wie schön du bist, Joséphine. Mit deinem roten Band im Haar. Wie eine Königin. Ich könnte dich immerzu anschauen.»

Ich musste lächeln. «Dann tu endlich etwas dafür, dass du mich immerzu anschauen kannst, Luc. An mir liegt es nämlich nicht.»

«Ich weiß», sagte er. «Du hast ja recht.» Er spielte an den Knöpfen meiner Bluse herum und schob mich in Richtung Bett. «Alles meine Schuld.»

«Du musst endlich mit ihr reden», protestierte ich, während Luc mir die Bluse auszog und seine Hände unter meinen BH schob.

«Das werde ich», murmelte er und ließ seinen Kopf zwischen meinen Brüsten verschwinden.

«Ja, aber wann?», flüsterte ich seufzend und merkte, wie ich schwach wurde, als er mich jetzt sanft aufs Bett drückte und seine Lippen meinen Bauchnabel streiften und sich ihren Weg zwischen meine Beine suchten.

Luc konnte sehr überzeugend sein. Er war ein aufmerksamer Liebhaber, der wusste, was mir gefiel. Und statt zu diskutieren, liebten wir uns am Ende auf meinem breiten Bett mit den vielen Kissen. Luc überschüttete mich mit Zärtlichkeiten, er drängte sich an mich, und bald schon vertrieben seine leidenschaftlichen Umarmungen alle störenden Gedanken.

Nachdem wir uns nach einer Weile voneinander lösten, las ich ihm Monsieur Lassalles Brief vor, der mich ein paar Tage zuvor in eine solch furchtbare Panik versetzt hatte. Und von der Erbschaft und dem Hausboot erzählte ich ihm natürlich auch.

Luc lehnte zufrieden in den Kissen, ein Glas Wein in der Hand. Er schien ziemlich unbeeindruckt.

«Ich verstehe die ganze Aufregung nicht», meinte er. «Und deswegen bist du so durchgedreht? Ich dachte, es ginge um Leben und Tod.» Er lachte. «Dieser Monsieur Lassalle wird dich doch sicher weiterempfehlen. Da hast du bald neue Aufträge. Wo ist das Problem?»

«Das verstehst du nicht, Luc», wandte ich ein. «Du sitzt auf deinem sicheren Posten im Ministerium und bekommst jeden Monat zuverlässig dein Gehalt. Du kannst es dir gar nicht vorstellen, wie das ist, wenn man um jeden Auftrag kämpfen muss. Abgesehen davon, dass man als Übersetzerin nicht gerade Millionen verdient.»

«Mag sein», sagte er, und ich hatte das Gefühl, dass er meine Sorgen nicht so richtig ernst nahm. «Wer braucht schon Millionen?» Er grinste. «Nein, im Ernst, du siehst immer alles viel zu schwarz, liebe Joséphine. Das wird sich schon alles finden.» Er warf einen flüchtigen Blick auf die Uhr. «Und die Sache mit dem Hausboot ist doch großartig. So einen Erbonkel, der aus dem Nichts auftaucht, wenn man ihn gerade braucht, hätte ich auch gern. Bist du nicht aufgeregt?»

«Doch, das bin ich», sagte ich. «Ziemlich aufgeregt sogar. Es fühlt sich alles noch ganz unwirklich an. Aber ja. Morgen fahre ich nach Chablis, und dann wird man sehen.» Ich tippte nachdenklich mit dem Zeigefinger auf seine Brust. «Willst du vielleicht mitkommen?»

«Wollen schon – so ein kleiner Ausflug aufs Land mit dir würde mir sehr gefallen.» Luc nahm meine Hand und küsste jeden Finger einzeln. «Aber ich komme nicht weg. Wir haben Sitzung.» Er seufzte bekümmert. «Tja, der sichere Posten im Ministerium hat eben auch seine Nachteile. Man kann nicht kommen und gehen, wie man will.»

«Ja, ich weiß. War ja auch nur eine Frage.»

«Wir sehen uns, wenn du aus Chablis zurück bist. Und dann zeigst du mir dein Hausboot. Ich bin schon sehr gespannt.»

Er setzte sich auf, schwang die Beine aus dem Bett und angelte nach seinen Boxershorts. «Es ist schon spät, *mon amour*, ich muss los. Leider.»

Ich schlüpfte in meinen Morgenmantel und begleitete ihn zur Tür. «Kannst du nicht noch etwas bleiben?» Ich legte die Arme um seinen Hals, stellte meine nackten Füße auf seine Schuhe und versuchte, den Abschied hinauszuzögern.

«Bis morgen, Kleines.» Er gab mir einen raschen Kuss. «Wir sprechen uns dann.»

Ich ließ ihn nicht los und küsste ihn noch mal. Lächelnd befreite er sich aus meinen Armen. «So jetzt, meine Süße, keine langen Abschiede. Schnell wieder ins Bett mit dir, sonst erkältest du dich noch.» Er trat in den Flur und drehte sich noch einmal um.

«Und ruf mich an, wenn du in Chablis gewesen bist, ja? *Bonne nuit!* Mach dir nicht immer so viele Gedanken.»

Ich hatte ihm nachgesehen, wie er die Treppe hinunterlief. Sein blonder Haarschopf leuchtete zwischen den Verstrebungen des dunklen Holzgeländers auf wie ein flüchtiger Komet. Sekunden später war er verschwunden.

Erst als unten die Tür ins Schloss fiel, war mir der Gedanke gekommen, dass mein Versuch, Luc Clément die Pistole auf die Brust zu setzen, wieder einmal bravourös gescheitert war.

—— ❋ ——

Als ich das kleine Café in Chablis verließ, war es kurz nach eins. Während ich zum Auto zurückging, musste ich daran denken, dass es wahrscheinlich das letzte Mal war, dass ich diesen malerischen Ort aufsuchte.

Onkel Albert war tot, und neben mir, auf dem Beifahrersitz, lag in einem mit Seidenpapier ausgelegten Karton seine Urne.

Es war eine schlichte schwarze Urne aus Holz, und als ich mich jetzt wieder auf den Weg nach Paris machte, dachte ich, dass der Tod immer eine Sache ist, die unser Vorstellungsvermögen in jeder Hinsicht überfordert. Doch die Asche eines Menschen in einer Urne neben sich auf dem Beifahrersitz zu haben, war noch mal etwas anderes. Es war seltsam und kam mir völlig unwirklich vor.

Unwillkürlich fielen mir all die Romane ein, in denen irgendwelche durchgeknallten Heldinnen freiwillig oder unfreiwillig irgendwelche Urnen durch die Gegend transportieren, um letzten Wünschen nachzukommen. Im Roman bekam so etwas immer eine eher komische Note. Meistens ging irgendetwas schief bei dem Urnentransport, oder jemand verliebte sich, während er mit der Asche des Verstorbenen an die letzte Ruhestätte reiste. Aber als ich mich nun immer weiter von dem kleinen Städtchen entfernte, das im nördlichen Burgund inmitten von Weinbergen und Wäldern sanft eingebettet lag, jenem Ort, in dem Onkel Albert die letzten Jahre seines Lebens verbracht hatte, ertappte ich mich dabei, wie ich immer wieder beklommen einen Blick auf die Urne neben mir warf. In dieser Urne war die Asche eines echten Menschen, der gelebt und geliebt hatte, der mit mir gelacht und seinen Wein getrunken hatte.

Ein Wind kam auf, und der Himmel wurde dunkel. Dann prasselte ein Platzregen herunter, und ich machte die Scheibenwischer an und konzentrierte mich auf die Landstraße. Nach einer Weile hörte der Regen auf, und am Horizont wölbte sich ein zarter Regenbogen, der Gutes zu verheißen schien.

4

Als ich an diesem Nachmittag die Tuilerien Richtung Place de la Concorde durchquerte, brach die Sonne durch die Wolken. Die Luft war noch feucht, und ein paar Regentropfen glitzerten in den alten Kastanienbäumen, die im Frühling so wunderbar duften.

Ich atmete tief durch und fühlte immer wieder nach dem Schlüsselbund mit dem silbernen Anker, der in meiner Jackentasche steckte, während ich mich mit zügigen Schritten dem schwarzen Obelisken näherte, der hinter dem Park aufragte.

Wieder zurück in Paris, hatte ich in den Seitenstraßen des Canal Saint-Martin erst ewig nach einem Parkplatz gesucht und hatte schließlich am Jardin Villemin das Auto abgestellt. Hier trafen sich die Leute im Sommer zum Boulespielen, und auch an diesem klaren Wintertag hatte die Sonne ein paar alte Männer in den kleinen Park gelockt. Ob Onkel Albert wohl auch Boule gespielt hatte, dachte ich, als ich mich mit seinen sterblichen Überresten zur Place Sainte-Marthe aufmachte – vorbei an der

Buchhandlung Artazart, wo ich zu meiner Freude manchmal Bücher entdeckte, die ich übersetzt hatte, vorbei an den pastellfarbenen Modegeschäften von Antoine & Lili, vorbei am Hotel du Nord (kurzer Gedanke an Luc) und an den Graffitis, die mir von den Mauern der Schleuse grell entgegenleuchteten.

An diesem Nachmittag drängelten sich die Menschen am Canal Saint-Martin, und ich war in der ständigen Angst, angerempelt zu werden oder zu stolpern und die Urne mit Onkel Albert womöglich noch fallen zu lassen. Was machte man in einer solchen Situation? Wäre es frevelhaft, die Asche eines Toten mit einem Handfeger aufzukehren und wieder in die Urne zu füllen?

Onkel Albert hatte immer einen guten Humor gehabt, aber ein solches Missgeschick hätte er mir vielleicht doch nicht verziehen. Immerhin war ich diejenige, der er seine Asche anvertraut hatte. Und irgendwann würde ich mich wohl zum Schloss Sully aufmachen müssen, um sie dort zu verstreuen. Die Asche wog vielleicht drei Kilo – das erschien mir erstaunlich wenig, wenn man bedachte, was Onkel Albert für ein großer und kräftiger Mann gewesen war –, dazu kam das Gewicht der Urne, und je länger ich das Gefäß in dem unhandlichen Karton vor mir hertrug, desto schwerer schien es zu werden. Ich ächzte leise und merkte, wie mir trotz der Kälte der Schweiß ausbrach. Als ich endlich mit meiner kostbaren Fracht oben in der Wohnung angekommen war, seufzte ich vor Erleichterung. Nach einigem Überlegen stellte ich die Urne oben auf den rot lackierten chinesischen

Schrank im Flur. Dort schien sie mir fürs Erste am besten aufgehoben.

Und dann machte ich mich auf den Weg.

Ich gestehe, dass mein Herz schneller zu schlagen begann, als ich die Place de la Concorde verließ und nach links zum Pont de la Concorde abbog. Hinter der Brücke lief ich die Treppen hinunter, die direkt ans Ufer der Seine führten. Hier lagen, dicht an dicht, einige Hausboote vor Anker. Die meisten wirkten verlassen und etwas heruntergekommen, und als ich durch die Fenster in die Kajüten spähte, sah ich kaputte Wäscheständer, Müllsäcke und allerlei Gerümpel. Offenbar waren Hausboote im Winter nicht sehr beliebt. Ich verlangsamte meinen Schritt und nahm ein Hausboot nach dem anderen in Augenschein, während ich die Uferpromenade entlangging. Zwei Männer, die in dunkelblauen Wollmützen und dicken Jacken auf einem Vorderdeck saßen und offenbar angelten, starrten neugierig zu mir herüber. Ich starrte mindestens ebenso neugierig zurück. Konnte man hier überhaupt Fische fangen?

Ich lief weiter Richtung Westen, wo die goldenen Figuren auf den vier steinernen Säulen des Pont Alexandre III in der Sonne glänzten. In der Ferne erhob sich der Eiffelturm. Die Anzahl der Hausboote nahm ab, und ich wurde allmählich unruhig. Wo war das Boot von Onkel Albert? Ich kniff die Augen zusammen und studierte die Namen der Boote, die auf dem Wasser schaukelten: *L'Admiral*, *Élodie*, *La Nereide*, *La Peniche*, *Lune de Miel*, *L'Albatros* ...

Vielleicht gab es das Boot schon längst nicht mehr? Ratlos blieb ich einen Moment stehen. Hinter der Brücke verfärbte sich die Sonne zu einem roten Ball, der stetig tiefer sank. Die Schatten wurden länger, und die ersten Lichter flammten auf, als ich jetzt einen jungen Mann in einem grünen Parka von einem der Hausboote springen sah. Er trug klobige Stiefeln und kam mit einem Eimer in der Hand auf mich zu.

«Suchen Sie was?», fragte er.

Ich nickte. «Ja. Ich suche ... ich suche ein Hausboot.»

Er grinste. «Suchen Sie sich eins aus, sind ja genug da. Aber im Moment steht keins zum Verkauf, soviel ich weiß.»

«Ich will auch keins kaufen. Ich suche das Boot meines Onkels – Albert Beauregard.»

«Beauregard? Nie gehört.»

«Das Boot heißt *La Princesse de la Loire*», versuchte ich es noch einmal. «Wissen Sie vielleicht, wo es liegt?»

Er zuckte die Achseln und kratzte sich nachdenklich am Hinterkopf.

«Hm», machte er. Dann sagte er nichts mehr, und ich ging davon aus, dass das wohl die Antwort gewesen war.

«Na, egal», sagte ich. «Danke jedenfalls.»

«Nein, warten Sie!» Er runzelte angestrengt die Stirn. «Ich mein, ich hätte den Namen schon mal gelesen. *Princesse de la Loire* ... *Princesse de la Loire* ...», murmelte er. «Ich glaub, das liegt weiter oben – gleich bei der Brücke. So 'n alter blauer Kahn?»

«Ja!», rief ich und eilte schon weiter, während er mir

verdutzt hinterherstarrte. Mit einem Mal konnte es mir nicht schnell genug gehen. Atemlos näherte ich mich der Brücke. Und dann, wenige Schritte vor dem Pont Alexandre III, der sich in einem mächtigen Bogen über die Seine spannte, blieb ich stehen.

Vor mir lag die *Princesse de la Loire*. Sie schaukelte sanft und einladend auf dem Wasser, als hätte sie die ganze Zeit auf mich gewartet.

Der Himmel verfärbte sich bereits, als ich an Deck kletterte. Der Bootslack war an einigen Stellen abgeblättert, und die dicken Taue, mit denen das Boot an einem schweren Eisenring befestigt war, waren von Moos überzogen. Doch abgesehen davon, dass mir das Boot etwas kleiner erschien, als ich es in Erinnerung hatte, sah es noch genauso aus wie damals.

Ich zog den Schlüsselbund aus der Tasche und probierte erst den einen Schlüssel, dann den anderen. Sie passten beide. Dass es auch noch einen dritten Schlüssel gab, ahnte ich nicht, als ich jetzt mit gemischten Gefühlen die Tür aufstieß.

Vorsichtig stieg ich die wenigen Stufen der steilen Holztreppe hinunter und betrat die Kajüte. Ein schwacher Geruch von Sandelholz und Tabak lag in der Luft, und zu meiner Überraschung schien alles viel weniger verstaubt und heruntergekommen, als ich es erwartet hatte. Offenbar war die Zeit gnädig gewesen mit dem alten Hausboot. Ich blieb einen Augenblick mitten in der Kajüte stehen, und es kam mir so vor, als hätte sich in den zwanzig Jahren, die inzwischen vergangen waren, nichts verändert.

Ich befand mich in einer Zeitkapsel, war wieder das kleine Mädchen, das aufgeregt jeden Winkel des Hausboots erkundete und alles wissen wollte: Wie ein Kompass funktioniert. Wie man den zweiflammigen Gaskocher in der Kombüse betätigte. Wie man das große Steuerrad an Deck bediente oder mit einem Seil feststellte, um auf Kurs zu bleiben.

Die offene Tür knarzte leise, und ich drehte mich erschrocken um. Fast erwartete ich, dass Onkel Albert ins Zimmer trat und mich mit einem polternden *Ohé* begrüßte. Und während draußen die Sonne immer tiefer sank, streifte ich durch den geräumigen Wohnraum und sah mich mit einem sentimentalen Lächeln um.

Alles war an seinem Platz. Nur Onkel Albert fehlte.

Versonnen strich ich mit der Hand über das Mahagoniholz der Wände und Türen, das wie frisch poliert glänzte. Ich setzte mich in die hellblau gepolsterte Sitzecke mit den hohen Rückenlehnen. Auf dem Tisch davor standen ein Kristallaschenbecher und eine leere Keramikschale. Durch die kleinen Fenster, die über der Rücklehne des eingebauten Sofas liefen, fiel das Abendrot und tauchte die Fotos und Landkarten an den Wänden in ein goldenes Licht. Feinste Staubpartikel wirbelten durch die Luft. Mein Blick blieb an dem einzigen Bild an der Wand hängen – einem ausgeblichenen Farbfoto, das meinen Onkel in jungen Jahren und in hemingwayhafter Pose zeigte. In der einen Hand hielt er einen Fisch, den er offenbar gerade gefangen hatte, in der anderen eine Angel. Das dunkle Haar fiel ihm verwegen in die Stirn, und er lächelte stolz.

Ich musste plötzlich daran denken, wie wir draußen an Deck über dem Campingkocher die selbst gefangenen Fische in salziger Butter in der Pfanne gebraten hatten. Bis zu jenem Sommer hatte ich nie Fisch gemocht, aber plötzlich schmeckte mir das feine weiße Fleisch der kleinen Fische, die Onkel Albert im Fluss fing. Es schmeckte nach Abenteuer.

Ich stand auf und ging zu dem Sideboard hinüber, auf dem noch immer das alte Schachbrett stand, auf dem ich damals unter Onkel Alberts Anleitung die ersten Züge gemacht hatte. Mein Onkel ließ mich nie gewinnen, so wie man es manchmal bei Kindern macht. Er nahm mich ernst. Aber er zeigte mir seine besten Tricks, und ich lernte schnell. Nur ein einziges Mal habe ich ihn geschlagen auf unserer Reise zu den Schlössern der Loire. An diesem Tag war Onkel Albert nicht recht bei der Sache, sonst wäre mir das sicher nie gelungen. Aber ich erinnerte mich noch gut an das berauschende Gefühl meines «echten» Sieges und wie ich jubelnd «Schachmatt» schrie, als Onkel Albert durch einen unkonzentrierten Zug die Deckung seines Königs aufgab und ich mit meinem Turm vor ihm stand. Onkel Albert hatte einen Moment verblüfft auf das Schachbrett gestarrt, dann hatte er leise gelacht und mir gratuliert. «Ich glaube, jetzt kann ich dir nichts mehr beibringen, du bist zu gut», hatte er gesagt.

Gedankenverloren nahm ich jetzt den König und kickte einen Bauern beiseite, dann stellte ich die Figuren rasch wieder auf. Ich hatte schon ewig nicht mehr Schach gespielt – seit damals, um ehrlich zu sein.

Neben der Kommode stand ein schmaler massiver Schrank, der mit hübschen Intarsien verziert war. Auch den hatte es damals schon gegeben. Doch nun war er verschlossen, und der Schlüssel fehlte. Ich tastete oben auf dem Schrank herum, aber da war nichts, nur eine dicke Staubschicht. Ich wischte mir die Finger an meiner Jeans ab und drückte versuchsweise an der Tür herum in dem Versuch, sie aufzubekommen, aber sie ließ sich nicht öffnen. Ich beschloss, später nach dem Schlüssel zu suchen, und trat an die schmale Küchenanrichte, auf der zwei Flaschen Rotwein und eine Packung Cracker standen. Ob der Wein noch trinkbar war? Ich bezweifelte es. Versuchsweise betätigte ich den Lichtschalter neben der Tür, und die Lampe in der Mitte des Raumes ging flackernd an. Erstaunlich. Wenn man es nicht besser gewusst hätte, hätte man fast meinen können, dass das Boot noch bewohnt war. Vom Geist Onkel Alberts, dachte ich und lächelte.

Mein kleiner Rundgang endete vor einer schmalen Tür, die den Wohnraum von der Schlafkajüte abgrenzte. Sie sprang knarrend auf, und ich warf einen Blick in die Kabine mit den blau-weiß gewürfelten Vorhängen vor den kleinen Fenstern und den beiden Schlafkojen, die mir als Kind als Inbegriff der Gemütlichkeit erschienen waren.

Kissen und Decken lagen einladend bereit, und vor dem eingebauten Lamellenkleiderschrank, in dem ein paar Anziehsachen hingen, baumelten mit Lavendel gefüllte Säckchen.

Neben der Tür gab es ein Regal, in dem ein paar Bücher standen. Verwundert entdeckte ich zwischen Reiseführern und einigen Bildbänden über die Schlösser der Loire auch mehrere Krimis, die alle von einem gewissen Maurice Forestier geschrieben worden waren. Obwohl ich mir aus Krimis und Thrillern nicht viel machte, sagte der Name mir etwas – Forestier war mit seinen Romanen ziemlich erfolgreich. Ich hatte allerdings meine eigenen Theorien darüber, dass die Autoren von Kriminalromanen und Thrillern in Wirklichkeit ein äußerst langweiliges Leben führen mussten. Wahrscheinlich dachten sie sich deswegen auch ständig all diese Geschichten von Mord und Totschlag aus. Um ihre eigene ereignislose Existenz ein bisschen aufzupeppen. Wie Agatha Christie, von der man sagte, dass sie ihre Kriminalfälle ersonnen hatte, während sie am Herd stand und Suppe kochte.

Ich zog eines der Bücher heraus und blätterte belustigt darin herum. *Mord in den Gemüsebeeten von Villandry.* Du lieber Himmel! Wer dachte sich solche Titel aus? Der Umschlag zeigte ein paar rosarote Kohlköpfe, aus denen eine blutige Hand ragte. Sollte mein Onkel auf seine alten Tage noch ein passionierter Leser von Kriminalromanen geworden sein?

Kopfschüttelnd stellte ich das Buch wieder zurück und zog die Tür hinter mir zu. Mein kleiner Rundgang war beendet. Alles in allem schien mir das Boot in einem recht guten Zustand zu sein.

Als ich wieder an Deck ging, war es bereits dunkel geworden. Die Luft war kalt und klar. Irgendwo in der Ferne glitzerte der Eiffelturm. Ich schlenderte zurück zum Achterdeck, lehnte mich an die Reling und blickte auf die Lichter der Stadt, die zu beiden Seiten der Seine leuchteten. An einem Novembertag konnte Paris sehr grau und unfreundlich sein, doch sobald sich der Nachthimmel über die Stadt senkte, über das Grand Palais und den Invalidendom, über den Louvre und die Glaspyramide, über die erleuchteten Boulevards und Cafés, wurde ganz Paris zu einem einzigen glitzernden Universum. Der Anblick war magisch, und ich fühlte mich plötzlich sehr privilegiert, wie ich da inmitten von allem an Deck des alten Hausbootes stand, das sacht auf dem Wasser schaukelte – *meines* Hausbootes, mit dem ich allerdings nie wieder auf große Fahrt gehen würde, weil ich es bald schon verkaufen würde. Jener Sommer meiner Kindheit war unwiderruflich vorbei, und mir wurde plötzlich ganz flau vor Melancholie.

In dieser seltsamen Stimmung kam mir eine Idee. Ich würde diese Nacht auf dem Hausboot verbringen. Als Abschied von Onkel Albert und all unseren gemeinsamen Erinnerungen. Natürlich würde ich das Hausboot am Ende verkaufen, alles andere wäre auch nicht vernünftig, aber in dieser Nacht sollte die *Princesse de la Loire* noch einmal mir gehören.

———— ❀ ————

Nachdem ich unweit des Pont Alexandre III noch ein Sandwich gegessen und ein Glas Rotwein getrunken hatte, schlenderte ich zum Boot zurück. Und kurze Zeit später lag ich in meiner alten Schlafkoje und schloss zufrieden die Augen.

Nirgendwo auf der Welt fühlt man sich so geborgen wie nachts auf einem Hausboot. Ich lag im Rumpf des Bootes, an dessen Planken sanft wie kleine Finger die Wellen klopften und mich in den Schlaf wiegten. Es war auf eine ganz eigene Weise beruhigend, so als wäre man im Herzen von Paris, das ruhig und leise schlug, während sich auf der Seine tausend Lichter spiegelten.

Das sanfte Plätschern des Wassers machte mich schläfrig, und mit einem Mal hatte ich das Gefühl, dass das alte Hausboot ablegte und lautlos über die Seine glitt. Bald lag Paris weit hinter mir, und ich fuhr durch eine sommerlich-idyllische Flusslandschaft, an deren Ufern Silberpappeln im Sonnenlicht flirrten. Wie auf meiner ersten Reise fuhr ich vorbei an der Maison Plume, einem direkt am Wasser gelegenen Haus auf Stelzen in Villequier, wo die Tochter von Victor Hugo einst auf so tragische Weise verunglückt war. Eine von den vielen Geschichten, die Onkel Albert mir damals erzählt hatte, während wir Schleusen passierten und unter alten Viadukten herglitten. Schon bald formten sich die Bilder von der Flussfahrt von damals zu Träumen, die sich mit den Erinnerungen an unsere Ausflüge an die Loire-Schlösser vermischten. Die Pagode de Chanteloup, die in der Nähe des Château Chaumont an einem kleinen See aufragte, dahinter ein chinesischer Garten mit rot lackierten Bänken und wunderbaren Blumen. Ein sonnendurchflutetes Picknick in einem Park, eine Prinzessin mit langem weißblondem Haar, die lächelnd den Inhalt eines geflochtenen Picknickkorbs vor uns ausbreitete und einem Märchen entsprungen zu sein schien. «Möchtest du auch etwas aus dem *petit panier des Chanteloup*, Joséphine?» Ihr Lachen klang silberglockenhell, und ich war wie verzaubert von so viel Anmut. Ich sah meinen Onkel, der sich auf der Decke ausstreckte und glücklich lachte. So ausgelassen hatte ich ihn selten erlebt. Dann bellte ein kleiner Hund, der auf der Wiese mit einem Stöckchen spielte, eine Stimme rief: «Komm her, Filou.» Und dann war ich plötzlich wieder auf dem Hausboot und hörte, wie die Tür zur Kajüte sich öffnete und wieder schloss. Es war Onkel Albert, der hereinkam.

«Onkel Albert», rief ich erfreut. «Onkel Albert, ich bin hier hinten!»

Er kam mit polternden Schritten herein und sah mich lächelnd an. «Wie schön, dass du wieder da bist, *ma petite*», sagte er. «Ich wusste, dass du eines Tages kommen würdest.» Er seufzte, warf seine Jacke auf den Boden, streifte sich die Schuhe ab und ließ sich schwer auf mein Bett fallen. Sein Atem roch nach Wein, als er sich jetzt neben mir ausstreckte, und ich lächelte nachsichtig. Onkel Albert wusste stets einen guten Tropfen zu schätzen. Aber er war kein Trinker gewesen, wie Pauline behauptet hatte.

Gewesen?

Onkel Albert war doch tot. Das Bild einer schwarzen Urne tauchte plötzlich vor meinem inneren Auge auf.

«Onkel Albert?», rief ich aufgeregt. «Bist du etwa ein Geist?»

Er murmelte etwas Unverständliches und wühlte seinen Kopf in das Kissen.

«Aber du bist ja gar nicht tot!», sagte ich glücklich.

Und dann schlug ich die Augen auf und bekam den Schreck meines Lebens.

Neben mir lag tatsächlich ein Mann.

Aber es war nicht Onkel Albert.

Der wildfremde Mann mit dem dunklen Haar sah mich verdutzt an, als ich wie eine Wahnsinnige zu schreien anfing. «Aaaah! Hilfe, Hilfe!» Ich hörte, wie meine Stimme durch die Dunkelheit schrillte und sich überschlug, während ein kleiner Hund wie wild zu bellen anfing.

Das hier war kein Traum. Eine dunkle Gestalt, die offensichtlich nichts Gutes im Schilde führte, war in das Hausboot eingedrungen und hatte sich gerade an mir zu schaffen machen wollen.

«Hilfe, Polizei! Hilfe, Hilfe!», schrie ich wieder, und dann spürte ich eine große Hand, die sich über meinen Mund legte.

«Shhh! Jetzt schreien Sie doch nicht so. Sind Sie verrückt geworden, oder was? Ruhig, Filou! Platz!» Letzteres war an den kleinen Foxterrier gerichtet, der seine Pfoten kläffend gegen die Matratze gestemmt hatte und jetzt mit einem Jaulen davon abließ und sich auf den Boden kauerte. «Um Himmels willen, beruhigen Sie sich, Mademoiselle, ich tue Ihnen ja nichts.»

Seine braunen Augen schauten mich einigermaßen fassungslos an. Er schien überrascht. Wieder roch ich seinen Alkoholatem.

Wahrscheinlich ein Clochard, der mit seinem Hund hier auf meinem Hausboot Unterschlupf suchte. Betrunken war er auch noch. Plötzlich fielen mir die beiden Weinflaschen und die Packung Cracker ein, die auf der Küchenablage gestanden hatten. Die waren natürlich von ihm und kein Relikt aus der Vergangenheit. Offenbar hatte dieser Vagabund hier schon eine ganze Weile sein Quartier aufgeschlagen.

«Lassen Sie mich sofort los, was fällt Ihnen ein!», schrie ich wütend und versuchte, mich aus seinem Griff zu winden, aber unter der Hand dieses Hünen verebbte meine Forderung zu einem erstickten Gemurmel.

«Hören Sie jetzt auf zu schreien?», fragte er streng. «Dann lasse ich Sie sofort los.» Er musterte mich forschend. «Sie müssen nicht gleich hysterisch werden. Es besteht keine Gefahr. Haben Sie das kapiert?»

Ich nickte.

Kaum hatte er seine Hand von meinem Mund genommen, schoss ich hoch und herrschte ihn an.

«Sind Sie wahnsinnig?», rief ich völlig außer mir, während der kleine Hund auf dem Boden hockte und winselnd mit dem Schwanz wedelte. «Mich so zu erschrecken!» Mein Herz klopfte immer noch rasend schnell. «Was, zum Teufel, machen Sie in meinem Bett?»

Der Mann stand auf und machte die alte grüne Fischerlampe an, die von der Decke hing. Er verschränkte die Arme und sah mich nun seinerseits ziemlich erstaunt an. Vielleicht war er betrunken, aber nicht sehr. Und für einen Clochard war er ein bisschen zu gut gekleidet. Er zog die Augenbrauen hoch und grinste amüsiert.

«Die Frage ist doch wohl eher: Was machen Sie auf meinem Hausboot, Mademoiselle?!»

— ❀ —

Die darauffolgende Stunde gehörte wahrscheinlich zu der peinlichsten meines Lebens. Der mysteriöse Fremde hieß Maxime Lafôret, und er war weder Clochard noch Frauenschänder. Er hatte jedes Recht, hier zu sein. Denn er war der offizielle Mieter des Hausboots.

Das behauptete er zumindest, als ich mich nach dem ersten Schock von ihm in die Polstergarnitur in der Kajüte führen ließ. Er öffnete den kleinen Kühlschrank in der Küche, beugte sich hinunter und tauchte einen Moment später mit einer Flasche Perrier wieder auf. «Möchten Sie ein Glas Wasser?» Er schwenkte die grüne Plastikflasche und holte zwei Gläser aus dem Regal. «Auf den Schreck.»

Ich nickte verwirrt, und er stellte die Gläser vor uns auf den Tisch, bevor er sich in den Sessel fallen ließ. Ich starrte den Mann mit den unschuldigen braunen Augen und dem dunkelblauen Ringelpullover, der so rücksichtslos in meine letzte Nacht auf der *Princesse de la Loire* getrampelt war, feindselig an. Er mochte vielleicht vierzig sein, vielleicht auch etwas jünger. Der braun gefleckte Hund, der offenbar auf den Namen Filou hörte, tapste hinter ihm her und rollte sich dann friedlich zu den Füßen seines Herrchens ein.

«Woher kennen Sie meinen Onkel überhaupt?», fragte ich misstrauisch. «Er hat Sie mir gegenüber jedenfalls nie erwähnt.»

«Tja», gab er zurück. «Das kann ich nur zurückgeben. Ich wusste auch nicht, dass Albert eine Nichte hat. Wann haben Sie Ihren Onkel denn das letzte Mal gesehen, Mademoiselle Beauregard?»

Ich wurde rot. «Nun ja, das ist schon eine ganze Weile her. Er war ja auch schon länger krank.»

«Das tut mir leid. Davon wusste ich nichts.»

«Also – woher kennen Sie sich denn nun?», beharrte ich.

«Oh, wir haben uns schon vor Jahren kennengelernt», entgegnete er unbestimmt. «An der Loire. Er machte Ferien dort mit seinem Hausboot, und ich arbeitete gerade den Sommer über in den Gärten von Schloss Amboise.»

«Aha», sagte ich. Offenbar war dieser Lafôret so ein Gelegenheitsarbeiter, der sich den Sommer über für irgendwelche Jobs verdingte und im Herbst zur Weinlese ging.

«Und dann?»

«Und dann?» Er zuckte die Achseln. «Na ja ... Wir haben uns ein bisschen angefreundet, waren ein paarmal zusammen angeln, wir mochten uns irgendwie. Und als Albert mir erzählte, dass er sein Hausboot immer weniger nutze, habe ich gefragt, ob ich es vielleicht mieten kann. Ich kenne mich aus mit Booten, und ihm war's ganz recht, dass sich jemand kümmert. Am Anfang hatten wir dieses Arrangement, dass er das Boot im Juli immer selbst nutzen wollte. Doch das hat er nur im ersten Sommer gemacht. Danach habe ich nichts mehr von ihm gehört.»

Lafôret schüttelte den Kopf und fuhr sich bedauernd durch seine braunen Haare, die ihm immer wieder in die Stirn fielen. «Tut mir echt leid zu hören, dass er gestorben ist. Ich mochte den alten Kauz irgendwie.»

Er griff nach seinem Glas und stürzte es in einem Zug hinunter.

«Entschuldigung, mir brummt noch der Schädel», meinte er, als er meinen missbilligenden Blick bemerkte. «Ich bin heute mit einem Freund, der nächste Woche heiratet, um die Häuser gezogen und hatte wohl ein Glas zu viel.» Er gähnte herzhaft. «Eigentlich brauche ich dringend eine Mütze Schlaf. Konnte ich denn ahnen, dass mein Bett schon belegt ist?» Er grinste mich an und zwinkerte.

«*Ihr* Bett?», gab ich scharf zurück. Ich hatte nicht vor, mich von seinem dämlichen Grinsen einwickeln zu lassen. Dieser Typ kam sich offenbar ganz unwiderstehlich vor. «Nichts auf diesem Boot gehört hier Ihnen, Monsieur Lafôret.»

Er lachte. «Nun ja, ein paar Dinge sind schon von mir», meinte er und fing an, sein Hab und Gut an den Fingern abzuzählen. «Ein paar Kleidungsstücke, drei Bettbezüge, Handtücher, etwas Geschirr, mein Angelzeug, ein paar Bücher, den Wein nicht zu vergessen …»

«Ja, ja, sehr witzig», sagte ich. «Hören Sie schon auf.

Sie wissen genau, was ich meine.» Keine Ahnung, warum mich dieser Mann so auf die Palme brachte. Ich verschränkte die Arme und sah ihn an. «Dann würde ich mal vorschlagen, Sie packen Ihren Kram zusammen, Ihre Barbourjacke, Ihre Gummistiefel, Ihre Weinflaschen und Bücher und was Sie sonst noch hier verteilt haben, und verschwinden einfach von diesem Boot. Es gehört jetzt nämlich mir, verstehen Sie?»

Lafôret schwieg einen Moment. Er schien betroffen, und ich sagte auch nichts mehr. Vielleicht war ich in der ganzen Aufregung ein bisschen übers Ziel hinausgeschossen. Bis zu diesem Abend hatte dieser Mann ja nichts davon gewusst, dass das Hausboot, das er gemietet hatte, mittlerweile in andere Hände übergegangen war.

«Sagen Sie – sind Sie immer so unfreundlich?», fragte er da auch schon. «Oder nur zu mir?»

«Nur zu Ihnen», erklärte ich mit einem ironischen Lächeln. «Sie stören meine Kreise, Monsieur Lafôret.»

«Dasselbe könnte ich von Ihnen sagen», entgegnete er und lehnte sich in seinem Sessel zurück.

«Und diese Krimis in der Schlafkajüte – sind die auch von Ihnen?», fragte ich in ruhigerem Ton. Es hatte keinen Sinn, sich mit diesem Kerl anzulegen, den ich nie mehr wiedersehen würde. Am Ende würde er mein Boot sowieso verlassen müssen.

Er blickte auf. «Ja, die sind von mir.» Seine Augen funkelten. «Warum? Sind Sie daran interessiert?»

«Nein, keineswegs. Ich lese grundsätzlich keine Kriminalromane. Ich hatte mich nur ein wenig gewundert, als ich die Bücher im Regal gefunden habe. Mein Onkel war nie ein großer Leser.»

«Und Sie ... sind demnach auch keine große Leserin?»

«Wie? Nein, ich lese *natürlich*. Sehr viel sogar. Das gehört sozusagen zu meinem Beruf.»

«Soso. Was arbeiten Sie denn? Verraten Sie es mir?» Er zog belustigt die Augenbrauen hoch, und ich fühlte mich schon wieder provoziert. Was ging es diesen Typ an, was ich arbeitete? Der wusste doch nicht mal, was das Wort überhaupt bedeutete.

«Ja, stellen Sie sich vor, ich bin Übersetzerin», platzte ich heraus. «Ich mag nur keine Krimis.»

«Wie schade. Warum nicht?»

«Ich finde Krimis banal und unerfreulich. Und am Ende klappt man das Buch zu, und es bleibt einem ... *nichts*. Ich lese lieber anspruchsvollere Sachen, wissen Sie? Das finde ich persönlich spannender. Aber ... na ja, jeder, wie er kann und mag.»

Lafôret verzog die Mundwinkel nach unten und nickte ein paarmal scheinbar beeindruckt mit dem Kopf.

«Was für ein Glück für die armen Autoren, dass nicht alle so denken», meinte er dann. «Soviel ich weiß, verkaufen sich Krimis allgemein sehr gut.»

«Ja, mag sein», gab ich zu. Besser als finnische Literatur jedenfalls, fügte ich in Gedanken hinzu. Der Krimi- und Thrillermarkt boomte in der Tat. Besonders Serien, die in angesagten Gegenden spielten und einen schrägen Ermittler hatten, der meistens schlecht gelaunt war und zu jeder Tages- und Nachtzeit Kaffee oder hochprozentige

Kaltgetränke in sich reinstürzte, waren sehr beliebt. Neuerdings gab es auch Romane mit tattrigen Rentnern, die sich in Clubs zusammentaten und erfolgreich Mordfälle lösten. Was mal wieder zeigte, wie weit Fiktion und Realität auseinanderklaffen konnten.

Monsieur Lafôret saß da und musterte mich aufmerksam. Er hatte die Arme auf die Sessellehne gelegt und schien immer noch auf eine Antwort zu warten.

«Kann es sein, dass Sie da ein gewisses Vorurteil haben?»

«Hören Sie, Monsieur Lafôret, ich bin der Meinung, dass die meisten Autoren, die diese Art von ... äh ... Literatur verfassen, ein ziemlich langweiliges Leben führen, aber das ist, wie gesagt, auch nur *meine* Meinung.» Ich nickte ihm freundlich zu und beschloss, die ganze Sache abzukürzen. «Reden wir lieber über das Hausboot. Bis wann, meinen Sie, können Sie es räumen?»

«Wieso räumen?», fragte er. «Sie sagen das so, als wäre ich ein Hausbesetzer. Ich habe dieses Boot aber gemietet. Ganz legal. Von Ihrem Onkel.»

«Ja, ich weiß, das sagten Sie bereits.» Ich seufzte ungeduldig. «Ich unterstelle Ihnen ja auch gar keine kriminellen Absichten. Aber wir müssen schließlich irgendwie weiterkommen, nicht wahr? Haben Sie überhaupt einen richtigen Mietvertrag? Oder war das so ein Gentlemen's Agreement zwischen meinem Onkel und Ihnen?»

Bei dem Wort Gentlemen verzog ich das Gesicht.

«Nein, nein», erklärte Lafôret unbefangen. «Kein Gentlemen's Agreement. Es gibt einen schriftlichen Vertrag. Den kann ich Ihnen gerne zeigen. Ich habe ihn nicht hier, aber wenn Sie mir Ihre Adresse dalassen, schicke ich Ihnen den Vertrag umgehend zu, und dann werden Sie sehen, dass alles seine Richtigkeit hat.» Er verschränkte zufrieden die Arme.

«Ich bitte darum!» Ärgerlich kramte ich nach meiner Visitenkarte und warf sie auf den Tisch. «Der Vertrag sollte so schnell wie möglich aufgelöst werden.»

«Hm», brummte er.

«Was soll das heißen – *hm*?»

«Nun, bei allem Respekt für Sie und Ihren toten Onkel – ich habe dieses Boot auf zehn Jahre gemietet. Und ich sehe eigentlich gar nicht ein, warum ich es vorzeitig aufgeben sollte.»

«Was?!», rief ich entsetzt aus. «Zehn Jahre?!» Ich sah meine Felle davonschwimmen. «Und wie viel Jahre sind davon schon um?»

«Fünf», erklärte er und legte den Kopf schief. «Die Miete werde ich dann natürlich künftig auf Ihr Konto überweisen.»

«Ach ja? Haben Sie denn überhaupt so viel Geld?» Ich merkte, wie ich wütend wurde. Vermutlich hatte mein gutmütiger, geistig zunehmend verwirrter Onkel in den letzten Jahren nicht einen Cent von diesem Mann gesehen. «Was zahlen Sie denn an Miete, wenn ich fragen darf?»

«Fünfhundert Euro. Freundschaftspreis.» Er lächelte gewinnend.

«Aber … aber … das ist doch nicht möglich!», stotterte

ich. Irgendwie war ich mit einem Mal in einem surrealistischen Film gelandet. Das Ganze war vollkommen absurd. Vielleicht träumte ich noch?

Aber nein – ich saß hier, mitten in der Nacht, auf dem alten Hausboot meines Onkels, das ich erst vor wenigen Tagen geerbt hatte und dringend verkaufen musste, und ein wildfremder Mann, der sich zu mir ins Bett gelegt und mir den Mund zugehalten hatte, erklärte mir gerade wohlgemut, dass er der Mieter war und dies die nächsten fünf Jahre auch zu bleiben gedachte – für lächerliche fünfhundert Euro im Monat! Dafür bekam man in ganz Paris nicht mal ein Mauseloch.

War mein armer Onkel am Ende seines Lebens dermaßen verwirrt gewesen, dass er diesem Luftikus sein Hausboot für so wenig Geld und einen so langen Zeitraum zugesichert hatte, obwohl doch ich im Testament die Begünstigte war? Oder log dieser Mann mir frech ins Gesicht? Nein, er machte nicht den Eindruck, dass er log.

Lafôret saß ganz entspannt in seinem Sessel und faselte was von einem schriftlichen Vertrag, den er mir vorlegen könne.

Wahrscheinlich hatte er meinen gutmütigen Onkel damals bequatscht. Bei einer Flasche Bordeaux, die die beiden zusammen geleert hatten. Dieser Typ hatte Onkel Albert über den Tisch gezogen, ohne dass der es durchschaut hatte. Das alles konnte einfach nicht wahr sein. Ich merkte, wie sich die Kajüte um mich zu drehen begann, und schloss für einen Moment die Augen.

«Alles in Ordnung, Mademoiselle Beauregard? Hier,

trinken Sie noch einen Schluck.» Lafôret hatte sich über mich gebeugt und hielt mir das Glas entgegen. «Sie sind plötzlich ganz blass geworden. Kann ich was für Sie tun? Einen Cracker vielleicht?»

Ich schüttelte den Kopf und trank von dem Mineralwasser. Allmählich merkte ich, wie der Schwindel sich legte und meine Lebensgeister zurückkehrten. Dann setzte ich mich auf und sah Lafôret an.

«Ja, Sie können etwas für mich tun, Monsieur. Verlassen Sie einfach mein Boot.»

«Sie meinen ... Jetzt? Oder für immer?», fragte er süffisant.

«Für immer», fauchte ich.

Er wich zurück und fing sich sofort wieder. Seine dunklen Augen glitzerten. «Nun ... ganz, wie Sie wollen. Darüber können wir gern in fünf Jahren reden. Ich brauche das Boot nämlich.»

«Und ich brauche es auch», erklärte ich mit fester Stimme. «Ich will es verkaufen, verstehen Sie?»

«Wie – Sie wollen das Hausboot Ihres lieben Onkels verkaufen? Das Einzige, woran sein Herz wirklich hing? Das ist aber gar nicht nett.» Er schüttelte missbilligend den Kopf und machte spöttisch «Tss, tss».

«Ja», sagte ich. «Ich verkaufe es. Ich *muss* es verkaufen», setzte ich hinzu. «Hören Sie auf mit Ihrem ‹Tss, tss› und tun Sie nicht so, als ob es Ihnen um das Andenken meines Onkels ginge. Ich habe Sie durchschaut.»

«Dann verkaufen Sie es ... verkaufen Sie es. Aber ich bleibe an Bord.» Er erhob sich und deutete eine Verbeugung an. «Den Vertrag schicke ich Ihnen gleich morgen zu. Vielleicht ist Ihnen das nicht bekannt, Mademoiselle Beauregard, aber als Mieter hat man in diesem Land auch gewisse Rechte.»

«Glauben Sie mir, das weiß ich besser als Sie, Monsieur Lafôret.»

Ich stand ebenfalls auf, und wir maßen uns mit unfreundlichen Blicken. «Genießen Sie Ihre letzten Tage auf dem Boot. Sie werden es nämlich bald verlassen müssen.»

«Ach ja?» Er grinste frech. «Das glaube ich kaum.»

«Es spielt keine Rolle, was Sie glauben, Monsieur. Ich werde Sie nämlich rausklagen», rief ich erbost.

«Na, dann wünsche ich viel Glück!», entgegnete er heiter. «Sie werden es brauchen können. Mich bekommen Sie hier nicht raus.»

«Das werden wir ja noch sehen», rief ich. «*Au revoir*, Monsieur Lafôret.»

Ich drehte mich um und stapfte wütend die Stiege hoch, die an Deck führte. Es war drei Uhr nachts, und draußen wehte mir ein eisiger Wind entgegen. Mir blieb kurz die Luft weg, und dann hörte ich seine schweren Schritte hinter mir die Treppe hochpoltern.

«Ihre Jacke, Mademoiselle!» Er hielt mir meine dunkelgrüne Daunenjacke entgegen. «Nicht, dass Sie sich noch eine Lungenentzündung holen. Wär doch schade. Dann können Sie gar nicht mehr gegen mich klagen.»

Ich riss ihm die Jacke aus der Hand, zog sie mir rasch über und sprang mit einem beherzten Satz von Bord.

«Wissen Sie was? Sie können mich mal!», rief ich in die Dunkelheit.

Ich sah seine Silhouette, die sich vor dem erleuchteten Pont Alexandre III als schwarzer Schattenriss abzeichnete, und hörte, wie er leise lachte. «Sie mich auch, Mademoiselle Beauregard, Sie mich auch!»

5

Maxime Lafôret hatte es offenbar darauf angelegt, alle meine Pläne zu torpedieren. Wo ich eine Hoffnung hatte, machte er sie zunichte. Dieser Mann bedeutete Ärger. Das war mir von dem Moment an klar gewesen, als er auf meinem Boot herumgetrampelt war und mich so unsanft aus meinen Träumen gerissen hatte. Doch wie es aussah, sollte ich ihn nicht so schnell wieder loswerden.

Nach dem unerfreulichen Zwischenfall auf der *Princesse de la Loire* hatte ich kaum schlafen können. Ich wälzte mich den Rest der Nacht in meinem Bett herum, dann stand ich noch im Dunkeln auf und machte mir einen Tee. Ich stellte mich ans Fenster, den heißen Becher in der Hand, und starrte eine Weile nach draußen auf den menschenleeren Platz, wo nun vier Weihnachtsbäume mit dicken roten Kugeln standen, die am Vorabend auf dem kleinen gepflasterten Rondell der Place Saint-Marthe aufgestellt worden waren. Die Lichter in den Tannenzweigen leuchteten so friedlich und traut. Sie erinnerten mich daran, dass Weihnachten näher rückte. Plötzlich bekam ich Sehnsucht nach Luc. Er würde wissen, was zu tun wäre.

Ich beherrschte mich noch eine ganze Stunde, dann rief ich ihn an.

«Hallo, Luc», flüsterte ich in den Hörer. «Kannst du reden?»

Luc hatte das Haus glücklicherweise schon verlassen und befand sich auf dem Weg zu einem Termin.

«Ja, sicher», sagte er erstaunt. «Was ist passiert, *ma petite?* Warum rufst du so früh an? Alles in Ordnung?» Er klang etwas atemlos, und ich hörte seine eiligen Schritte auf dem Pflaster.

«Nein, nichts ist in Ordnung, Luc. Ich war gestern noch auf dem Hausboot, und stell dir vor...»

«Oje, ich ahne es schon. Das Hausboot entpuppte sich als ein alter rostiger Kahn, den man nur noch verschrotten kann...»

«Nein, nein, so war es nicht, das Boot ist völlig in Ordnung», unterbrach ich ihn ungeduldig. «Jetzt hör mir doch mal zu...»

Aufgeregt berichtete ich von dem unverschämten Eindringling, der so siegesgewiss mein Eigentum besetzt hatte.

«Ach herrje», meinte Luc. «Wie ärgerlich. Aber es bringt nichts, wenn du dich so echauffierst. Bitte deinen Vater um Hilfe. Der ist Anwalt und wird wissen, was zu tun ist. Es gibt immer eine Lösung.»

«Das hoffe ich», entgegnete ich, leicht enttäuscht über

die schwache Reaktion. Ich hätte mir etwas mehr Anteilnahme gewünscht, aber Luc schien mit seinen Gedanken schon ganz woanders zu sein.

«Das war ein ganz schöner Schreck für mich, gestern Nacht, weißt du? Als dieser Mann plötzlich neben mir lag. Ich meine, ich hatte ja keine Ahnung, dass es noch einen dritten Schlüssel zu dem Boot gibt. Und zudem ist dieser Lafôret ein furchtbarer Typ, den interessiert es überhaupt nicht, dass ...»

«Ja, Liebes, ich kann mir genau vorstellen, wie dir zumute ist», unterbrach mich Luc. «Aber sprich jetzt erst mal mit deinem Vater.»

Luc wollte wie immer zum Ende des Telefonats kommen, und ich wollte es wie immer hinauszögern.

«Meinst du, man kann den Vertrag irgendwie auflösen?»

«Bestimmt.»

«Vielleicht war Onkel Albert schon nicht mehr ganz bei Sinnen, als er ihn unterschrieben hat. Ich halte diesen Lafôret für einen Betrüger.»

«Mag sein. Das wird sich alles klären.»

«Willst du heute Nachmittag vielleicht mit mir zum Boot kommen?»

«Solange dieser Kerl dort ist? Das halte ich für keine gute Idee, Joséphine. Jetzt sieh erst mal zu, dass du deinen Vater anrufst.»

«Ja, das mach ich, Luc.»

«Gut. Ich bin schon spät dran, Kleines. Viel Glück!»

«Danke.»

Ich lauschte einen Moment in den Hörer.

«Luc?»

«Ja, was ist denn noch?»

«Liebst du mich?»

«Aber natürlich liebe ich dich. Ich habe nur in drei Minuten meinen Termin. Ich melde mich später, okay?»

Ich nickte stumm und presste den Hörer ans Ohr.

«Ich liebe dich auch», sagte ich. Aber da hatte Luc das Gespräch schon beendet.

—— ❀ ——

«Ach, du liebes bisschen, *darling*, da ist ja *entsetzlich!* Was für ein Schock!» Cedric riss die Augen auf und musterte mich besorgt.

Wir saßen in seiner Küche, vor uns zwei *Bols de Café* und eine Tüte mit duftenden Croissants und Rosinenschnecken, die ich auf dem Weg zum Canal Saint-Martin in meiner Lieblingsboulangerie gekauft hatte, bevor ich dann bei Cedric klingelte. Es hatte eine Weile gedauert, bis es in der Gegensprechanlage knisterte, und ich hatte schon Sorge gehabt, dass Cedric bereits ausgeflogen und auf einem seiner *Flaneur*-Spaziergänge war, die er gerne früh am Morgen machte.

«Hallooo?»

«Bist du schon auf?», hatte ich gefragt.

«Jetzt ja», hatte Cedric gesagt. «Ist noch jemand gestorben? Oder bist du plötzlich unter die Frühaufsteher gegangen?»

«Weder noch. Ich muss dir was erzählen, Cedric. Kann ich kurz raufkommen?»

«Na klar, auf einen Kaffee und eine Zigarette immer.» Auf der Spüle standen noch ein paar Teller und zwei halb volle Weingläser. Cedric sah ziemlich verkatert aus. Sein Freund Augustin war erst spät aus dem Club gekommen, offenbar hatte es eine Auseinandersetzung gegeben, man hatte bis spät in die Nacht diskutiert – «ein kleiner Streit unter Liebenden» – wie Cedric mir lächelnd versicherte, aber dann war die Versöhnung, die erst in den frühen Morgenstunden erfolgte, umso schöner gewesen.

«Das kann ich von meiner Nacht nicht gerade behaupten», erklärte ich und zog ein noch warmes Croissant aus der Tüte. «Ich kann dir gar nicht sagen, wie ich mich erschrocken habe, als dieser angetrunkene Typ plötzlich neben mir lag und mir seine Hand auf den Mund presste.»

«Oh, das glaub ich dir aufs Wort, *darling*. Das klingt wirklich ganz, ganz furchtbar.» Er wedelte mit der Hand. «Also *ich* wäre ja gestorben. Wer *ist* dieser grässliche Mensch?»

«Ich habe nicht die leiseste Ahnung», entgegnete ich. «Irgend so ein Freak, der es geschafft hat, sich vor Jahren bei meinem Onkel einzuschleimen und sich das Hausboot unter den Nagel zu reißen. Er behauptet jedenfalls, dass er einen Mietvertrag hat, der noch fünf Jahre läuft. *Fünf Jahre!*»

«*Incroyable!*», stöhnte Cedric anteilnehmend und strich sich Marmelade auf sein Croissant.

— 99 —

«Und er denkt nicht im Traum daran auszuziehen. Weißt du, was das bedeutet?»

Cedric nickte. «Das bedeutet, deine Chancen, das Hausboot gut zu verkaufen, sinken beträchtlich.»

«So ist es. Keiner, der ein Boot kauft, will fünf Jahre warten, bis er es benutzen kann, oder?»

«Nun ja, vielleicht doch», wandte Cedric ein. «Manche Leute suchen ja auch nach Immobilien als Geldanlage. Wo man doch so wenig Zinsen bekommt heutzutage.»

«Cedric! Ich bitte dich! Mit diesem Kerl an Bord kann ich einpacken. Ich meine, so jemanden will doch keiner als Mieter haben. Wer weiß, ob sein Hund nicht schon Flöhe eingeschleppt hat?!» Ich schüttelte mich bei dem Gedanken an die Schlafkoje, in der ich gelegen hatte und in der dieser Mann offenbar üblicherweise nächtigte.

«Oh, *mon Dieu!*», rief Cedric und streichelte aufrichtig entsetzt über das glänzende Fell von Nana, die auf seinem Schoß saß und schnurrte. «Es gibt auch noch einen *Hund?* So eine riesige sabbernde Töle?»

Ich musste lachen. «Der Hund ist klein und eigentlich ganz süß. Das Problem ist der Mann.»

«Immerhin muss er dir jetzt Miete zahlen.»

«Ja, haha. Fünfhundert Euro. Was soll ich damit?»

«Oh, *mon Dieu!*» Cedric verschluckte sich fast an seinem Croissant. «Das ist jetzt ein Witz, oder?»

Ich schüttelte mit finsterer Miene den Kopf.

«Aber das könntest du ja fast schon pro Tag nehmen, wenn du das Boot bei Airbnb einstellen würdest ... Was hat sich dein Onkel nur dabei gedacht?»

Ich zuckte die Schultern. «Ich weiß es nicht. Vielleicht war ihm das Geld nicht so wichtig. Vielleicht hat er die Lage nicht mehr so ganz überrissen. Oder es war wirklich ein Freundschaftspreis, wie dieser Lafôret behauptet. Vielleicht *waren* sie Freunde, was weiß ich? Wenngleich ich nicht begreifen kann, wie man sich mit so jemandem überhaupt anfreunden kann.» Ich zupfte missmutig ein Stück von meinem Croissant.

«Vielleicht hatte dein Onkel nicht so viele Freunde.»

«Ja, vielleicht. Er war eher ein Einzelgänger. Trotzdem. Wie konnte er mir das Boot vererben und dann so einen Vertrag abschließen?»

«Na ja», meinte Cedric. «Du hast selbst gesagt, dass er das Testament zu deinen Gunsten schon sehr früh gemacht hat. Und später dachte er vielleicht, dass er noch jede Menge Zeit hätte. Er konnte ja nicht wissen, dass er mal dement werden würde.»

«Ja, aber er hat diesen Lafôret nicht ein einziges Mal erwähnt», gab ich zurück.

«Warum sollte er? Er hat ja auch nicht erwähnt, dass du mal sein Hausboot erben würdest, nicht wahr?»

Ich seufzte. «Ja, das stimmt auch wieder.» Ich musste zugeben, dass ich nicht allzu viel über meinen Onkel wusste. Warum hatte er mir nichts von dem Hausboot erzählt?

«Es sollte sicher eine Überraschung sein», überlegte Cedric, während er nachdenklich auf seinem Croissant herumkaute.

«Schöne Überraschung. Und ich hab jetzt den Ärger.»

«Vielleicht redest du noch mal mit diesem Lafôret, *darling*. Ich meine, tagsüber, wie zwei erwachsene Menschen das tun. Ihr wart beide sehr aufgebracht, und sicher war er genauso überrascht wie du. Er war müde und betrunken. Vielleicht sieht er jetzt alles schon anders, und es tut ihm leid.»

Ich dachte an das unverschämte Grinsen von Lafôret, als er mir meine Jacke reichte, und schüttelte den Kopf.

«So betrunken war der nicht. Dieser Mann ist ein ungehobelter Klotz. Dem tut nichts leid. Und mein Gefühl sagt mir, dass er freiwillig niemals weichen wird.» Ich seufzte. «Es ist wirklich zu ärgerlich, wir hätten schon einen Interessenten an der Hand gehabt. Papa kennt jemanden, der ein Hausboot sucht. Da hätte ich mir die Maklergebühren sparen können.»

«Ich verstehe.» Cedric trank einen Schluck von seinem Café au Lait und zog die Stirn in Falten. «Aber irgendwie musst du diesen Typ doch loswerden können. Weißt du, was? Du solltest deinen Vater einschalten.»

«Ja, das hat Luc mir auch schon geraten.» Ich lächelte.

«Da hat der gute Luc ausnahmsweise mal recht.»

«Wer hat ausnahmsweise mal recht?»

Augustin lehnte in T-Shirt und Jogginghose in der Küchentür und fuhr sich verschlafen über seine kurzen Haarstoppeln. «Hm, Rosinenschnecken», sagte er und griff in die Tüte. «*Bonjour*, Joséphine! *Ça va?*» Er biss genüsslich in die Schnecke und legte einen Arm um Cedrics Schulter. «Hallo, Cécé. Was macht ihr beiden Hübschen denn hier so früh am Morgen?»

«Krisensitzung», sagte Cedric.

«Oho», meinte Augustin und zog sich einen Stuhl heran. «Das klingt spannend. Darf ich mitmachen?»

— ❊ —

Die Krisensitzung, die noch am selben Abend in der Rue de Bourgogne stattfand, war weniger vergnüglich.

Papa, Maman, Pauline und ich saßen bei einem Filet Mignon im Esszimmer und diskutierten die Lage.

Papa wiegte bedächtig sein Haupt und stellte viele Fragen, von denen ich die meisten nicht beantworten konnte, denn ich war ja noch nicht im Besitz des Mietvertrags.

«Er wird ihn mir in den nächsten Tagen zuschicken, Papa», sagte ich und hoffte, dass man sich auf das Wort dieses Mannes verlassen konnte. «Falls es diesen Vertrag überhaupt gibt. Ich halte diesen Lafôret für wenig vertrauenerweckend. Und wenn er mir den Mietvertrag nicht vorlegen kann, fliegt er sowieso raus. Wer weiß, ob er seine Miete am Ende überhaupt noch gezahlt hat.»

«Aber es müsste doch ein Konto geben», schaltete sich Pauline ein. «Irgendwelche Bankunterlagen. Hast du denn nicht mal nachgefragt, als du in Chablis warst? Ich meine, so etwas fragt man doch als Erstes.»

«Nein, hab ich nicht», entgegnete ich gereizt. Pauline war eine alte Besserwisserin. «Warum hätte ich fragen sollen? Von einem Konto war überhaupt nie die Rede. Wenn es eines gäbe, hätte der Notar es doch sicher erwähnt. Ich bin keine Idiotin, Pauline.»

«Nun ja, das wird sich doch ganz leicht überprüfen lassen. Wenn es ein Konto gibt, steht das auch im Mietvertrag», meinte Papa. «Warten wir's doch einfach ab.»

«Also, wenn ihr mich fragt, klingt das alles sehr merkwürdig.» Pauline schnitt sich ein Stück von ihrem Filet ab und kaute anmutig darauf herum. «Wirklich ganz *délicieux*, liebe Maman.»

Maman nickte. «Danke, Pauline. Wenigstens eine, die mein Essen zu schätzen weiß», meinte sie dann. Die großartigen Kochkünste meiner Mutter waren bei der ganzen Diskussion um das Hausboot etwas in den Hintergrund geraten, und wie immer konnte sie es schwer ertragen, wenn sie mal für ein paar Minuten nicht im Mittelpunkt stand.

«Schmeckt wirklich gut, Maman», sagte ich schuldbewusst.

«Das sehe ich.» Sie blickte vorwurfsvoll auf meinen Teller, der immer noch fast voll war. Vor lauter Aufregung bekam ich keinen Bissen runter. «Nun iss doch mal, Joséphine, du bist sowieso viel zu dünn.»

Ich schob mir gehorsam eine Gabel Gratin in den Mund.

«Aber wenn Lafôret seine Miete nicht gezahlt hat, kann man ihn doch raussetzen, oder?», fragte ich dann.

«Ja, *wenn*...», meinte Pauline. «Aber wenn er sie gezahlt hat, wird es schwierig, kleine Schwester. So leid mir das tut.»

«Aber es muss doch eine Möglichkeit geben, diesen Menschen loszuwerden», wandte ich ein. «Das gibt's doch nicht. Soll ich jetzt fünf Jahre warten, oder was? Ich meine, es ist *mein* Hausboot!»

«Ja, das hast du nun auch schon fünf Mal gesagt. Das ändert aber nichts an der Tatsache, dass auch die Mieter von Hausbooten gewisse Rechte haben. Selbst wenn der Besitzer wechselt, kann man sie nicht einfach so vor die Tür setzen. Bedank dich beim Gesetzgeber.»

«Nein, bedank dich lieber bei deinem Onkel», sagte Maman und nahm sich noch etwas von den grünen Bohnen. «Albert hat doch noch nie etwas hingekriegt. Und wie es aussieht, konnte er nicht mal sein Testament vernünftig machen. Das ist mal wieder typisch. Selbst über den Tod hinaus bereitet uns dein Bruder noch Ärger und Verdruss, Antoine.»

«Isabelle, bitte!» Papa rutschte unbehaglich auf seinem gepolsterten Stuhl herum. «Hör auf damit. Immerhin hat er Joséphine bedacht, das hätte er nicht tun müssen.»

«Na, und wenn schon.» Pauline war wie immer ganz auf Mamans Seite. «Jedenfalls war er nicht gerade vorausschauend. Mit diesem Mieter wird der Wert des Boots deutlich gemindert, wenn man es verkaufen will. Das ist nun mal Fakt.» Sie nahm die Auflaufform mit dem Gratin und wandte sich an Papa. «Und auch der Verkauf selbst wird schwieriger. Ich bin mir gar nicht sicher, ob Bailleul das Boot unter diesen Umständen noch kaufen möchte. Hattest du eigentlich schon mit ihm gesprochen?»

Papa nickte. «Ja, das hatte ich. Er war begeistert, als ich ihm von dem Hausboot erzählte, und wollte gern mehr darüber wissen. Ich habe angeregt, dass wir uns nächste

Woche zum Essen treffen. Und ich finde, das sollten wir in jedem Fall machen.» Er lächelte salomonisch. «So oder so werden wir bis dahin den Vertrag ja hoffentlich vorliegen haben und können ihn prüfen. Vielleicht ist er gar nicht so hieb- und stichfest, wie Lafôret zu glauben scheint. Oder hat dieser Mann irgendwelche juristischen Kenntnisse?»

«Monsieur Lafôret?» Ich hatte fast einen Heiterkeitsausbruch. «Nein, ganz gewiss nicht.»

«Nun, seine Rechte wird er wohl kennen», unkte Pauline. «Die kennt heutzutage jeder Kretin, der ein Auto abfackelt. Notfalls musst du diesem Herrn eben eine Abfindung anbieten. Vielleicht lässt er sich darauf ein.»

«Eine Abfindung? Du meinst, er wohnt all die Jahre fast umsonst auf dem Hausboot, und jetzt ich soll ihm noch mehr Geld in den Rachen werfen?», entgegnete ich empört. «Niemals!»

Ich spießte ein Stück Filet auf meiner Gabel auf und hoffte wohl wider besseres Wissen darauf, dass ich nie wieder etwas von Maxime Lafôret hören würde und dieser sich in Luft auflöste und von meinem Hausboot verschwinden würde, weil er schon lange mit der Miete im Rückstand war und eine gerichtliche Auseinandersetzung scheute.

—— ❊ ——

Doch diesen Gefallen tat er mir selbstverständlich nicht. Maxime Lafôret hielt Wort. Zwei Tage nach unserem nächtlichen Zusammenstoß auf der *Princesse de la Loire* flatterte ein Schreiben in meinen Briefkasten. In dem Umschlag steckte der Mietvertrag, an den Lafôret eine kleine handschriftliche Notiz geheftet hatte, die ich mühsam entzifferte.

Sehr geehrte Mademoiselle Beauregard,

anbei, wie erbeten, eine Kopie des Mietvertrags. Bitte denken Sie daran, mir Ihre Bankverbindung mitzuteilen, damit ich den Überweisungsauftrag für die Dauer des laufenden Mietvertrags entsprechend ändern kann. Ich hoffe sehr, dass Sie sich nach Ihrem nächtlichen Auftritt auf meinem Hausboot inzwischen wieder beruhigt haben. Ihr Onkel war immer ein so friedliebender und freundlicher Mann, aber wie es aussieht, sind nun Sie bedauerlicherweise meine neue Vermieterin. Dennoch hoffe ich auf ein einvernehmliches Mietverhältnis für die kommenden fünf Jahre.

Sollten Sie noch Fragen haben, erreichen Sie mich auf dem Hausboot oder unter meiner Mobiltelefonnummer (hier hatte er seine Nummer notiert).

Mit freundlichen Grüßen,

Maxime Lafôret

Zähneknirschend las ich seine Nachricht. *Mein* Auftritt auf *seinem* Hausboot? Er war es doch, der unverschämt und beleidigend gewesen war. Rasch blätterte ich die Seiten des Vertrags durch, fotografierte sie dann mit dem Handy ab und schickte sie an die Kanzlei meines Vaters.

Wie es aussah, hatte Lafôret nicht die geringste Absicht, auch nur einen Tag weniger auf dem Hausboot zu verbringen, als ihm laut Vertrag zustand. Aber ich hoffte inständig, dass Pauline und Papa irgendeine Unstimmigkeit entdecken würden oder eine Idee hätten, wie man den Vertrag aushebeln könnte.

Wie Papa richtig vermutet hatte, fand sich auch das entsprechende Konto von Onkel Albert im Vertrag. Es war eine Zweigstelle der Crédit Agricole de Champagne-Bourgogne, an die die Überweisungen von Monsieur Lafôret hatten gehen sollen.

Wenige Tage später war sonnenklar, dass ich schlechte Karten hatte. Der Vertrag war in Ordnung und rechtskräftig. Auch hatte Lafôret stets pünktlich seine Miete überwiesen. Er war nie in Verzug gewesen, weswegen ich ihn auch nicht belangen konnte.

«So ein Mist», sagte ich. «Was können wir also tun?»

«Nicht viel, fürchte ich», entgegnete Pauline, die mich angerufen hatte. «Du könntest versuchen, Eigenbedarf anzumelden. Aber selbst dann bekommst du Lafôret nicht sofort raus. Der Mieter muss sechs Monate im Vorhinein informiert werden und über ein gewisses Mindesteinkommen verfügen. Außerdem müsstest du deinen Hauptwohnsitz auf das Boot verlegen. Und wenn du dann nicht wirklich dort wohnst, kannst du rechtlich belangt werden, da würde ich sehr aufpassen.» Sie schwieg einen Moment. «Nein, nein, das Beste wäre wirklich, einen Deal mit Lafôret auszuhandeln. Geh noch mal zu ihm und biete ihm eine angemessene Abfindung an, vielleicht lässt er sich darauf ein.»

«Ach, Pauline», seufzte ich. Die Vorstellung, noch einmal bei Lafôret vorzusprechen und ihn um etwas zu bitten, war mir unerträglich. «Dieser Mann ist grässlich. Ich kann nicht mit ihm verhandeln. Könntest du das vielleicht in die Hand nehmen? Als meine Anwältin?»

Meine Schwester überlegte einen Moment. «Einverstanden», meinte sie dann, und in diesem Moment verzieh ich ihr alle spöttischen Bemerkungen und sogar ihre Perlenkette.

«Danke, Pauline», sagte ich erleichtert. Und dann fiel mir noch etwas ein.

«Sag mal ... Wenn Lafôret seine Miete immer bezahlt hat, müsste doch noch einiges Geld auf dem Konto sein», fragte ich hoffnungsvoll.

«Im Prinzip ja», sagte Pauline. Und dann erklärte sie mir, dass in den ersten Jahren einige Bargeldabhebungen erfolgt waren und später die monatliche Miete direkt an das Seniorenheim weitergeleitet worden war. «Über das Geld, was jetzt noch auf dem Konto ist, kannst du natürlich frei verfügen, nachdem der Bank die Sterbeurkunde und das Testament vorliegen.»

«Sehr gut», sagte ich. «Und wie viel wäre das?»

«Na ja», meinte Pauline und lachte. «Für eine Weltreise wird es nicht reichen.»

Auf dem Konto von Onkel Albert befand sich die stattliche Summe von 825 Euro. Davon hätte ich nicht mal meine monatliche Miete zahlen können.

6

Richard Bailleul war ein liebenswürdiger Mann mit rötlich-braunen Locken und Goldrandbrille, der die irritierende Angewohnheit hatte, mit den Augen zu zwinkern.

Als ich einige Minuten zu spät in der Brasserie Lipp ankam, wo wir uns zum Mittagessen verabredet hatten, saßen Papa und Pauline schon mit dem jungen Anwaltskollegen am Tisch. Papa winkte mich herüber, und als er mich vorstellte, sprang Bailleul gleich auf, wobei er fast den Stuhl umwarf, und zwinkerte mir zu.

«*Enchanté*, Mademoiselle Beauregard.» Zwinker, zwinker. «Ich freue mich wirklich außerordentlich, Ihre Bekanntschaft zu machen.» Zwinker, zwinker. «Ihr Vater hat mir schon so viel von Ihnen erzählt.» Zwinker, zwinker, zwinker.

«Ach ... ja?» Ich trat einen Schritt zurück und starrte den Anwalt, der etwa in meinem Alter sein musste, misstrauisch an. Was erzählte Papa eigentlich über mich, dass dieser Mann mir so vertraulich zuzwinkerte?

«Monsieur Bailleul wird nächstes Jahr Juniorpartner in unserer Kanzlei», stellte Papa zufrieden fest. «Und er interessiert sich *sehr* für dein Hausboot, Joséphine, nicht wahr?»

«Oh ja, in der Tat», wiederholte Bailleul. «Wissen Sie, Mademoiselle Beauregard, ich träume schon lange von solch einem Boot. Und ich bin überaus dankbar, dass Ihr Vater in dieser Sache gleich an mich gedacht hat.» Er lächelte und zwinkerte, und ich wusste nicht so recht, wo ich hinschauen sollte. Verlegen blickte ich zur Seite und warf meiner Schwester einen fragenden Blick zu, während Papa auf Monsieur Bailleul einredete.

Pauline lächelte unergründlich, und erst als wir uns alle setzten, wurde mir klar, dass es sich bei dem befremdlichen Zwinkern des künftigen Juniorpartners der Kanzlei Beauregard ganz offensichtlich um ein nervöses Augenleiden handelte, ein unwillkürliches Zucken der Lider, das im Laufe des Essens weniger wurde, jedoch nie ganz verschwand.

Während der Kellner die *Choucroute Spéciale au Jarret de Porc* mit karamellisiertem Apfel servierte, wurde über dies und das geplaudert. Man äußerte sich lobend über den Wein und das Essen, klagte ein wenig über das graue Pariser Regenwetter und das langweilige Kino-Programm.

Richard Bailleul lächelte mir zu, wann immer ich von meinem Teller aufblickte. Mit Begeisterung aß er sein Sauerkraut mit Würstchen und Fleisch und wurde nicht müde, mir zu versichern, wie sehr er sich auf die Zusammenarbeit mit meinem Vater und meiner Schwester freute – beides so großartige Anwälte, von denen er noch viel lernen könne! –, und Papa seinerseits wurde nicht müde, die Vorzüge des jungen Mannes zu preisen, der nicht nur eine Bereicherung für die Kanzlei, sondern auch noch ein passionierter Tennisspieler und Freund der italienischen Oper sei.

«Vielleicht hätten Sie einmal Lust, mich zu begleiten, Mademoiselle Beauregard. Es wäre mir eine Ehre.» Zwinker, zwinker.

«Was für eine wundervolle Idee», meinte Papa erfreut. «Joséphine liebt die Musik, wissen Sie?»

«Ja, sie hat uns als Kind immer mit ihrer Blockflöte genervt», ergänzte meine Schwester, und alle lachten. Wie es aussah, waren wir schon jetzt eine einzige große glückliche Familie.

«Was ist mit diesem Mann los», fragte ich Pauline, als wir nach dem Hauptgang zusammen auf die Toiletten verschwunden waren. «Zwinkert der immer so rum? Das macht einen ja völlig nervös.»

Pauline stand vor dem Spiegel und zog sich die Lippen nach. «Man gewöhnt sich dran», erklärte sie lächelnd. «Mir fällt es schon gar nicht mehr auf. Abgesehen davon», sie presste ihre Lippen kurz zusammen und begutachtete das Ergebnis mit einem wohlgefälligen Lächeln, «ist er ein attraktiver Mann. Und kommt aus einer guten Familie. Und hat das nötige Kleingeld, um ein Hausboot zu kaufen. Außerdem findet er dich offensichtlich ganz reizend.»

Sie starrte in den Spiegel und musterte meine geröteten Wangen und meine dunkelbraunen Locken, die mir offen auf die Schultern fielen.

«So weiß wie Schnee, so rot wie Blut, so schwarz wie Ebenholz. Du könntest die Schwester von Schneewittchen sein.» Sie grinste, und unsere Blicke kreuzten sich im Spiegel.

«Und Richard Bailleul soll der Prinz sein? Das ist jetzt nicht euer Ernst, oder? Hast du das mit Papa ausgekaspert? Oder mit Maman? Ist dieses Essen etwa so was wie ein *rendez-vous surprise?*», fragte ich.

«Nicht nur, aber auch», entgegnete Pauline und steckte den Lippenstift in ihre Handtasche. «Warum auch nicht? Richard Bailleul ist eine gute Partie. Und er ist *unverheiratet.*»

Sie blickte mich aus ihren großen braunen Augen an, und für den Bruchteil einer Sekunde dachte ich, dass sie von meiner Beziehung zu Luc Clément wusste.

«Warum sagst du das so komisch?»

«Wieso komisch?», entgegnete sie unbefangen. «Ich meine nur, dass nicht viele unverheiratete Männer dieser Preisklasse in Paris herumlaufen. Und er ist sehr nett.»

Ich lächelte erleichtert. Sie wusste nichts.

«Du wirst auch nicht jünger, meine liebe Joséphine.»

«Wir alle werden nicht jünger, meine liebe Pauline», gab ich zurück.

«Du weißt genau, was ich meine. Maman macht sich allmählich schon Sorgen.» Sie grinste.

«Ja, das weiß ich, aber vergiss es! Mit dem zwinkernden Prinzen und mir, das wird nichts.»

«Du solltest vielleicht nicht so kategorisch sein, kleine Schwester.» Pauline strich sich die Haare hinters Ohr und begutachtete wohlgefällig ihre Frisur. «Er ist ein sehr netter Mann. Gib ihm eine Chance, und geh wenigstens mal zusammen mit ihm in die Oper. Es wäre doch schön, wenn das Hausboot in der Familie bliebe.» Nun zwinkerte sie auch, aber eher verschwörerisch.

«Danke, aber ich suche mir meine Männer selbst aus. Auch wenn ich zugeben muss, dass die Idee mit dem Hausboot verlockend klingt.»

«Bislang haben wir aber noch keinen Mann an deiner Seite gesehen.»

«Das wird sich bald ändern.»

«*Oh, là, là!* Und wann soll das sein?»

«An Weihnachten», platzte ich heraus.

Pauline zog überrascht die Augenbrauen hoch, und ich biss mir auf die Lippen. Das war sehr unklug, Joséphine, schalt ich mich selbst. Du hast dich provozieren lassen.

«Oha», sagte Pauline. «Hab ich etwas verpasst, kleine Schwester?»

«Nein», erwiderte ich rasch. «Vergiss es einfach.»

Als wir wieder an den Tisch zurückkehrten, erwartete Papa uns schon voller Ungeduld. «Da seid ihr ja, *mes enfants!*», rief er. «Wir wollten gerade über das Hausboot sprechen.»

Das Dessert, das aus einer in Rotwein eingelegten, karamellisierten Birne auf Schokoladenschaum bestand, wurde serviert, und dann stellte Richard Bailleul alle Fragen, die er bezüglich des Hausboots hatte. Ich beantwortete sie, so gut ich konnte. Ich zog die Mappe mit den Unterlagen aus meiner Tasche, und Bailleul beugte sich eifrig über die Beschreibung des Hausboots, die beigefügten Fotos und den Grundriss.

«Das ist genau das, was ich mir vorgestellt habe», meinte er, und seine Augenlider zuckten enthusiastisch hinter seiner goldenen Brille. «Nicht zu groß und nicht zu klein.» Er blickte auf. «Und Sie haben das Boot tatsächlich von Ihrem Onkel geerbt? Was für ein außerordentlicher Glücksfall.»

«Ja», sagte Papa. «Das Boot gehörte meinem Bruder. Joséphine ist als Kind selbst schon darauf gefahren.»

«Wie schön. Das macht es umso kostbarer für mich», erklärte Bailleul galant. «Sicher haben Sie schon eine Preisvorstellung.»

«Ja, die haben wir», antwortete Pauline, die sich bei einem Makler schon kundig gemacht hatte. Ich war beinahe in Ohnmacht gefallen, als ich die Summe hörte, die man für das alte Hausboot angeblich noch erzielen konnte. Der Preis galt natürlich für ein unvermietetes Boot. «Aber schauen Sie sich das Boot erst einmal an, Monsieur Bailleul. Anschließend reden wir weiter. Einverstanden?»

Ich blickte Pauline überrascht an, und sie machte mir ein Zeichen, den Mund zu halten. Vielleicht wollte sie noch etwas Zeit gewinnen, bis die Sache mit Lafôret geklärt war. Bislang hatte er sich auf ihr Schreiben nämlich noch nicht gemeldet.

«Einverstanden», sagte Bailleul. «Das klingt fair. Wann

könnte ich das Boot denn besichtigen? Ich hoffe, es ist in Ordnung für Sie, wenn ich einen Gutachter mitbringe?» Er wandte sich wieder an mich.

«Aber ja, natürlich», sagte ich. «Ginge es bei Ihnen dieses Wochenende? Vielleicht am Freitag? Oder am Samstag? Ich müsste den Termin allerdings noch absprechen.»

«Absprechen?» Richard Bailleul zwinkerte irritiert. «Wohnt denn noch jemand auf dem Hausboot?»

«Nun, die Sache ist die ...», fing ich an.

«Derzeit gibt es tatsächlich noch einen Mieter», unterbrach mich Pauline und lächelte ihren zukünftigen Juniorpartner unschuldig an. «Er ist ein Freund meines Onkels, ein sehr netter, umgänglicher Mann, der das Boot all die Jahre ganz prima in Schuss gehalten hat. Aber keine Sorge, er zieht bald aus. Er ist über Joséphines Absicht, das Boot zu verkaufen, bereits informiert.»

So, wie Pauline es vorbrachte, klang alles ganz einfach. Der nette Mieter war bereits informiert und würde bald das Feld räumen.

«Ah, sehr gut», meinte Bailleul beruhigt. «Denn wenn ich das Boot kaufe, möchte ich es natürlich auch bald nutzen. Dann würde ich im Frühjahr meine erste Flussfahrt machen.»

«Und das werden Sie auch, lieber Bailleul», sagte Papa und lachte. «Ich bin mir ganz sicher.» Ich fand Papas Optimismus bemerkenswert. «Nur eine Sache noch – Ihren Urlaub müssen Sie dann bitte rechtzeitig einreichen.»

Wir lachten alle, selbst ich lachte, und kurze Zeit später verließen wir wohlgemut die Brasserie Lipp.

Draußen gab Richard Bailleul mir seine Karte. «Ich freue mich schon jetzt auf ein Wiedersehen mit Ihnen, Mademoiselle Beauregard», sagte er und zwinkerte vergnügt. «Und ich bin schon gespannt wie ein Flitzebogen auf das Hausboot.»

«Ich freue mich auch, Monsieur Bailleul», entgegnete ich lächelnd und stellte überrascht fest, dass ich es ernst meinte. «Die *Princesse de la Loire* wird Ihnen gefallen. Auf diesem Boot herrscht irgendwie ein guter Geist.»

Herrschte, setzte ich im Stillen hinzu.

Ich versuchte, das Bild Lafôrets zu verdrängen, der wie ein dunkler Schatten auf dem Deck gestanden hatte und mir höhnisch hinterherlachte.

«Die *Princesse de la Loire?*», wiederholte Bailleul. «Was für ein schöner Name. Damit sind sicher Sie gemeint, nicht wahr?»

Ich lächelte geschmeichelt. «Ach, wissen Sie ... Das ist eine lange Geschichte ...»

«Die Sie mir vielleicht bald erzählen werden?»

«Vielleicht», sagte ich. «*Au revoir*, Monsieur Bailleul.»

—— ✿ ——

Nach dem Essen in der Brasserie Lipp hatte ich mir vorgenommen, noch im Verlag vorbeizugehen, um mich zu verabschieden. Inzwischen hatte ich meine Übersetzung fertiggestellt und an die Lektorin gemailt. Ich schlenderte den Boulevard Saint-Germain hinunter und blickte hinüber zum Café Deux Magots, an dessen weihnachtlich geschmückter Fassade Dutzende von Lichterketten hingen. Dann ging ich nach rechts in die Rue Bonaparte, lief ein paar Schritte die Rue du Four entlang und bog dann in die Rue des Canettes ein, wo sich der Verlag befand. Meine letzte Übersetzung für die Éditions Lassalle, schoss es mir durch den Kopf, als ich durch das Portal schritt. Der kleine Hinterhof mit dem Kopfsteinpflaster wirkte verwaist. Die Rezeption war nicht besetzt, und als ich an die Tür des Verlegers klopfte, war auch er nicht da. Nur Annie, eine der Lektorinnen, hielt an diesem Tag die Stellung. Als ich in ihr winziges Büro trat, stand sie inmitten von Papierstapeln und Büchern und sah mich traurig an.

«*Salut*, Joséphine.»

«*Salut!* Ich hab's schon gehört. Es tut mir so leid», sagte ich. «Ich wollte noch mal vorbeikommen.»

«Ja.» Annie wirkte ziemlich niedergeschlagen. «Wir müssen jetzt alle schauen, wie es weitergeht. Ich selbst habe noch Glück im Unglück gehabt. Ich kann bei Fayeux eine Schwangerschaftsvertretung machen. Da habe ich erst mal einen sicheren Job für ein Jahr. Aber Sophie hat noch nichts gefunden. Sie überlegt, sich als Literaturagentin selbstständig zu machen, aber so einfach ist das auch nicht. Der Kuchen ist aufgeteilt, und die meisten Autoren haben schon ihre Agenten.» Sie schaute wehmütig auf die Kartons, die sie bereits zusammengepackt hatte. «Es geht jetzt alles so schnell zu Ende. Und wie ist es bei dir?»

«Ich habe leider auch noch keine neuen Aufträge.

Aber wenn du eine Übersetzerin brauchst oder sonst etwas hörst, dann denke bitte an mich.»

Sie nickte. «Das werde ich.»

«Ich habe wirklich gern für euch gearbeitet», sagte ich. «Schon schade, dass die kleinen Verlage sich kaum noch halten können in diesen Zeiten. Wo ist denn Monsieur Lassalle? Er hatte mir einen so netten Brief geschrieben, ich würde mich gern persönlich von ihm verabschieden.»

«Lassalle hat die Grippe. Es hat ihn ganz schön erwischt. Derzeit grassiert eine schlimme Bronchitis in Paris. Soll ich dich anrufen, wenn er wieder da ist?»

«Ja, das wäre sehr nett.» Ich schwieg einen Moment. «Dieses Jahr wird es wohl keine Weihnachtsfeier im Bonaparte geben, was?», fragte ich dann.

«Nein, wohl kaum. Es gibt nichts mehr zu feiern.»

«Die Feiern im Bonaparte waren immer ganz große Klasse. Die werde ich nie vergessen.» Ich lächelte Annie aufmunternd zu. «Und euch auch nicht. Wir bleiben in Verbindung, ja? Wir können ja mal zusammen einen Kaffee trinken gehen, wenn das hier vorbei ist. Vielleicht im neuen Jahr.»

«Das machen wir, Joséphine.» Jetzt lächelte sie auch.

Wir plauderten noch eine Weile, dann verabschiedete ich mich, ging etwas zögernd durch den dämmrigen Innenhof zurück, trat auf die Straße und zog das Portal hinter mir zu. Es fiel schwer ins Schloss. Und mir fiel es schwer zu begreifen, dass es diesen Verlag in wenigen Wochen schon nicht mehr geben würde. Doch als ich die weihnachtlich geschmückte Rue des Canettes entlangging, musste ich plötzlich an die Worte meines Verlegers denken.

Die Dinge gingen nicht zu Ende, sie veränderten sich nur.

Ich würde mich um neue Aufträge bemühen, würde Verlage anschreiben, neue Kontakte knüpfen, neue Türen aufstoßen. Ich war eine gute Übersetzerin, eine sehr gute sogar, ich musste mein Licht nicht unter den Scheffel stellen. Ich musste mein Leben wieder in die Hand nehmen, musste raus aus meinem Rapunzelturm und nicht darauf warten, dass andere eine Entscheidung für mich trafen.

Als ich jetzt unter all den silbernen und goldenen Ballons einherschritt, die wie ein leuchtender Baldachin über die ganze Straße gespannt waren, durchströmte mich ein Gefühl der Zuversicht. Ich sah die kleinen Geschäfte mit ihren glitzernden Auslagen, bemerkte ein verliebtes Pärchen, das eng umschlungen vor einem Schmuckladen stand und nach Ringen schaute, und sah ein kleines Mädchen mit rosafarbener Mütze, das auf den Schultern seines Vaters saß und jauchzend die Hände nach den schimmernden Ballons ausstreckte.

Und zum ersten Mal seit langer Zeit fing ich an, mich auf Weihnachten zu freuen.

7

Unheilvoll lag die handgeschriebene Notiz mit Maxime Lafôrets Nummer vor mir auf dem Schreibtisch. Schon die schludrig dahingeworfene Schrift dieses Mannes machte mir schlechte Laune. Er hätte sich schon ein bisschen mehr Mühe geben können. Ich kniff die Augen zusammen, um die letzte Zahl zu entziffern. War das jetzt eine Drei oder eine Neun am Ende? Ich entschied mich für die Neun und holte tief Luft, als die Verbindung sich aufbaute. Ich würde mich nicht wieder provozieren lassen. Ich würde ganz ruhig bleiben und einen Besichtigungstermin mit ihm abstimmen. Wir waren schließlich beide erwachsen.

«*Allô?*» Eine männliche Stimme meldete sich kurz und knapp.

Ich zögerte einen Moment. Hatte ich den Richtigen angerufen? «*Bonjour*», sagte ich und versuchte, möglichst geschäftsmäßig-freundlich zu klingen. «Spreche ich mit... Maxime Lafôret?»

«Kein Interesse», polterte die Stimme ungehalten. Es

war Lafôret, ohne Zweifel, doch bevor ich etwas sagen konnte, hatte er schon aufgelegt.

Einen Moment lang war ich sprachlos. Für wen hielt sich dieser Mann? Ich wählte die Nummer erneut, fest entschlossen, mich nicht noch einmal abwimmeln zu lassen.

Nach dem fünften Klingeln ging er dran.

«Monsieur Lafôret...», begann ich.

«Hören Sie, ich brauche keinen neuen Handyvertrag. Auch nicht den Smart-Phone-Orange-Super-Plus-Tarif», sagte er. «Sie verschwenden Ihre Zeit und vor allem meine.»

«Nein, warten Sie!», rief ich schnell. «Hier spricht Joséphine Beauregard.»

«Joséphine Beauregard?» Er stutzte. «Wie jetzt?», fragte er dann. «Nun erzählen Sie mir nicht, Sie verkaufen Handy-Verträge?»

«Was? Nein, natürlich *nicht*», gab ich zurück. «Wie kommen Sie auf so eine verrückte Idee?»

«Weil heute Morgen schon drei Mal eine Dame von Orange angerufen hat, um mir einen neuen Vertrag anzudrehen. Die Gute ging mir allmählich echt auf den Wecker.»

«Ja, aber das war nicht ich», erklärte ich mit Nachdruck.

«Aha.» Er schwieg einen Moment. «Und was wollen *Sie* von mir?» Ich konnte direkt sehen, wie er die Augen verdrehte. Ich beschloss, über sein unhöfliches Gebaren hinwegzugehen. Er konnte vermutlich nicht anders.

«Die Sache ist die...», hob ich an.

«Den Mietvertrag hatte ich Ihnen zugeschickt. Ist irgendetwas nicht in Ordnung damit?»

«Doch, doch, der Vertrag ist völlig in Ordnung. Leider.»

«Wie?!»

«Äh... nichts», beeilte ich mich zu versichern. «Hören Sie, Monsieur Lafôret, ich möchte gern einen Termin mit Ihnen abstimmen.»

«Ich höre.»

«Ich habe einen Interessenten für das Hausboot. Wäre es möglich, Freitagnachmittag das Boot zu besichtigen?»

Er schien zu überlegen. «Freitag passt es mir nicht, da bin ich auf der Hochzeit meines Freundes.»

«Ach ja, *richtig* – jener Freund, mit dem Sie letztens um die Häuser gezogen sind, bevor Sie – ach, lassen wir das besser.»

«Ja, lassen wir das besser.»

«Und was ist mit Samstagmorgen?»

«Sind Sie verrückt? Da schlafe ich aus.»

«Gut. Samstagnachmittag dann», versuchte ich ihn festzunageln. «Um drei Uhr.» Bis dahin würde Lafôret seinen Rausch ja wohl ausgeschlafen haben.

«Da bin ich verabredet.»

«Ja, das dachte ich mir schon.» Ich seufzte. Auf diese Weise würden wir nie einen Termin finden. «Aber wissen Sie was? Das macht nichts», erklärte ich, so freundlich, wie es mir möglich war. «Gehen Sie doch zu Ihrer Verabredung, und wir besichtigen inzwischen das Boot. Glücklicherweise habe ich ja die Schlüssel.» Der Gedanke, dass Maxime Lafôret nicht an Bord sein würde, beflügelte mich geradezu. Es würde die ganze Sache ungemein vereinfachen, wenn dieser Mensch nicht missgelaunt im Weg stand und ungefragt seine Kommentare abgab.

«Okay», sagte er. «War's das? Oder wollten Sie mir vielleicht noch etwas sagen?»

«Nein, das war's. Was sollte ich Ihnen noch sagen wollen, Monsieur Lafôret?»

«Na, vielleicht, dass Ihnen Ihr Verhalten von letzter Woche leidtut. Wenn Sie mich fragen, sind Sie ganz schön übers Ziel hinausgeschossen.»

«Ich frage Sie aber nicht, Monsieur Lafôret. Sie haben sich ja nun auch nicht gerade wie ein Gentleman benommen. Ich war kurz davor, die Polizei zu rufen, wenn Sie sich erinnern wollen.»

«Ja, da hätten Sie sich schön blamiert. Sie hatten nämlich gar keine Befugnis, auf das Boot zu gehen. Geschweige denn, sich in mein Bett zu legen.»

Ich verdrehte die Augen. «Nun – sagen wir einfach, wir hatten einen schlechten Start», lenkte ich ein. Es war sinnlos, sich mit diesem selbstgerechten Idioten anzulegen. Bis das Boot verkauft war, musste ich den Ball flach halten. «Wir sollten versuchen, miteinander auszukommen, Monsieur, jedenfalls, solange Sie mein Mieter sind.»

«Der erste vernünftige Satz, den ich von Ihnen höre.»

Ich verkniff mir eine Erwiderung. «Sagen Sie, ist das Schreiben meiner Anwältin eigentlich schon bei Ihnen angekommen?», fragte ich stattdessen.

«Was für ein Schreiben? Wollen Sie immer noch gegen mich klagen?»

Er schien komplett ahnungslos. Offenbar hatte ihn der Brief meiner Schwester noch nicht erreicht.

«Nein. Wir möchten Ihnen ein Angebot machen, Monsieur Lafôret.»

«Ein Angebot? Da bin ich aber sehr gespannt. Doch nicht etwa ein *unmoralisches* Angebot?», feixte er.

«Gewiss nicht», entgegnete ich kühl. «Aber es könnte durchaus interessant für Sie sein.»

Ich hoffte natürlich, dass Lafôret sich auf die vorgeschlagene Abfindung einlassen würde. So jemand wie er konnte das Geld sicher gut gebrauchen, und die Summe, die Pauline in Aussicht gestellt hatte, wenn er von dem Vertrag zurücktrat, war zwar nicht riesig, aber dafür, dass er sie einfach so bekam, nicht schlecht.

«Jetzt haben Sie mich aber richtig neugierig gemacht, Mademoiselle Beauregard», sagte er mit einem ironischen Unterton.

«Das freut mich», gab ich zurück. «Ich werde dann am Samstag um drei mit meinem Interessenten zur Besichtigung kommen. Und – Monsieur Lafôret?»

«Ja?»

«Es wäre schön, wenn das Boot in einem einigermaßen vorzeigbaren Zustand wäre.»

Bevor er etwas entgegnen konnte, legte ich auf.

—— ❀ ——

Eine blasse Wintersonne stand am Himmel, als ich am frühen Samstagnachmittag, gefolgt von Richard Bailleul und seinem Gutachter André Petit, an der Uferpromenade des Port des Champs-Élysées entlangging und wir uns dem Pont Alexandre III näherten.

Die Luft war eisig, gleichwohl fuhr ein Ausflugsboot mit fröhlich winkenden Touristen vorbei, die von der Notre Dame kamen und zum Eiffelturm weiterschipperten, der in der Ferne aufragte. Die Seine schwappte gegen die Steinmauer und brachte die Hausboote, die dort vertäut waren, zum Schaukeln.

«Ist es noch weit?», wollte Bailleul wissen. Er zwinkerte mir hinter seiner Brille freundlich zu. Er war aufgeregt wie ein Kind, während der Gutachter, der in seinem wehenden langen schwarzen Mantel hinter uns herging, keine Miene verzog.

«Nein, wir sind gleich da. Da vorne ist sie schon, die *Princesse de la Loire.*»

Bailleul jubelte entzückt auf, als er das blaue Hausboot sah.

Es schien verlassen, und ich zog erleichtert die Schlüssel aus der Tasche. Offenbar war der Vogel ausgeflogen. Bis jetzt lief alles nach Plan.

Wir gingen an Deck, und während ich Richard Bailleul darauf hinwies, dass es ein Außen- und ein Innensteuerrad gab, befühlte Monsieur Petit die Wände und rüttelte an der Reling. Dann besah er sich eingehend die Schiffsplanken und wippte versuchsweise darauf herum. «Hier gibt es eine morsche Stelle», meinte er zu Bailleul.

«Da müsste das Holz ausgetauscht werden – keine große Sache.»

Richard Bailleul nickte. «Ja, ja.» Er war viel zu ungeduldig, endlich ins Innere des Bootes zu gelangen.

Ich schloss die Tür auf und ging voraus, die Stufen hinunter und in die Kajüte. Offenbar hatte Lafôret sich meine Worte zu Herzen genommen. Es war alles aufgeräumt. Lediglich im Aschenbecher auf dem Tisch vor dem Sofa befanden sich ein paar ausgedrückte Zigaretten.

Bailleul trat hinter mir ein. Er ließ den Blick wohlgefällig durch den Wohnraum mit der Sofaecke und der kleinen Küchenzeile unter dem Fenster schweifen. «Sehr schön», sagte er dann. «Was ich sehe, gefällt mir schon mal.» Dann erspähte er den Aschenbecher. «Ist der jetzige Mieter Raucher?», wollte er wissen.

«Ich weiß es, ehrlich gesagt, nicht», erklärte ich wahrheitsgemäß. «So lange kenne ich ihn noch nicht.»

«Ach, nein?» Bailleul drehte sich zu mir um. «Ich dachte, er sei ein Freund Ihres Onkels gewesen.»

«Ja, schon. Ich hatte nur seit einigen Jahren keinen Kontakt mehr zu meinem Onkel. Er lebte ja im Burgund. Und dann verstarb er plötzlich.»

«Oh, ich verstehe ... ich verstehe.» Seine Augen zwinkerten mitfühlend. «Bitte entschuldigen Sie, ich wollte nicht indiskret sein.»

Monsieur Petit klopfte die Rahmen der Fenster ab und öffnete sie probeweise.

Plötzlich hörte ich ein leises Kratzen hinter der Tür zur Schlafkajüte, der ein Winseln folgte.

«Was war denn das?» Bailleul sah mich fragend an und kniff ein paarmal die Augen zusammen.

Hatte Lafôret seinen Hund auf dem Boot gelassen?

«Das könnte Monsieur Lafôrets Hund sein. Ich dachte, er hätte ihn mitgenommen.»

Vorsichtig zog ich die Tür zur Schlafkajüte auf, und heraus schoss ein kleines Wollknäuel, das aufgeregt an den schwarzen Budapestern des Anwalts schnupperte. Bailleul hob abwehrend die Hände, offenbar hatte er kein allzu großes Vertrauen zu Hunden.

«Wo kommt denn der Hund her», fragte er unbehaglich, während Filou offensichtlich Gefallen an seinen Hosenbeinen gefunden hatte. Er bellte kurz, wedelte mit dem Schwanz und schnappte dann nach dem Stoff.

Ich sah, wie Bailleul erstarrte.

«Oh, das ist nur Filou», versuchte ich ihn zu beruhigen «Keine Angst, der will nur spielen.»

Wie auf Kommando fing Filou wieder an zu winseln und umkreiste dann bellend den Anwalt, der sich nicht vom Fleck bewegte.

«Filou! Komm her», rief ich. «*Filou! Aus!*»

Doch Filou hörte nicht auf mich. Laut bellend sprang er um Bailleul herum, den er sich als Opfer auserkoren hatte. Offenbar hielt er ihn für einen Eindringling und versuchte, das Boot zu verteidigen. Bailleul erbleichte. «Nehmen Sie den Hund weg!» Er zwinkerte aufgeregt, und ich versuchte, seinem Wunsch nachzukommen, indem ich mich über den wild gewordenen Filou warf, während Monsieur Petit dem Schauspiel vom Fenster aus zusah. Er war hier nur der Gutachter und sah sich nicht bemüßigt einzugreifen.

Keuchend hielt ich den bellenden Filou fest, der jetzt versuchte, nach meiner Hand zu schnappen. «Ist ja gut ... ist ja gut», murmelte ich. Lafôret hat echt Nerven, seinen Hund hier allein zu lassen, wo er doch weiß, dass eine Besichtigung geplant ist, dachte ich noch.

Und dann hörte ich eine mir wohlbekannte Stimme.

«Filou! Schluss jetzt. Platz!»

Filou gehorchte aufs Wort.

In der Tür zur Schlafkabine lehnte Maxime Lafôret in Unterhemd und Boxershorts und starrte uns gereizt an.

«Was ist denn das für ein Affentheater?», sagte er. «Kann man nicht mal ausschlafen?»

«Wer ist das?», rief Richard Bailleul augenzwinkernd.

«Das», sagte ich und stand wieder auf, «ist mein Mieter. Darf ich vorstellen: Maxime Lafôret – Richard Bailleul.»

«Angenehm», stammelte Bailleul irritiert und starrte auf den halb nackten Mann mit den muskulösen Oberarmen, der in seiner ganzen physischen Präsenz so provozierend dastand wie einst der junge Marlon Brando in *Endstation Sehnsucht*. Die Situation schien den armen Anwalt komplett zu überfordern.

Lafôret sagte nichts. Er stand nur da mit verschränkten Armen und kratzte sich dann nachdenklich an seinem unrasierten Kinn.

«Aaah ... richtig! Der *Interessent*. Den hatte ich tatsächlich ganz vergessen. War 'ne lange Nacht.» Er nickte uns lächelnd zu. Eine Entschuldigung hielt er offenbar nicht für angebracht. «Lassen Sie sich nicht stören, meine Herren, bitte! Fühlen Sie sich ganz wie zu Hause. Wie sagt man so schön? *Mi casa es su casa.*» Mit diesen Worten stapfte Lafôret an den beiden überraschten Männern vorbei zum Gasherd, nahm sich eine Pfanne, die an der Wand hing, und fing unter großem Getöse an, sich ein Omelette zu braten.

«Tolle Vorstellung, Monsieur Lafôret! Wirklich ganz großes Kino», zischte ich ihm wütend zu, nachdem Monsieur Bailleul und sein Gutachter in der Schlafkajüte verschwunden waren. Ich mochte mir gar nicht vorstellen, wie es dort aussah, mit dem zerwühlten Bett und allen Kleidern, die womöglich auf dem Boden verstreut lagen. «Haben Sie noch alle Tassen im Schrank? Was soll das? Wir hatten eine klare Abmachung. Sie haben mir gesagt, Sie sind nicht da.»

«Das haben Sie gesagt, Mademoiselle.»

Er lehnte sich mit dem Rücken an die Theke, pickte sich ein Stück Omelette aus der Pfanne und schob es sich in den Mund.

«Das ist *mein* Boot, wann kapieren Sie das endlich? Sie können doch nicht einfach so meine Besichtigung ruinieren. Was glauben Sie eigentlich, wer Sie sind?»

«Oh, ich bin hier nur der Mieter, Mademoiselle Beauregard», sagte er lässig. «Ach ja, und übrigens: Ich gedenke es zu bleiben.» Er sah mich an und zog die Augenbrauen zusammen. «Der Brief Ihrer *Anwältin* ist angekommen.

Dachten Sie wirklich, Sie könnten mich mit einer Abfindung hier rauskriegen? Es geht mir nicht ums Geld, wann begreifen Sie das endlich?»

«Und denken *Sie* wirklich, Sie können den Verkauf dieses Bootes verhindern? Mit solch lächerlichen Aktionen?» Ich funkelte ihn böse an.

Lafôret zuckte die Achseln und aß in aller Ruhe sein Omelette weiter.

«Mein Gott, wo sind Sie nur aufgewachsen? Jetzt hören Sie schon auf zu essen, und ziehen Sie sich endlich etwas an.»

«Mach ich», sagte er. «Sobald die Herren mein Schlafzimmer verlassen haben.»

Der Nachmittag endete nicht gut. Bailleul war zunehmend verstört, das merkte ich an seinem Zwinkern. Zwar hatte Lafôret sich tatsächlich Jeans und Pulli übergezogen, doch dann machte er seinem Namen alle Ehre und stapfte in seinen Stiefeln und in seiner schlammfarbenen Barbourjacke an Deck herum wie ein Wildhüter, der sein Terrain abgeht. Bereitwillig, allzu bereitwillig heftete er sich an die Fersen von Monsieur Petit, um ihm Wissenswertes über das Hausboot meines Onkels zuzutragen. Von einem Leck, das er notdürftig geflickt hatte, war plötzlich die Rede. Davon, dass das Dach nicht mehr dicht war – «aber wirklich nur, wenn es sehr stark regnet, und dann kann man ja immer noch einen Eimer drunterstellen, was?» Er lachte und schielte zu mir hinüber. «Ach, eine Sache noch...» Der Wildhüter beugte sich zu Petit hinunter und raunte ihm etwas ins Ohr. Ich sah, wie Bailleul zusammenzuckte. «Aber keine Sorge – ich hab die Matratzen schon ausgetauscht», hörte ich Lafôret da sagen. Er grinste breit. «Ansonsten ist es wirklich ein prima Kahn.»

André Petit nickte bedächtig, und Richard Bailleuls Miene wurde immer länger. Ich selbst machte gute Miene zum bösen Spiel und wünschte Lafôret dorthin, wo der Pfeffer wächst.

Nach einer Weile zogen die beiden Herren sich zur Beratung zurück. Schließlich kam Bailleul mit einem Lächeln auf mich zu. Erstaunlicherweise wollte er das Boot immer noch kaufen – trotz aller Mängel, die Lafôret so genüsslich beschrieben oder auch nur erfunden hatte, um ihn abzuschrecken.

«Ich habe mich auf den ersten Blick in die *Princesse de la Loire* verliebt», versicherte Bailleul mir mit einem Zwinkern. «Und wenn man wahrhaft liebt, nimmt man auch ein paar Macken in Kauf, nicht wahr?»

«Das haben Sie schön gesagt, Monsieur Bailleul.» Ich warf Lafôret, der an der Reling stand und rauchte, einen triumphierenden Blick zu.

Doch dann kam der Todesstoß.

Lafôret schlenderte zu uns herüber. «Ich kann Sie gut verstehen, Monsieur Bailleul. Wissen Sie, ich liebe diesen alten Kahn auch.» Er tätschelte die Wand des Steuerhäuschens. «Kommen Sie gern ab und zu vorbei, vielleicht können wir mal zusammen angeln gehen.» Er nahm die Hand des überraschten Bailleul und schüttelte sie. «Tja.

Dann freue ich mich auf meinen neuen Vermieter», meinte er. «Und auf die nächsten fünf Jahre auf der *Princesse de la Loire*!»

«Was meinen Sie mit ‹die nächsten fünf Jahre›?», schaltete Monsieur Petit sich ein. «Dann ist das Boot gar nicht frei?»

«Aber ... Ich dachte, er zieht aus?» Bailleul sah mich verwirrt an.

«Ach, hat Ihnen Mademoiselle Beauregard das denn nicht gesagt?» Lafôret lächelte wie der Wolf im Schafspelz. «Ich bleibe für die Dauer des Mietvertrags natürlich weiter hier wohnen. Auf dem Hausboot.»

Bailleul fing an, wie verrückt zu zwinkern, und ich merkte, wie mir heiß wurde. «Nun, darüber ist noch nicht das letzte Wort gesprochen, denke ich.»

«Doch, doch.» Maxime Lafôret warf mir einen langen Blick zu. «Ich denke schon, Mademoiselle.»

———— ❄ ————

Richard Bailleul war untröstlich. Nachdem wir alle ziemlich betreten von Bord der *Princesse de la Loire* gegangen waren und Monsieur Petit sich von uns verabschiedet hatte und mit wehendem Mantel davongeeilt war, hatte er vorgeschlagen, noch etwas trinken zu gehen.

«Also, ich könnte jetzt einen Schluck vertragen», meinte er. Offenbar hatte ihn die Besichtigung ziemlich mitgenommen. Ich nickte. Auch ich konnte nach dem ganzen unerfreulichen Auftritt einen Schluck vertragen. Und so waren wir in der Brasserie du Grand Palais gelandet, die sich ganz in der Nähe des Pont Alexandre III befand.

«Ich kann mich wirklich nur entschuldigen», meinte ich, als wir an einem der kleinen Tische Platz genommen hatten. «Wenn ich ehrlich sein soll, raubt mir dieser Mieter gerade den letzten Nerv. Ich hatte keine Ahnung, dass er auf dem Boot sein würde. Wir hatten Monsieur Lafôret eine Abfindung angeboten, aber wie es aussieht...»

«... will er partout nicht», beendete Bailleul meinen Satz.

«Ich habe nicht geglaubt, dass ein Mensch so stur sein kann», seufzte ich. «Tut mir leid, dass Sie umsonst gekommen sind.»

«Mir tut es auch leid.» Richard Bailleul nahm einen Schluck von seinem Martini und sah mich betrübt an. «Wirklich jammerschade, dass Sie vertraglich noch so lange an diesen Lafôret gebunden sind. Unter diesen Umständen kommt ein Kauf für mich natürlich nicht infrage», sagte er. «Das verstehen Sie sicher.»

«Natürlich», entgegnete ich und schluckte meine Enttäuschung mit einem großen Schluck Campari Orange herunter.

«Jedenfalls war es trotzdem schön, Ihr Hausboot einmal zu sehen. Und wer weiß – vielleicht kommen wir ja in fünf Jahren zusammen.» Bailleul lächelte, er gab sich alle Mühe, nett zu sein.

«Ja, wer weiß», wiederholte ich niedergeschlagen. Auf dem Boot war ich so zornig gewesen, dass ich Maxime

Lafôret am liebsten seine Pfanne über den Schädel geschlagen hätte, doch jetzt fühlte ich mich einfach nur noch erschöpft. Warum musste immer alles so kompliziert sein in meinem Leben? Ich hatte einen Freund und konnte ihn nicht vorzeigen. Ich hatte ein Hausboot und konnte es nicht verkaufen. Ich war eine Übersetzerin und hatte keine Aufträge.

Plötzlich spürte ich die Hand des zwinkernden Prinzen ganz sachte auf der meinen. «Nun schauen Sie doch nicht so traurig, Mademoiselle Beauregard. Hausboote sind begehrt. Bestimmt findet sich am Ende doch noch ein Käufer, der das Boot auch mit dem Mieter nimmt», sagte er.

«Ich fürchte, das wird schwierig.» Ich zuckte die Achseln.

«Schwierig, aber nicht unmöglich.» Bailleul drückte kurz meine Hand und ließ sie dann wieder los. «Die Geschichte von der *Princesse de la Loire* würde ich natürlich trotzdem gern hören. In zwei Wochen spielen sie *Turandot* in der Oper. Wollen Sie mich nicht begleiten?»

———— ❀ ————

Nach der Pleite mit Richard Bailleul hatte ich auf Anraten von Pauline eine erfahrene Maklerin eingeschaltet, der ich von Anfang an reinen Wein einschenkte, was das Hausboot betraf.

«Ich verstehe vollkommen. Da werden Sie wohl ein paar Abstriche machen müssen», meinte Madame Giry, während sie sich die Unterlagen ansah. «Aber das kriegen wir hin. Auch wenn die Tatsache, dass die monatlichen Mieteinkünfte bei Weitem unter Preis liegen, die meisten Interessenten vermutlich abschrecken wird. Es gibt immer Leute, die so ein Objekt kaufen wollen.»

Sie machte mir wirklich Mut, aber wen auch immer sie als möglichen Käufer auftat – eine begüterte alte Dame, die das Hausboot ihrem Neffen zum 30. Geburtstag schenken wollte und weit im Voraus plante, oder ein windiger Spielhöllenbesitzer, der nur in Bargeld bezahlen wollte und bei dem nicht so ganz klar war, für welche dubiosen Geschäfte er das Boot eigentlich nutzen wollte, um nur einige zu nennen –, mein unmöglicher Mieter verstand es jedes Mal, sich dermaßen in Szene zu setzen, dass die Interessenten das Weite suchten.

Und nach dem Zwischenfall mit Monsieur Wong, einem chinesischen Geschäftsmann, der sehr erfolgreich eine Asia-Imbiss-Kette betrieb und mit einem Hausboot als Geldanlage liebäugelte, warf selbst Madame Giry das Handtuch.

Zunächst hatte alles sehr vielversprechend begonnen. Dass es einen Mieter gab und dass die Miete, die das Hausboot abwarf, sehr gering war, schien Monsieur Wong nicht zu stören. Das Hausboot fand er originell. Und was waren schon fünf Jahre im Angesicht der Ewigkeit?

Als er sich alles eingehend angeschaut hatte, legte er die Hände aneinander und verneigte sich mit einem höflichen Lächeln vor dem freundlich grinsenden Lafôret, der wie ein Riese vor ihm aufragte. «Hat mich sel gefleult,

Monsieur Lafolet», sagte er nickend, und an Madame Giry gewandt: «Wann können wil den Veltlag machen?»

Madame Giry war für einen kurzen Augenblick glücklich. Doch dann kratzte sich Lafôret am Hinterkopf und erzählte irgendwas von Flöhen und Bettwanzen, und der zierliche Monsieur Wong wich außer sich vor Entsetzen zurück und stolperte aus der Kajüte, so schnell er konnte. Oben an Deck stolperte er gleich weiter – nämlich über Filou, der sich von seiner Leine losgerissen hatte und dem Chinesen zwischen die Füße lief. Monsieur Wong wurde panisch, er versuchte, sich zu befreien, verhedderte sich dabei immer mehr in der Hundeleine und trat Filou versehentlich auf den Schwanz, der wiederum ein grelles Schmerzensgejaul ausstieß und in die Höhe sprang. Erschreckt machte Monsieur Wong einen Schritt zurück, dann noch einen, und dann verlor der kleine Mann aus dem Land des Lächelns den Halt, und seine Hände griffen ins Leere. Hals über Kopf stürzte er in das eiskalte Wasser der Seine, tauchte unter und wieder auf und schrie mit den Armen rudernd um sein Leben.

«Ich muss gestehen, ich bin ein bisschen erschöpft», erklärte Madame Giry, als sie mir von dem Unglück, das dem armen Monsieur Wong zugestoßen war, erzählte. «Jedes Mal, wenn ich mit einem neuen Interessenten zu Ihrem Hausboot gehe, frage ich mich, was dieses Mal passiert.»

Ich nickte anteilnehmend. Das konnte ich nur allzu gut verstehen. Mit Lafôret war man vor keiner Überraschung sicher. Immerhin war er dem über Bord gegangenen Chinesen, der offensichtlich nie die Kunst des Schwimmens erlernt hatte, hinterhergesprungen und hatte ihn aus dem Wasser gezogen.

«Es war wie in einer schlechten Komödie, man hätte fast lachen mögen, aber der Vertrag ist natürlich geplatzt. Bedauerlicherweise.» Madame Giry schüttelte den Kopf und schob sich ihre runde hellgraue Chanel-Brille auf die Nasenspitze. «Vielleicht sollten wir im nächsten Jahr noch mal einen neuen Anlauf machen, Mademoiselle Beauregard. «Wissen Sie – im Frühling verkauft man ein Boot sowieso viel leichter als im Winter.» Sie legte ihre gepflegten Hände bittend ineinander. «Aber sorgen Sie um Himmels willen dafür, dass dieser Mann bei den Besichtigungen nicht mehr dabei ist.» Sie runzelte nachdenklich die Stirn und überlegte einen Moment. «Keine Ahnung, ob er das extra macht oder nur einfach ein Riesentollpatsch ist», murmelte sie dann.

«Glauben Sie mir, er macht das mit voller Absicht», sagte ich. «Ich weiß auch nicht, warum er mich so hasst.»

Und damit war der Hausbootverkauf erst einmal auf Eis gelegt. Zumindest in diesem Jahr würde es keine weiteren Besichtigungstermine mehr auf der *Princesse de la Loire* geben.

Immerhin hatte ich auf diese Weise auch erst einmal Ruhe vor Maxime Lafôret.

—— ❀ ——

Der Dezember brach an, und ich glitt mit gemischten Gefühlen durch diese ersten Tage der Vorweihnachtszeit. Mal machte ich mir Sorgen, wie alles weitergehen würde, mal ließ ich mich von einem kindlichen Gefühl der Vorfreude treiben, in der Hoffnung, dass alles noch gut werden könnte. Ich begleitete Richard Bailleul in die Oper und verbrachte mit ihm einen sehr amüsanten Abend, an dem ich ihm auch von meiner Flussfahrt mit Onkel Albert erzählte. Pauline war nach wie vor der Ansicht, dass Bailleul eine gute Partie wäre, ständig lag sie mir mit dem jungen Anwalt in den Ohren und führte hinter meinem Rücken konspirative Gespräche mit Maman.

Ich schrieb ein paar Verlage an und bewarb mich um neue Aufträge, aber ich bekam nur Absagen, und das Einzige, was ich an Land ziehen konnte, war die Übersetzung eines englischen Kriminalromans von zweifelhafter Güte. Auch das Honorar war nicht gerade fürstlich, aber ich brauchte den Auftrag, also nahm ich ihn an.

«Das Leben spielt einem immer neue Streiche», sagte ich seufzend zu Cedric. «Erst dieser unsägliche Mieter, den ich nicht loswerden kann, und jetzt auch noch ein *Krimi*.»

Cedric lachte. «Ja, du hast wirklich ein Händchen für unglückliche Geschichten, *darling*», meinte er. «Apropos – was ist denn eigentlich mit deinem heimlichen Geliebten? Gibt's den noch?»

Ja, es gab ihn noch. Aber Luc hatte wenig Zeit für mich in diesen Tagen. Die Grippe, die in Paris grassierte, hatte offenbar auch seine Frau erwischt. Sie lag mit einer heftigen Bronchitis im Bett, weshalb ich Luc nur selten zu Gesicht bekam. Er machte Überstunden im Büro und musste sich zu Hause um die hustende Agnès und die Kinder kümmern. Er wirkte sehr gestresst, und ich wagte kaum zu fragen, ob er denn nun endlich mit seiner Frau gesprochen hatte. Doch dann, als ich mich bei einem unserer kurzen Treffen wieder einmal beschwerte, dass wir so nicht weitermachen könnten, meinte er plötzlich, er habe eine große Überraschung für mich. Bald. Er lächelte mich vielsagend an, und am nächsten Tag fuhr ich in die Galeries Lafayette.

Schon von Weitem glitzerte mir das prächtig geschmückte Kaufhaus am Boulevard Haussmann entgegen, das in den Wochen vor Weihnachten eine ganz besondere Anziehungskraft auf all jene ausübt, die nach Geschenken suchen. Ich trat ein und verlor mich im Reich der Schneekönigin, die den Jugendstiltempel mit seiner riesigen Kuppel in einen silberglänzenden Palast verwandelt zu haben schien. Und am Ende kaufte ich mir ein traumhaft schönes nachtblaues Samtkleid, das an den Ärmeln und an dem runden Halsausschnitt mit winzigen Perlen bestickt und überdies sündhaft teuer war. Damit würde ich Luc an Weihnachten überraschen, wenn wir, wie ich es mir ausmalte, zusammen zu meinen Eltern gingen.

Die größte Überraschung jedoch kam von ganz anderer Seite. Cedric nahm mich auf eine Weihnachtsfeier auf das Rosa Bonheur sur Seine mit, und dort begegnete ich jemandem, den ich in dieser illustren Abendgesellschaft wohl am wenigsten erwartet hätte.

8

E s wird Zeit, deine Auftragslage zu verbessern», sagte Cedric, als wir morgens zusammen im Ten Belles saßen und einen Kaffee tranken. «Und ich habe auch schon eine Idee.» Er bestrich sich die Scones, die hier angeboten wurden, mit Clotted Cream und Erdbeermarmelade und stöhnte genüsslich, als er sich einen Bissen in den Mund schob.

Wir saßen oben auf der kleinen Galerie seines Lieblingscafés, das sich nur wenige Schritte vom Kanal entfernt in der Rue de la Grange aux Belles befand, wo er gern sein Frühstück zu sich nahm. Ein Schild mit der Aufschrift *Drinking good coffee is sexy* stand an der Eingangstür auf dem Bürgersteig, und der Kaffee war hier besonders gut, das behauptete jedenfalls mein Freund. Ich hatte allerdings den Verdacht, dass Cedric auch den coolen Barista, der mit seinem Dreitagebart und seiner schwarzen Wollmütze hinter dem Tresen stand, ziemlich sexy fand.

«Der ist doch echt *süß*, oder?», fragte er mich und

spähte durch die Stäbe der Galerie hinunter, wo der Wollmützenmann gerade mit einem Kunden scherzte.

«Ist das jetzt Trend, seine Mütze auch drinnen anzulassen?», spottete ich.

«Ach, Joséphine, du hast mal wieder keine Ahnung.» Cedric wedelte mit der Hand. «*Tout Paris* trägt jetzt solche Mützen. Das ist das It-Pièce der Saison. Du solltest dir auch eine zulegen. Möchtest du noch einen Café crème?»

Ohne meine Antwort abzuwarten, winkte er dem jungen Barista lächelnd zu und zupfte dann angelegentlich an seinem bunten Schal herum.

«Und was ist jetzt deine tolle Idee?», hakte ich nach. «Ich könnte in der Tat ein paar Aufträge gebrauchen. Es ist beängstigend, wie das Geld auf meinem Konto dahinschmilzt.»

«Genau», sagte Cedric und richtete seinen Blick wieder auf mich. «Ich habe eine Einladung für die Weihnachtsparty auf dem Rosa Bonheur sur Seine – kommst du mit?»

«Du meinst dieses Hausboot-Café?», fragte ich. «Was soll das für eine Party sein?»

«Na, das ist *die* Verlagsparty des Jahres, *darling*. Nennt sich *Danser sur la Rosa Bonheur*, und der Veranstalter ist die Groupe des Éditeurs. Du weißt schon, die haben früher manchmal in der Coupole gefeiert, aber diesmal machen sie ihr Verlagsfest auf dem Hausboot. Die müssen echt ein fantastisches Jahr gehabt haben.»

Ich nickte. Von der Feier, die die Groupe des Éditeurs, zu der viele namhafte französische Verlage gehörten, einmal im Jahr für Verleger, Agenten und Autoren veranstaltete, hatte ich natürlich schon gehört, war aber noch nie dort eingeladen gewesen.

«Ich habe zwei Karten, und Augustin hat keine Lust mitzukommen. Deswegen würde ich vorschlagen, du ziehst dir was Hübsches an, steckst deine Visitenkarten in dein Handtäschchen, und dann gehen wir am Freitag auf die Party, und ich stelle dich einigen Leuten vor. Das ist *die* Gelegenheit, ein paar Kontakte zu knüpfen. Glaub mir, gute Kontakte sind die halbe Miete.»

«Haha, dein Wort in Gottes Ohr», sagte ich.

Als ich am Freitagabend an Cedrics Arm das Rosa Bonheur sur Seine betrat, das am linken Seine-Ufer unweit des Pont Alexandre III lagerte, war die Party schon in vollem Gange. Der Geräuschpegel war hoch, animiertes Geplapper vermischte sich mit den Klängen eines Saxofons und eines Kontrabasses, die Jazzmusik spielten. Über das ganze Boot waren bunte Lichterketten gespannt, und der Schriftzug «Rosa Bonheur» machte seinem Namen alle Ehre und leuchtete in schönstem Rosa. Die Gäste standen in Trauben im Inneren des Bootes und draußen an Deck zusammen, sie plauderten und lachten, ihre Champagnergläser in der Hand, schoben sich appetitliche Häppchen in den Mund, die ständig aufs Neue von Kellnern auf großen Silbertabletts gereicht wurden, und alle schienen sich prächtig zu amüsieren.

Wir gaben Mantel und Cape an der Garderobe ab und stürzten uns ins Getümmel.

«*Voilà!*» Cedric schnappte sich zwei Gläser und drückte mir eins in die Hand. Er prostete mir zu, warf einen anerkennenden Blick auf mein kurzes rotes Seidenkleid, zu dem ich ein Paar große Perlenohrringe vom Flohmarkt trug, und raunte mir zu, dass ich aufhören solle, den Stoff nach unten zu ziehen, das Kleid säße perfekt. Dann ließ er den Blick durch den Raum schweifen und scannte die Gesichter der Anwesenden. «Dahinten steht die Cheflektorin von Grasselle», rief er. «Auf geht's!»

Er machte mich mit einer rothaarigen Dame mittleren Alters bekannt, die ihn mit den Worten «Aaah, *Monsieur le Flaneur!*» begeistert begrüßte, wir unterhielten uns eine Weile, und am Ende nahm sie meine Karte.

«Joséphine Beauregard? Haben Sie nicht auch für die Éditions Lassalle übersetzt? Ich glaube, ich habe einige Ihrer Bücher gelesen. Die Finnen, nicht wahr? Sehr gute Arbeit.»

«Ja», sagte ich erfreut und strich mir verlegen über mein Haar, das ich mir zu einem lockeren Chignon geschlungen hatte. «Ich habe fast ausschließlich für die Éditions Lassalle übersetzt, aber bedauerlicherweise schließt der Verlag nun. Deswegen suche ich jetzt nach neuen Aufträgen.»

«Leider machen wir so gut wie keine Literatur aus Finnland», sagte die Cheflektorin und schüttelte ihre roten Locken. «Auch wenn ich das persönlich sehr schade finde. Ich liebe Paasilinnas *Wunderbaren Massenselbstmord*. Hab mich köstlich amüsiert. Diese finnischen Autoren haben einen ganz besonderen Humor.»

«Oh, ich übersetze auch aus dem Englischen», versicherte ich rasch. «Und natürlich könnte ich auch Lektorate übernehmen.»

Jemand kreischte mir von der Seite lachend ins Ohr, und wir lächelten uns an.

Dann steckte sie mir ihre Karte zu. «Wissen Sie was? Schicken Sie mir doch einfach mal Ihre Unterlagen und rufen Sie mich nächste Woche an. Möglicherweise habe ich etwas für Sie.»

Vielleicht hatte sie einfach nur Mitleid mit mir, aber nach all den Absagen klammerte ich mich an jeden Strohhalm.

«Das mache ich sehr gern», rief ich. Sie nickte und wandte sich einem älteren Herrn zu, der sie mit den Worten «Schönste Frau der Party, schönste Frau der Party» von hinten umarmte.

«Das war Robert Lafiche, Starjournalist beim Figaro. Er hat schon mehrere Bücher für Grasselle geschrieben», klärte mich Cedric auf, nachdem er mich weitergezogen hatte. «Wir müssen uns ein bisschen umtun, *darling*. Ab elf wird hier getanzt, und dann wird es schwierig, mit den Leuten zu reden.»

«Ich find's jetzt schon schwierig», sagte ich. «Man versteht ja teilweise sein eigenes Wort nicht mehr.»

«Das macht nichts», versicherte mir Cedric. «Hauptsache, du verteilst deine Karten, und die Leute haben ein Gesicht vor Augen. Außerdem siehst du heute wirklich hinreißend aus. Du solltest öfter mal deine Beine zeigen, *darling*.»

Er schleppte mich zu dem nächsten Stehtisch, und wieder lächelte ich freundlich, sagte mein Sprüchlein auf und ließ meine Karte da. Und nachdem ich fünf Gläser Champagner getrunken hatte, machte es mir plötzlich gar nicht mehr so viel aus, mit wildfremden Menschen zu reden und sie von meinen Qualitäten zu überzeugen.

Plötzlich trat jemand von der Seite zu mir.

«*Bonsoir*, Mademoiselle Beauregard. Welche Freude, Sie hier zu sehen.»

Es war Robert Lassalle, mein alter Verleger. Er war etwas schmaler geworden, schien mir, aber mit seinem zurückgekämmten grauen Haar und der roten Fliege war er immer noch eine imposante Erscheinung.

«Monsieur Lassalle!», rief ich aus. «Was für eine Überraschung! Ich war neulich noch im Verlag, um mich von Ihnen zu verabschieden und mich für Ihren netten Brief zu bedanken, aber da waren Sie krank. Das alles tut mir so leid. Geht es Ihnen denn wieder gut?»

«Immer besser, Mademoiselle Beauregard, immer besser. Wissen Sie, wenn man erst mal eine Entscheidung getroffen hat, wird alles viel leichter. Und jetzt, wo ich mich gerade in die Rente verabschieden wollte, ist mir ein Beratervertrag angeboten worden. Schauen wir mal, was daraus wird.» Er wirkte ganz gelöst. «Aber wie geht es Ihnen? Sie sehen bezaubernd aus.»

«Danke.» Ich lächelte ihn mit Verschwörermiene an. «Ich bin hier, um Aufträge an Land zu ziehen.»

«Na, dann sind Sie ja hier genau richtig ... auf einem

Boot.» Er schmunzelte. «Ich hoffe, Sie fangen ein paar dicke Fische.»

«Das hoffe ich auch», sagte ich, und dann hakte sich schon wieder Cedric bei mir ein und lächelte meinen alten Verleger entschuldigend an. «Erlauben Sie, dass ich die junge Dame entführe?» Er schwang sich seinen Schal um den Hals und zog mich mit sich.

«Jetzt schauen wir mal, was sich noch so an Deck herumtreibt. Ich nehme an, die Raucher. Aber das sind in der Regel sowieso die interessanteren Gesprächspartner.»

Ich stieg maulend hinter ihm die Stufen hoch. Ich hätte gern noch weiter mit Monsieur Lassalle geredet.

«Endlich kenne ich mal jemanden, und dann zerrst du mich gleich weg.»

«*Darling*, du bist nicht hier, um mit Leuten zu reden, die du kennst, sondern mit denen, die du noch nicht kennst. Wir haben eine Mission.»

Er blieb einen Moment unter dem riesigen Zeltdach stehen, das den Blick zu allen Seiten freigab, klopfte sich eine Zigarette aus der Schachtel und zündete sie sich an. «Aah, ein bisschen frische Luft tut doch gut nach dem ganzen Gedrängel da unten», meinte er und nahm einen tiefen Zug. «Ist die Aussicht nicht überwältigend?» Er wies zum Pont Alexandre III, dessen steinerne Brüstung von den alten Kandelabern beleuchtet war. Dahinter erhob sich golden der Eiffelturm vor dem dunklen Himmel.

«Wusstest du, dass der Eiffelturm mal das höchste Gebäude der Welt war?», fragte er.

«Das ist kaum zu glauben», entgegnete ich. «Das muss schon eine Weile her sein.»

«Aber er ist immer noch das schönste Wahrzeichen der Welt.»

Ich nickte lächelnd. Auch für mich war der Tour Eiffel etwas ganz Besonderes. «Er hat so etwas Hoffnungsvolles, findest du nicht? Es ist, als ob er einem sagen wollte: Gib niemals auf!»

Cedric nickte und drückte seine Zigarette aus. «Na, dann schauen wir doch mal, wen wir hier an hoffnungsvollen Leuten kennen.»

«Muss das sein, mir ist kalt», sagte ich, und Cedric legte seinen Arm um mich.

«Das schaffst du schon», meinte er. «Denk an die Aufträge. Wir gehen gleich wieder runter.»

Arm in Arm schlenderten wir zur Reling, wo unter einer bunten Girlande aus Wimpeln und Lichtern ein paar Grüppchen zusammenstanden und sich unterhielten.

«Wen haben wir denn hier», murmelte Cedric. Er blickte hinüber zu einer attraktiven Blondine, die sich gerade köstlich über etwas zu amüsieren schien, das ein Mann, der neben ihr stand, zum Besten gab. Er trug eine schwarze Anzugjacke über seinem blütenweißen Hemd und lehnte in seiner ganzen Größe lässig am Geländer, während er mit der blonden Frau parlierte.

Ich hätte ihn fast nicht erkannt in seinem smarten Outfit, aber dann fuhr er sich mit einer Geste durch sein dunkles Haar, die mir wohlvertraut war.

«Cedric, lass uns wieder nach unten gehen», flüsterte

ich aufgeregt und zog meinen Freund am Ellbogen. Doch es war schon zu spät.

Zwei Meter von uns entfernt stand Maxime Lafôret und starrte mich überrascht an.

«*Bonsoir*, Mademoiselle Beauregard», sagte er dann, prostete mir mit seinem Glas zu und lächelte amüsiert. «Je später der Abend, desto schöner die Gäste.»

Ich brauchte einen Moment, um meine Fassung zurückzugewinnen. Die Verwandlung vom Wildhüter in Hunter-Gummi-Stiefeln zum elegant-antichambrierenden Dandy war nun doch etwas zu viel für mich. Ich schwankte leicht auf meinen halbhohen Lackschuhen und klammerte mich an Cedrics Arm fest. Dann wurde ich sauer.

«Was machen *Sie* denn hier», fragte ich vorwurfsvoll.

«Ach», entgegnete Lafôret und hob die Augenbrauen. «Gehört dieses Boot etwa auch Ihnen?»

Ich wurde knallrot und starrte ihn feindselig an.

«Tja. Das Leben ist doch immer wieder voller gelungener Überraschungen», fuhr er ironisch lächelnd fort. «Und Paris ist ein Dorf.» Er wandte sich an die blonde Frau am Geländer, die unseren kleinen Wortwechsel aufmerksam verfolgt hatte. «Darf ich vorstellen: Joséphine Beauregard, meine Vermieterin – Charlotte Besier, Verlegerin der Groupe des Éditeurs und die Veranstalterin dieser wundervollen Party hier.»

«Ja ... freut mich», stotterte ich, und in meinem alkoholbenebelten Hirn fing es an zu arbeiten. Was machte

Lafôret auf diesem Boot? Auf dieser Party? In diesem Anzug? An der Seite dieser Frau?

Ich musterte ihn misstrauisch, und dann kam mir mit einem Schlag die Erleuchtung. Maxime Lafôret war ein *Hochstapler*! So einer wie Felix Krull, der sich überall durchschnorrte, ein paar Floskeln draufhatte und sich sein Aussehen bei den Frauen zunutze machte. Und er spielte seine Rolle gut. Einen Augenblick überlegte ich, ob ich die ahnungslose Verlegerin warnen sollte, die augenscheinlich ganz angetan war von Lafôret. Ob ich ihr sagen sollte, wer dieser Mann wirklich war, der für fünfhundert Euro mein Hausboot okkupierte und hier auftrat wie ein Mann von Welt. Es war unglaublich!

Plötzlich bemerkte ich Cedrics sanften Druck auf meinem Arm. «He, Joséphine! Alles in Ordnung?», fragte er leise.

«Ja, alles in Ordnung, Joséphine?», wiederholte Lafôret, der die Worte aufgeschnappt hatte. «Wollen Sie uns Ihren Begleiter denn nicht vorstellen?» Seine Augen funkelten. «Auch ein ... Mieter von Ihnen?» Er wandte sich an Cedric. «Vor dieser Frau müssen Sie sich in Acht nehmen. Die geht über Leichen.» Er lächelte charmant, und die Verlegerin kicherte.

Ich atmete tief durch. Ich würde mich hier nicht vorführen lassen, nicht von diesem ... Niemand!

«Ich habe Ihren einzigartigen Humor immer schon bewundert», entgegnete ich knapp. «Das ist Cedric Bonnieux. Kolumnist bei Paris Match und ... äh ... mein Verlobter.»

Ich biss mir auf die Lippen, aber es war schon heraus. Warum, um Himmels willen, erzählte ich so einen Unsinn? Ich musste wirklich betrunken sein.

Cedric zupfte einigermaßen verblüfft an seinem Etro-Schal und legte dann geistesgegenwärtig wieder seinen Arm um mich.

«Oooh, ich kenne Sie!», rief jetzt die Verlegerin. «*Le Flaneur*, nicht wahr? Ich liebe Ihre Kolumnen!»

«Danke.» Cedric lächelte.

«*Enchanté*», sagte jetzt auch Lafôret. Sein Blick blieb einen Moment zu lange an dem bunten Seidenschal seines Gegenübers hängen. «Ich sehe schon, edel geht die Welt zugrunde», meinte er dann, und ein breites Grinsen zog sich über sein Gesicht. «Der *Flaneur*, soso ...»

«Sagen Sie, Monsieur Bonnieux, haben Sie eigentlich schon einmal darüber nachgedacht, ein Buch aus Ihren Kolumnen zu machen?», fragte nun die Verlegerin wieder und zog ihre weiße Samtstola enger um ihre Schultern. Während die beiden ein paar Worte wechselten und dann ihre Visitenkarten austauschten, musterte Lafôret mich von oben bis unten.

«Schönes Kleid», meinte er dann.

«Tja, da sind Sie heute Abend nicht der Erste, der das sagt», erwiderte ich schnippisch.

«Aber vielleicht ein bisschen kurz bei der Kälte.» Er blickte auf meine Beine. «Nicht dass Sie sich noch erkälten hier draußen. Sie scheinen dazu zu neigen, sich zu dünn anzuziehen.»

«Ihre Fürsorge rührt mich zutiefst.»

«Ja, ich weiß.» Er nickte ein paarmal. «*Joséphine*», setzte er hinzu. «Wie in Josephine Baker?»

«Nein, wie in Joséphine Beauharnais», erwiderte ich. «Und nur für den Fall, dass Sie es nicht wissen – das war die Frau von Napoleon Bonaparte – die Kaiserin.» Ich nickte hoheitsvoll.

«Was Sie nicht sagen! Jetzt wird mir einiges klar...»

«Was meinen Sie damit?»

«Ach, da kommen Sie schon selbst drauf. Sie sind doch ein kluges Kind.» Hinter ihm begann in der Ferne der Eiffelturm zu glitzern wie zu jeder vollen Stunde. Es war elf Uhr, und in diesem Moment hatten auch Cedric und Charlotte Besier ihr kleines Privatgespräch beendet. «Rufen Sie mich gerne an, Monsieur Bonnieux», sagte die Verlegerin und wandte sich wieder Lafôret zu.

«Kommen Sie, Maxime, ich möchte Ihnen unbedingt noch jemanden vorstellen, bevor das Tanzen losgeht...»

«Aber vorher hole ich uns noch einen Champagner von der Bar.»

«Eine ausgezeichnete Idee. Sie haben immer so ausgezeichnete Ideen, Maxime!» Charlotte Besier raffte ihre Stola zusammen und stöckelte voraus.

«Sie haben immer so *ausgezeichnete* Ideen, Maxime», zischte ich Lafôret zu, der sich nun auch zum Gehen wandte. «Meine Güte, Sie schnorren sich wohl überall durch. Hauptsache umsonst essen und trinken, was? Sie sind ein richtiger Schnorrer, Monsieur Lafôret. Ein Hochstapler. Aber mir können Sie nichts vormachen. Dann noch viel Spaß an der Champagner-Bar!»

Maxime Lafôret winkte mir unbeeindruckt zu und entfernte sich mit großen Schritten.

«Ist *das* der Typ, der dein Hausboot besetzt?», fragte Cedric, nachdem die beiden verschwunden waren. «Ehrlich gesagt, hatte ich ihn mir nach deinen Schilderungen ganz anders vorgestellt.»

«Er *ist* auch ganz anders, Cedric», gab ich zurück. «Lass dich nicht von seinem feinen Anzug täuschen.»

«Der würde auch im Feinrippunterhemd eine gute Figur abgeben», meinte Cedric versonnen, und ich stöhnte auf. «Warum hast du mir nicht gesagt, dass er so gut aussieht, *darling?* Ich hatte ihn mir als eine Art Depardieu vorgestellt, so ein hünenhaftes Monster, das zehn Flaschen Wein am Tag verkonsumiert.»

«Dieser Mann ist die Geißel der Karpaten», stellte ich fest. «Egal, wie er aussieht. Und im Anzug habe ich ihn heute auch das erste Mal gesehen. Normalerweise stiefelt er in seiner Wachsjacke herum und macht einen auf Wildhüter.»

«Und was sollte die Nummer mit dem Verlobten?» Cedric sah mich prüfend an, und um seine Mundwinkel spielte ein feines Lächeln. «Sag mal, kann es sein, dass du jemanden beeindrucken wolltest, *darling?*»

«Ach, keine Ahnung», stieß ich ungehalten hervor. «Dieses lässige Macho-Gehabe nervt mich irgendwie. Ich dachte, er soll ruhig wissen, dass ich einen Mann an meiner Seite habe. Und du bist doch ein Mann, oder nicht?» Ich zupfte an seinem Schal und gab ihm ein Küsschen auf die Wange.

«Klar», sagte Cedric und grinste. «Ich bin ein Mann. Vor allem aber bin ich dein Freund. Aber wenn du mal wieder Bedarf nach einem Vorzeigemann hast, sag mir einfach Bescheid.»

Die Musik wummerte jetzt aus dem gläsernen Schiffsbauch, und als wir wieder nach unten gingen, legte ein DJ mit Sonnenbrille Musik aus den achtziger Jahren auf. Mir schwirrte ein wenig der Kopf von der Musik, die aus den Boxen dröhnte, von dem ganzen Champagner, den ich getrunken hatte, und vor allem von der unerwarteten Begegnung mit Maxime Lafôret.

«Wollen wir gehen? Ich glaube, ich habe genug Visitenkarten verteilt», rief ich Cedric ins Ohr, während die ersten Klänge von The Cure erklangen.

«Ooooh, *Friday I'm in love* – diesen Song *liebe* ich!», rief Cedric entzückt. «Komm! *Let's dance!*» Er nahm mich bei den Händen und zog mich auf die Tanzfläche. Um uns herum ein wildes Gedränge aus sich rhythmisch bewegenden Körpern, fliegenden Haaren und Mündern, die lauthals den Refrain mitsangen.

Friday I'm in love! Darauf hatten hier offenbar alle gewartet. Die Tanzfläche war rappelvoll. Die Stimmung gut. Wir bewegten uns zusammen mit den anderen, und für einen Moment vergaß ich meinen Ärger und ließ mich mitreißen.

Dann sah ich Lafôret in der Menge. Er tanzte ausgelassen mit der blonden Verlegerin und hatte offensichtlich seinen Spaß. Madame Besier warf lachend ihre Arme in die Luft, und Lafôret machte eine kühne Drehung und stand mit einem Mal direkt vor mir.

«*Friday I'm in love*», sang er, und seine dunklen Augen funkelten mich übermütig an. In seinem Blick lag ein mutwilliger Ausdruck, der mich irritierte, aber im nächsten Moment hatte er sich schon wieder umgedreht und tanzte weiter mit Madame Besier, die sich kreischend von ihm um die eigene Achse drehen ließ.

«Tanzen kann er jedenfalls», meinte Cedric, als wir wenig später das Rosa Bonheur verließen.

«Ja, ja», sagte ich ungehalten. Und ich wusste gar nicht, was mich daran eigentlich so störte.

9

Le Grand Bateau war ein kleines Geschäft für Bootszubehör, das in einer der Seitenstraßen des Quai de Jemmapes lag. Früher hatte ich es nie groß beachtet, aber als ich eine Woche nach dem Fest auf dem Rosa Bonheur vormittags dort vorbeikam, verlangsamte ich unwillkürlich den Schritt und sah in das Schaufenster, das vollgestopft war mit Modellsegelbooten, Kompassen, Tauen, Ankern und Navigationsgeräten. Von der Decke hingen alte Fischerlampen aus blauem und grünem Glas – so wie es auch eine in meinem Hausboot gab. An der Scheibe klebten ein paar Aushänge – von Leuten, die ihre Segelboote zum Verkaufen oder Vermieten anboten. Ich setzte die beiden Einkaufstüten ab und überflog die Inserate. Vielleicht könnte ich hier auch einen Aushang für mein Hausboot machen? In so einem Laden war man jedenfalls direkt an der richtigen Adresse. Hierher kamen nur Leute, die sich für Boote interessierten. Und wer wusste schon, ob die Maklerin wirklich weitermachen würde, so entnervt, wie sie beim letzten Mal gewesen war.

Ich überlegte gerade, in den Laden zu gehen, um wegen eines Aushangs nachzufragen, als die Tür aufflog und ein Mann mit einer Tüte heraustrat.

Ich prallte zurück. «Pardon», sagte ich.

«Hoppla!», sagte er.

Und dann sahen wir uns entgeistert an.

Maxime Lafôret fand als Erster die Sprache wieder.

«Wenn ich es ja nicht besser wüsste, würde ich meinen, Sie stalken mich, Mademoiselle Beauregard. Überwachen Sie jetzt jeden meiner Schritte? Oder wie kommt es, dass Sie überall dort auftauchen, wo ich auch bin?»

«Oh mein Gott! So etwas kann auch nur jemand denken, der so eingenommen von sich ist wie Sie, Monsieur Lafôret. Nein, ich kann Sie beruhigen, ich stalke Sie nicht. Ich stalke überhaupt niemanden.»

«Verstehe. Dann hat uns wohl das Schicksal zusammengeführt.» Er zwinkerte mir zu. «Freitag ist offenbar unser Tag.»

Es entstand eine kleine Pause, und ich wusste genau, woran er dachte. Ich dachte nämlich auch daran.

«Hat Ihnen die Party auf dem Rosa Bonheur gefallen? Sie haben ja ziemlich wild getanzt.»

«Sie aber auch.»

«Oha. Das klingt ja fast wie ein Vorwurf.» Er lachte. «Also, was tun Sie hier? Sie wollen doch wohl nicht noch ein Boot kaufen?»

«Nein, stellen Sie sich vor, ich wohne hier. Ganz in der Nähe. Sie befinden sich also auf meinem Terrain, wenn man so will. Und um ehrlich zu sein, habe ich mir gerade überlegt, ob ich in diesem Geschäft nicht einen Aushang machen könnte.»

«Um einen Käufer für das Hausboot zu finden?»

«Gut erkannt. Nachdem Sie so freundlich waren, alle Interessenten in die Flucht zu schlagen, und selbst die Maklerin schon fast das Handtuch geworfen hat, muss ich vielleicht neue Wege gehen.»

Er blickte schuldbewusst. «Die Sache mit Monsieur Wong tut mir echt leid», sagte er.

«Ach, kommen Sie, ich glaube Ihnen kein Wort. Sie wollen einfach verhindern, dass ich das Boot verkaufe. Aus reiner Niedertracht.»

«Nein, nein, so ist es nicht.»

«Und wie ist es dann?»

«Tja. Wer weiß? Vielleicht möchte ich das Boot ja kaufen. Irgendwann.»

«*Sie!*» Ich musste lachen. «Das ist der beste Witz, den ich seit Langem gehört habe.»

«Freut mich, wenn er Ihnen gefällt.» Er lächelte auch. «Aber warum sagen Sie das?»

«Weil …. nun ja … weil es völlig absurd ist. Ich meine – ein Typ wie Sie, der sich irgendwie durchs Leben schlägt und nicht mal einen richtigen Beruf hat, geschweige denn ein festes Einkommen … Was arbeiten Sie überhaupt? Also, *wenn* Sie arbeiten, meine ich …»

Er sah mich verblüfft an und schien etwas erwidern zu wollen. Doch dann schwieg er und zuckte mit den Schultern. Wahrscheinlich kam es nicht oft vor, dass ihm jemand den Spiegel vorhielt.

«Och, so dies und das», entgegnete er unbestimmt. «Ich habe nicht nur einen Beruf, wenn man so will. Ich liebe meine Freiheit.»

«Ja, das dachte ich mir schon. So kann man es natürlich auch nennen.»

Er grinste unbekümmert. «Sie fühlen mir ganz schön auf den Zahn, Mademoiselle Beauregard.»

«Tja, das macht man doch wohl so bei dem potenziellen Käufer eines Hausboots, oder?», spottete ich. «Bonitätsprüfung?»

Er stieß einen anerkennenden Pfiff aus. «Wow! Sie kennen sich wirklich aus. Ich muss schon sagen, Sie sind ein tolles Mädchen», spottete er. «Aber im Ernst, ich mag die *Princesse de la Loire*. Hab mich irgendwie an sie gewöhnt.» Er hielt mir die Papiertüte entgegen, die er vor der Brust trug. «Schauen Sie mal, ich habe gerade Bootslack gekauft, um die Treppe neu zu streichen. Ich kümmere mich gut um das Hausboot Ihres Onkels – wie übrigens all die Jahre, seit er es mir anvertraut hat.»

«Das sei Ihnen unbenommen», sagte ich. «Und dafür bin ich Ihnen auch dankbar. Trotzdem scheinen Sie manchmal zu vergessen, dass das Boot nicht Ihnen gehört.»

«Ja, leider.» Lafôret nickte ein paarmal. Er schien recht friedlich gestimmt an diesem Freitagvormittag und wirkte einsichtig, und so beschloss ich, die Gelegenheit beim Schopf zu packen.

«Hören Sie, Monsieur Lafôret...»

«Ich höre...», unterbrach er mich sofort und imitierte

meinen geschäftsmäßigen Tonfall. Dieser Mann hatte so eine Art, alles, was ich sagte, sofort ins Lächerliche zu ziehen.

«Nein, im Ernst», versuchte ich es noch einmal. «Wir sind doch beide erwachsen. Können wir uns nicht benehmen wie zwei zivilisierte Menschen?»

«Klar», meinte er. «Was wollen Sie von mir? Soll ich Ihre Einkaufstüten tragen?» Er warf einen neugierigen Blick auf die beiden gut gefüllten Tüten, die auf dem Bürgersteig standen.

«Nein.» Ich verkniff mir ein Lächeln. «Das schaffe ich schon. Aber vielleicht könnten wir uns einfach darauf einigen, dass Sie mir zumindest einen Tag in der Woche nennen, wo Sie sich vom Boot fernhalten, sodass künftige Besichtigungen störungsfrei vonstattengehen können. Wäre das wohl möglich?»

Er zuckte mit den Achseln und schien zu überlegen.

«Von mir aus», brummte er dann. «Sie können den Freitag haben. Aber nicht vor zwölf Uhr.»

«Gut.» Ich lächelte. «Dann sagen wir doch von Freitag zwölf Uhr bis Samstag zwölf Uhr. Wäre das in Ordnung für Sie?»

Er nickte seufzend. «Wenn es dem Frieden dient.»

«Das tut es.» Ich sah ihn eindringlich an. «Und ich kann mich auch wirklich auf Ihr Wort verlassen?» Ich musste wieder daran denken, wie Lafôret sich im Unterhemd so provokativ sein Omelett gebraten hatte. «Nicht dass Sie wieder auf die Idee kommen, ein Schaukochen zu veranstalten.» Ich lächelte.

«Ein Mann, ein Wort», sagte er und legte den Kopf schief.

«Was ist? Was starren Sie mich so an?», fragte ich.

«Ich dachte nur gerade ...», er führte den Satz nicht zu Ende.

«Was dachten Sie, Monsieur Lafôret?»

«Na ja ... nicht, dass Sie jetzt gleich wieder sauer werden, aber wenn Sie mal lächeln, sehen Sie richtig hübsch aus.» Er grinste breit, und ich verdrehte seufzend die Augen.

«Halten Sie sich einfach an unsere Abmachung, Monsieur Lafôret. Dann werden Sie mich vielleicht öfter lächeln sehen.»

«Das würde mich freuen.»

Einen Moment standen wir unschlüssig da. Dann griff ich nach meinen Tüten und wandte mich zum Gehen.

«Also dann ...»

«In einer idealen Welt würde ich Sie jetzt fragen, ob Sie einen Kaffee mit mir trinken gehen», sagte er rasch.

Ich warf ihm einen misstrauischen Blick zu. Was führte er jetzt wieder im Schilde?

«In einer idealen Welt hätten wir uns niemals kennengelernt, Monsieur Lafôret», erklärte ich. «Besten Dank für das Angebot, aber nein, wirklich nicht.» Ich packte meine Tüten fester und wandte mich zum Gehen.

«Ach, kommen Sie!» Er lief ein paar Schritte neben mir her. «Seien Sie nicht so unversöhnlich. Es ist ein Friedensangebot. Um unsere Abmachung zu besiegeln. Und als Wiedergutmachung für meine niederträchtigen

Motive.» Er lächelte mich entwaffnend an, und ich blieb stehen.

«Haben Sie überhaupt das nötige Kleingeld?», fragte ich und zog die Augenbrauen hoch.

«Da haben Sie einen wunden Punkt getroffen», gab er feixend zurück. «Aber für einen ganz kleinen Kaffee reicht es so gerade noch. Sagen Sie einfach Ja.»

Am Ende sagte ich Ja, ich wollte unser neues Arrangement ja nicht sofort wieder verderben. Lafôret ließ es sich nicht nehmen, meine Tüten zu tragen. Offenbar hatte er seinen Ehrgeiz dareingesetzt, mich davon zu überzeugen, dass er im Grunde seines Herzens ein Gentleman war.

Zehn Minuten später stiegen wir nebeneinander die Rue Sainte-Marthe hoch, vorbei an den mit Graffitis bemalten heruntergelassenen Rollläden und den kleinen bunten Häusern, die fast ein wenig kubanisch anmuteten.

«Sehr malerisch», kommentierte Lafôret, während er mit den beiden Einkaufstüten die schmale Straße entlangstiefelte, die direkt auf den Platz führte. «Und hier wohnen Sie also?» Er sah sich interessiert um.

«Ja», sagte ich. «Da oben.» Ich deutete auf die obersten Fenster des Gebäudes, das uns gegenüberlag, und er legte den Kopf in den Nacken.

«Ganz schön hoch», meinte er. «Aber sicher hat man einen tollen Blick von da oben.»

«Sicher», sagte ich. «Kommen Sie, gehen wir ins La Sardine», schlug ich vor. «Da kann man auch nur einen Kaffee trinken.»

Beherzt stieß ich die Tür zu der kleinen Tapasbar auf, und Lafôret folgte mir.

«Meine Güte, was haben Sie in diesen Tüten?», meinte er, als wir uns an einem der dunklen Holztische am Fenster niederließen. «Wackersteine?» Mit einem leisen Stöhnen stellte er die Einkaufstaschen neben seinem Stuhl ab, und die Weinflaschen, die sich neben Gemüse, Huhn, Käse und Obst in einer der Tüten befanden, schlugen leise klirrend gegeneinander. Er warf einen Blick darauf. «Ist das alles für Sie? Haben Sie ein Alkoholproblem?»

Ich sah ihn entrüstet an.

«He – das war ein Witz», sagte er und hob in einer entwaffnenden Geste die Hände.

«Mann, ist das witzig», entgegnete ich und musste dann doch grinsen.

Tatsächlich hatte ich Cedric und Augustin zum Abendessen eingeladen. Es sollte *Coq au Vin* geben – das einzige Gericht, das ich halbwegs kochen konnte. Der erfreuliche Aspekt meines Ausflugs auf das Rosa Bonheur sur Seine war nämlich, dass die Cheflektorin von Grasselle tatsächlich eine Übersetzung für mich gehabt hatte. Und auch zwei kleinere Verlage hatten sich bei mir zurückgemeldet, die im neuen Jahr Aufträge zu vergeben hatten. Die Ausbeute war also fürs Erste nicht schlecht gewesen, und ich war Cedric unendlich dankbar, dass er mich zu der Party mitgenommen hatte.

«Der Wein ist nicht für mich allein. Ich bekomme heute Abend Besuch», sagte ich zu Lafôret, der jetzt die

Kellnerin herbeiwinkte. Dann wandte er sich mir wieder zu.

«Aha, etwa der Mann mit dem Etro-Schal?», wollte er wissen.

Ich lächelte. «Sie sind ziemlich neugierig, Monsieur Lafôret, aber ja, der Mann mit dem Etro-Schal kommt auch.»

«*Un Crème, un Petit Noir, s'il vous plait.*» Die Kellnerin war wieder da und stellte die dicken grünen Porzellantassen vor uns auf den Tisch.

Lafôret nahm einen Schluck und sah mich über seinem Espresso an.

«Ihr *Verlobter.*» Er lächelte amüsiert.

«Ganz genau.» Ich senkte mein Gesicht und pustete angelegentlich auf den Schaum meiner großen Milchkaffeetasse.

«Hm», machte er, und ich fühlte, wie sein Blick auf mir ruhte. «War das wirklich Ihr Verlobter?», fragte er dann und zog die Augenbrauen hoch. «Der passt irgendwie gar nicht zu Ihnen.»

«Ach ja?», gab ich zurück. «Und wer passt Ihrer Meinung nach zu mir? – Nein, sagen Sie jetzt nichts, ich will es gar nicht wissen.» Ich hielt mir in gespielter Verzweiflung die Ohren zu.

Maxime Lafôret zuckte unbeeindruckt die Schultern und musterte mich einen Moment. «Keine Ahnung. Ich meine, Sie sehen doch ganz passabel aus. Vielleicht eher so jemand wie ich? So unglaublich gut aussehend und männlich? So ganz ohne Seidenschal?» Er grinste breit.

«Ich könnte Sie jedenfalls überall raushauen, wenn's drauf ankommt.»

«Ja ... schon klar.» Ich winkte ab. «Aber daraus wird nichts. Außerdem sind Sie nur scharf auf mein Boot.»

«Oh, bin ich so leicht zu durchschauen?»

«Leichter, als Sie glauben, Monsieur Lafôret.» Ich lehnte mich in meinem Stuhl zurück und verschränkte die Arme voller Genugtuung. «Sie sind wirklich schlimm, wissen Sie das?»

«Ja, ich weiß», sagte er, und seine dunklen Augen streiften mich mit einem belustigten Blick. «Schlimmer, als Sie denken.»

So übel war Maxime Lafôret nicht, stellte ich überrascht fest, als wir eine Stunde später immer noch in der kleinen Tapasbar saßen und uns unterhielten. Natürlich hatte dieser Mann ein völlig anderes Lebenskonzept als ich und schien nichts wirklich ernst zu nehmen, aber die kleinen Wortgefechte mit ihm waren amüsant, und ich langweilte mich keine Minute. Das Beste aber war, dass mein unliebsamer Mieter sich auf meinen Vorschlag eingelassen hatte, was mich darauf hoffen ließ, dass die weiteren Versuche, Onkel Alberts Boot zu verkaufen, sich etwas erfreulicher gestalten würden.

Der zweite Kaffee ging auf meine Rechnung.

Kurz bevor wir uns verabschiedeten, fiel mir noch etwas ein, was ich immer wieder vergessen hatte.

Ich fragte nach dem verschlossenen Schrank auf dem Hausboot.

«Keine Ahnung, wo der Schlüssel ist», entgegnete Lafôret achselzuckend. «Dieser Schrank war schon abgeschlossen, als ich das Hausboot damals gemietet habe. Ich dachte immer, dass Albert dort seine persönlichen Dinge aufbewahrt. War der Schlüssel denn nicht bei seinen Sachen?»

«Nicht bei dem, was ich vom Notar bekommen habe», erklärte ich. «Oje, hoffentlich hat mein Onkel den Schlüssel nicht in irgendeiner Jacke gehabt, die in der Seniorenresidenz geblieben ist.»

«Möglich wär's», meinte Lafôret. «Na ja, notfalls müssen Sie den Schrank eben gewaltsam aufbrechen.»

«Das würde ich ehrlich gesagt nur ungern tun», sagte ich. «Der Schrank hat so schöne Intarsien. Und außerdem scheint er mir ziemlich massiv zu sein.»

«Tja», meinte Lafôret. «Ich kann mich gerne noch mal umsehen. Bisher ist mir der Schlüssel nicht untergekommen. Aber ich habe ja auch nie danach gesucht.»

Ich rührte gedankenverloren in meiner Tasse. «Wo würde man einen solchen Schlüssel wohl verstecken? Wo würde *ich* ihn verstecken?» Ich ging in Gedanken noch mal die Kajüte des Hausboots durch. «Vielleicht klebt er unter dem Schrank?»

«Oder er liegt auf einem der Türrahmen.»

«In der alten Fischerlampe, die in der Schlafkajüte hängt ... vielleicht?»

«Oder hinter dem Bild, das an der Wand hängt?»

«Sie meinen das Foto, auf dem Onkel Albert ein bisschen wie Hemingway in jung aussieht?»

«Ja, das mit dem großen Fisch. Ein toller Fang», meinte Laforet anerkennend. «Na schön, ich werde mich mal umschauen», versprach er dann. «Ich bin ein guter Spurensucher. Wenn der Schlüssel auf dem Boot ist, werde ich ihn finden.»

Ich nickte, und für einen Moment sah ich wieder Onkel Albert vor mir, wie er auf unserer Fahrt an den lauen Sommerabenden bis spät in die Nacht mit mir an Deck gesessen hatte und mir die hell funkelnden Sternbilder am tiefschwarzen Himmel erklärte. Er hatte mir die Geschichte von der hochmütigen Kassiopeia erzählt, die an den Himmel verbannt wurde, und von ihrer schönen Tochter Andromeda, in die sich Perseus so unglücklich verliebte, und wie ihre aussichtslose Geschichte doch noch ein gutes Ende genommen hatte.

«Wer weiß, was für ein Geheimnis dieser Schrank birgt», sagte ich gedankenverloren.

«Vielleicht einen Schatz», schlug Laforet begeistert vor. «Vielleicht lagern ein paar Goldbarren dort oder wertvoller Familienschmuck.»

«Das würde mich wundern.» Ich schüttelte den Kopf über diese total absurde Idee. «Mein Onkel hatte keine Reichtümer. Sie haben vielleicht Vorstellungen.»

«Man kann nie wissen», entgegnete Laforet. «Aber wenn ich den Schlüssel wirklich finde, machen wir fifty-fifty, versprochen?»

«Sie sind wirklich unmöglich», entgegnete ich lachend. «Aber gut. Wenn der Schrank voller Goldbarren ist, dann teilen wir.»

«Versprochen?» Er streckte mir die Hand hin, und ich schlug ein.

«Versprochen. Aber kommen Sie nicht auf die Idee, den Schrank ohne mich aufzumachen.»

«Auf so eine Idee würde ich niemals kommen, Mademoiselle Beauregard», versicherte er mir. «Ich möchte doch Ihr Gesicht sehen, wenn uns die Goldbarren entgegenfunkeln.»

Ich lachte. «Wissen Sie was, Monsieur Lafôret», fuhr ich dann fort.

«Nein, was?»

«Es ist wirklich erstaunlich, wie richtig ich mit meiner ersten Einschätzung lag, was Ihre Person angeht. Sie sind echt ein Hallodri. Ein Hasardeur. Ein Filou. Wie Ihr Hund.»

«Wenn Sie sich da mal nicht täuschen», gab Lafôret grinsend zurück. «Nicht, dass Sie Ihre Worte noch mal bereuen.»

«Das wird nicht passieren, Monsieur Lafôret. Meine Menschenkenntnis ist ganz ausgezeichnet.»

———— ❀ ————

Ich lächelte noch, als ich die Tüten in meine Mansarde trug. Doch als ich Luc dann wieder einmal nicht erreichte, war ich mir plötzlich nicht mehr so sicher, ob meine Menschenkenntnis wirklich so großartig war. Es ging mit riesigen Schritten auf Weihnachten zu, und Luc hatte immer noch nicht mit seiner Frau gesprochen. Seit

Agnès krank war, hatten wir uns nicht mehr gesehen. Und seit ein paar Tagen war er völlig verstummt.

Während ich das Hühnchen zubereitete, überkam mich mit einem Mal ein ganz ungutes Gefühl. Ich versuchte, mich selbst zu beruhigen, goss reichlich Wein über das Huhn und putzte den Chicorée. Es war Wochenende, und das Wochenende gehörte immer der Familie, versuchte ich mich zu beruhigen. Das war jetzt nicht so ungewöhnlich. Oder er hatte seiner Frau alles erzählt und war mitten in einem Drama. Trotzdem könntest du dich mal melden, Luc, dachte ich.

Ich schob die Casserole in den Ofen und fing an, den Tisch zu decken. Als ich die Sets auf dem Tisch verteilte und Teller und Gläser daraufstellte, klingelte plötzlich mein Telefon. Es war, als hätte Luc meine Gedanken gehört. Er klang etwas gehetzt, wie immer, aber er sagte, er denke an mich, Tag und Nacht.

«Hier war die Hölle los», meinte er leise. «Aber ich möchte dich gern morgen Abend zum Essen einladen. Ins Hotel du Nord. Hast du Zeit?»

«Ja, sicher», sagte ich erfreut. «Ich hab Zeit.» Ich hatte immer Zeit, fiel mir plötzlich auf.

«Gut. Dann sehen wir uns um halb acht. Ich habe einen Tisch auf deinen Namen bestellt.»

«Aber morgen ist doch Samstag», meinte ich verblüfft. «Kannst du denn da weg? Was ist mit Agnès und den Kindern?»

«Ist alles geklärt.» Er lachte leise, und ich lauschte einen Moment ungläubig in den Hörer.

«Ist es wegen der Überraschung?», fragte ich vorsichtig. Hatte er am Ende wirklich mit Agnès gesprochen? «Willst du mir etwa sagen, dass du ...»

«Wart's ab», unterbrach er mich. «Ich muss Schluss machen, *mon amour*. Bis morgen! Ich küsse dich.»

«Ich küsse dich auch, Luc.»

Nachdem er aufgelegt hatte, blieb ich noch einen Moment mitten im Zimmer stehen. Ich hielt das Telefon umklammert, und mein Herz klopfte. Lächelnd atmete ich ein und aus und konnte mein Glück nicht fassen. «Meine Güte», murmelte ich immer wieder. «Meine Güte.»

Irgendwann legte ich das Telefon dann doch beiseite. Ich stellte das Körbchen mit dem Baguette auf den Tisch, zündete eine Kerze an und holte die Champagnergläser aus der Vitrine. Mir war nach Champagner heute Abend. Ich band mir die Haare hoch und vertauschte Jeans und Pulli mit einem Kleid. Leise summend tupfte ich mir etwas Lippenstift auf und schaute in den Spiegel, der neben der Tür hing. Eine junge Frau mit leuchtenden Augen lächelte mir entgegen.

Dann sah ich auf die Uhr. Viertel vor acht. In wenigen Minuten würden Cedric und Augustin kommen, und ich freute mich auf unseren Abend und darauf, die guten Neuigkeiten mit ihnen zu teilen.

Ich trat ans Fenster und sah auf die Place Sainte-Marthe hinunter, wo die vier Tannenbäume mit den roten Kugeln und den gelblichen Lichtern standen und alles in ein warmes Licht tauchten. In zwei Wochen war Weihnachten. Und diesmal würde alles gut werden.

Doch als es wenig später klingelte und ich voller Vorfreude die Tür aufriss, wusste ich sofort, dass etwas nicht
in Ordnung war.

Cedric stand mit blassem Gesicht im Treppenhaus und
wirkte vollkommen verstört.

«Cedric, was ist passiert?», fragte ich. «Wo ist Augustin?»

Er schüttelte den Kopf und sah mich mit geröteten
Augen an.

«Augustin kommt nicht. Er hat mich verlassen», sagte
er.

10

An diesem Abend erzählte ich nichts von meiner Begegnung mit Maxime Lafôret. Und auch nichts von Lucs Einladung ins Hotel du Nord, der mein dummes Herz so freudig entgegenfieberte.

Ich saß mit Cedric auf dem Bett, und mein bester Freund berichtete mir stockend, was passiert war, während er unglücklich auf meine indische Tagesdecke starrte und die Muster mit dem Finger nachmalte, während wir nebeneinander an der Wand lehnten, ein paar Kissen im Rücken, während der *Coq au Vin* im Backofen verschmorte und die Nacht sich still über die Place Sainte-Marthe senkte.

Augustin hatte sich in eine Clubbekanntschaft verliebt, irgend so einen gut aussehenden jüngeren Mann, den er beim Tanzen kennengelernt hatte.

«Dieser Typ hat ihm offenbar total den Kopf verdreht. Er sagt, er kommt nicht dagegen an. Und dass alles wieder so spannend und aufregend sei. Wir haben uns den ganzen Tag schon gestritten, weißt du?» Cedric hob den

Kopf und sah mich mit waidwundem Blick an. «Und dann hat er gesagt, er braucht jetzt erst mal eine Pause. Von *mir*!» Er schluchzte auf und wischte sich über die Augen. «Ich hab gesagt, dann geh doch zu deinem Adonis! Hau ab! Ich will dich hier nicht mehr sehen. Und da hat er seine Tasche gepackt und ist weg. Einfach so! Nach all den Jahren. Ich habe versucht, ihn anzurufen, aber er geht nicht ans Telefon.»

«Meine Güte», sagte ich einigermaßen erschüttert und legte den Arm um Cedrics Schultern. «Das gibt's doch nicht. Was ist denn nur in Augustin gefahren? Ihr habt euch doch immer so gut verstanden. Ich meine ... für mich seid ihr immer ein Traumpaar gewesen. Cedric und Augustin – das ist wie Salz und Pfeffer, wie Bonnie und Clyde, wie ...» Ich versuchte, einen passenderen Vergleich zu finden. «Wie Castor und Pollux.»

«Wie Castor und Pollux? Findest du?»

Ein kleines Lächeln huschte über das Gesicht meines Freundes. Der Gedanke an die beiden unzertrennlichen Argonauten aus der griechischen Mythologie, die mit Jason nach dem Goldenen Vlies suchten und später von Zeus für alle Zeiten als Sternbilder am Himmel vereint worden waren, schien ihn für einen Moment zu trösten. Dann verdunkelte sich seine Miene wieder.

«Ja, das habe ich auch immer gedacht, dass wir zusammengehören. Aber ich habe offenbar leider falsch gedacht.» Er presste die Lippen zusammen und nickte bitter. «Ich hätte es wissen müssen. In den letzten Wochen ist Augustin oft erst so spät nach Hause gekommen. Er war immer länger weg, hat gemeint, er will mal wieder ein bisschen *action* in seinem Leben.»

Cedric schüttelte unglücklich den Kopf und verstummte wieder.

«Andererseits haben wir von Anfang an gesagt, dass wir uns unsere Freiheiten lassen wollen, und das hat ja bisher auch immer gut geklappt. Augustin geht nun mal gern aus, er braucht das mehr als ich – wie konnte ich denn ahnen, dass... dass...»

Er brach mit erstickter Stimme ab. «Ach, Joséphine, was soll ich denn jetzt nur tun?»

«Oh, Cedric», sagte ich und drückte seine Hand. «Es tut mir so leid. Ach, warum ist die Liebe nur immer so kompliziert?»

Eine Weile saßen wir schweigend da und starrten aus dem Fenster. Draußen war es dunkel, und eine große Traurigkeit legte sich über das ganze Zimmer. Auf dem Esstisch brannte die Kerze allmählich herunter und warf ihren flackernden Schein auf die immer noch unberührten Teller.

«Ich kann mir einfach nicht vorstellen, dass das lange dauern wird mit diesem Adonis», meinte ich schließlich. «Vielleicht ist Augustin schon in der Midlife-Crisis und braucht noch mal die Bestätigung von außen.»

«Meinst du?» Cedric sah mich an, und in seinen Augen glomm ein kleiner Hoffnungsschimmer. «Meinst du, er kommt zurück?»

«Natürlich kommt er zurück», erklärte ich mit fester Stimme, obwohl ich mir da auch nicht so sicher war. Wer konnte schon Dinge voraussehen in der Liebe. Da gab es keine Garantien. Aber warum sollte ich meinem Freund das Herz schwer machen? Ich hoffte einfach, dass Augustin bald merken würde, was er an Cedric hatte. Was für ein wunderbarer Mensch er war. «Gib ihm ein bisschen Zeit. Ich kann mir einfach nicht vorstellen, dass er dich für eine Clubbekanntschaft so einfach verlässt. Das ist ein Strohfeuer, glaub mir. Das wird schnell vorbei sein.»

Ich stand auf, nahm Cedric bei der Hand und zog ihn hoch.

«Komm, lass uns was essen! Setz dich!»

Cedric ging zögernd zum Tisch hinüber und setzte sich auf einen Stuhl.

«Ich glaube, ich kann jetzt gar nichts essen, *darling*», klagte er. «Mir ist irgendwie ganz schlecht.»

«Doch du kannst. Du musst.» Ich nahm die Flasche mit dem Wein und schenkte uns beiden die Gläser voll. «Ich wette, du hast bestimmt den ganzen Tag noch nichts gegessen bei all der Aufregung. Außerdem», ich zwinkerte ihm zu, «wenn ich schon mal koche, soll es doch nicht umsonst gewesen sein, oder? Es gibt *Coq au Vin*.»

Rasch räumte ich das dritte Gedeck ab, stellte Glas und Teller auf die Anrichte und zog den Backofen auf. Beißender Rauch schlug mir entgegen, und ich wedelte mit der Hand. Es roch verbrannt.

«Oh nein!», rief ich aus.

In der Casserole befanden sich die kläglichen Überreste der Maispoularde, die ich am Morgen beim Traiteur gekauft hatte. Die ganze Flüssigkeit war verdampft, und

das Hühnchen, das fast bis auf die Knochen zusammen-
geschrumpft war, klebte als schwarze unförmige Masse
zusammen mit dem Gemüse am Topfboden fest.

Ich stocherte vorsichtig in meinem *Coq au Vin* herum,
der jetzt so ganz ohne Wein im Topf brutzelte.

«Ich glaube, da kann man noch was retten», meinte
ich dann.

Am Ende bestellte ich uns eine Pizza mit Artischocken-
herzen, Schinken und Peperoncini-Öl. Cedric hatte sich
geweigert, auch nur ein Stück von dem verbrannten
Huhn zu essen.

«Bei aller Sympathie, Joséphine, aber das kannst du
knicken», hatte er gesagt.

«Weißt du, es liegt einfach kein Segen darauf, wenn
du kochst», meinte er wenig später, während er sich ein
großes Stück von seiner Pizza absäbelte. «Damit wirst du
jeden Mann in die Flucht schlagen. Mein Tipp: Lass es
besser!»

«Aber mein *Coq au Vin* ist unschlagbar», protestierte
ich lächelnd. «Wenn ich nicht einen Freund in Not hätte
trösten müssen, wäre das Essen nicht angebrannt.»

«Ach, du hast immer eine Ausrede», sagte Cedric.
Zumindest hatte er seinen Humor wiedergefunden.

«Mann, ist das scharf», keuchte er dann. «Nachdem
du es mit dem Hühnchen nicht geschafft hast, willst du
mich jetzt wohl mit dieser Pizza umbringen, was?»

Ich war froh, dass er sich ein bisschen gefangen hatte.

«Also, ich finde immer, wenn es einem so richtig

schlecht geht, muss man etwas Scharfes essen», entgegnete ich. «Ist dir immer noch schlecht?»

«Nein. Ich bekomme nur gerade einen Schweißaus-
bruch.» Cedric griff nach der Wasserkaraffe, schüttete
sich das Glas voll und trank gierig ein paar Schlucke.

«Na, siehst du», sagte ich.

Es war weit nach Mitternacht, als ich meinen Freund
nach unten begleitete. Ich hatte ihm angeboten, dass er
bei mir übernachten könne, aber das wollte er nicht.

«Vielleicht kommt Augustin ja doch noch», hatte er
nach einem Blick auf sein Telefon gemeint.

«Hat er sich gemeldet?»

«Nein.» Cedric schüttelte den Kopf, und seine Augen
wurden wieder dunkel.

Wir standen noch eine Weile vor der Haustür und
schauten auf den stillen Platz mit den Tannenbäumen.
Das La Sardine hatte bereits geschlossen, und auch im
Galopine und in der Bar Sainte-Marthe war es schon dunkel. Cedric rauchte eine letzte Zigarette.

«So», sagte er. «Dann geh ich jetzt mal. Schlafenszeit.»
Er drückte die Zigarette aus und band sich seinen Schal
fester um den Hals, und ich sah, wie seine Hand zitterte.

«Cedric», sagte ich. «Weißt du, ich bin keine Prophe-
tin, aber ich glaube ganz bestimmt, dass Augustin zurückkommt. Er wäre ein Idiot, wenn er's nicht täte.»

«Danke, Joséphine», sagte er. «Du bist 'ne echt gute
Freundin.»

Ich umarmte ihn. «Und du ein echt guter Freund»,

sagte ich. «Ruf mich an, oder komm vorbei, wenn dir die Decke auf den Kopf fällt, hörst du? Ich bin immer für dich da.»

«Mach ich, *darling*.» Er winkte mir mit einem schiefen Lächeln zu, und dann schlug er mit langsamen Schritten den Weg nach Hause ein.

Ich blickte ihm nach, bis er in der Dunkelheit verschwand, und eine Woge des Mitleids erfasste mich. Ich wünschte, ich hätte ihn besser trösten können.

Von allem Kummer, den es gibt, ist Liebeskummer wohl der einsamste, dachte ich, als ich jetzt wieder ins Haus zurückging. Der arme Cedric! Ich hatte es nicht gewagt, ihm zu erzählen, wie glücklich ich selbst war, weil sich Luc endlich zu mir bekennen wollte. Ich dachte an unsere Verabredung im Hotel du Nord, und als ich wenig später in meinem Bett lag und mich unserem Treffen entgegenträumte, hätte ich es nie für möglich gehalten, dass ich nicht einmal vierundzwanzig Stunden später froh sein würde, einen Freund wie Cedric zu haben.

11

Am Samstagabend saß ich bereits um Viertel nach sieben im Hotel du Nord. Ich saß an «unserem» Platz, an einem Tisch in der Ecke, nahe dem schwarzen Klavier, das an der Längsseite der Wand stand. Hier, unter dem goldgerahmten Bild von Jacques Prévert, der mit seinem Hund und einem einsamen Glas Wein an einem Tischchen im Jardin du Luxembourg sitzt, hatten wir uns zum ersten Mal zu einem heimlichen Rendezvous verabredet und waren nach dem Essen die Treppe zu dem Zimmer hinaufgegangen, das Luc für uns gemietet hatte. Und auf jeder dritten Treppenstufe waren wir stehen geblieben, um uns zu küssen.

Ich glaube, es war damals überhaupt das erste Mal, dass ich in diesem kleinen Hotel gewesen war, das am Ufer des Canal Saint-Martin liegt – mit Blick auf die kleine Fußgängerbrücke und auf die Bäume, hinter denen das Wasser glitzert. Im Sommer war ich oft daran vorbeigegangen, wenn ich den Quai Jemmapes entlanglief, und hatte die Leute gesehen, die draußen vor dem Eingang saßen und ihren Kaffee in der Sonne tranken oder drinnen ihr Essen im Restaurant einnahmen.

Und dann, an jenem kalten Tag im Februar vor fast drei Jahren, war ich selbst hineingegangen. Aufgeregt hatte ich meine Blicke über das hübsche Café im Eingangsbereich schweifen lassen – die rote Lederbank am Fenster, die schwarzen Thonet-Stühle an den Tischchen –, hatte zögernd ein paar Schritte auf den hübschen dunkelblau-weißen Fliesen gemacht, war bis zu der altmodischen Bar vorgegangen, vor der ein paar lederbezogene Hocker standen – und dann hatte ich ihn gesehen.

Luc stand im hinteren Teil des Restaurants, zu dem ein paar Stufen hochführten, genau an dem Tisch, an dem ich jetzt auch saß. Er wartete schon auf mich, war viel zu früh da gewesen, wie er mir später verriet, aus Angst, mich zu verpassen.

Ich lächelte, als ich jetzt daran dachte, schob mein Glas versonnen auf der weißen Tischdecke hin und her und blickte immer wieder zum Eingang.

Vielleicht mochte ich das Hotel du Nord deswegen so sehr, weil ich hier mit Luc meine erste Liebesnacht verbracht hatte. Aber ich mochte es auch so. Es war ein alter Kasten, der vor vielen Jahren sogar schon einmal abgerissen werden sollte. Aber es war ein alter Kasten mit einer großen Vergangenheit. Überall hingen Plakate und gerahmte Bilder von dem berühmten Film *Hotel du Nord*, der hier in den dreißiger Jahren gedreht worden war. Die Schwarz-Weiß-Fotos der Schauspieler sagten den meisten Gästen heute wohl nichts mehr, und ich muss gestehen, dass ich außer der berühmten Arletty, die in diesem Film mitgespielt hatte, auch niemanden kannte. Aber ich kannte natürlich die Geschichte von Pierre und Renée, jenem unglücklichen jungen Liebespaar, das verarmt und verzweifelt in dieses Hotel geht – damals ein heruntergekommenes Etablissement, das sie sich gerade noch so leisten können –, um auf dem Zimmer gemeinsam Selbstmord zu begehen.

Nach vielen dramatischen Wendungen kommt die Geschichte im letzten Moment dann doch noch zu einem guten Ende, und das Glück trifft in seiner unendlichen Blindheit ausnahmsweise mal die Richtigen.

Der Kellner kam an meinen Tisch.

«Sind Sie allein?», fragte er. «Möchten Sie etwas zu trinken bestellen?»

«Nein, ich erwarte noch jemanden», sagte ich und blickte wieder zur Tür. Es war bereits Viertel vor acht. Luc würde mich doch wohl nicht versetzen? Nervös strich ich über mein Kleid und zog dann mein Mobiltelefon aus der Handtasche, um zu sehen, ob er sich vielleicht gemeldet hatte. Stirnrunzelnd starrte ich auf das Display, aber es war leer. Keine neuen Nachrichten.

Am Vormittag hatte ich kurz mit Cedric gesprochen, der immer noch einen ziemlich niedergeschlagenen Eindruck machte. Augustin hatte sich nicht gemeldet, und Cedric versuchte sich an einer Kolumne, um sich abzulenken. «Wenn ich arbeite, denke ich wenigstens nicht an ihn», sagte er. Er hatte mich gefragt, ob ich Lust hätte, abends vorbeizukommen. Ich hatte ein wenig herumgedruckst, aber dann hatte ich ihm doch erzählt, dass ich bereits mit Luc verabredet war.

«Er wollte sich unbedingt mit mir treffen. An einem *Samstag*. Das hat er noch nie gemacht. Er sagte, er hätte eine Überraschung für mich.» Ich zögerte einen Moment. «Ich weiß auch nicht, Cedric, aber es klang beinahe so, als hätte er mit seiner Frau gesprochen.»

«Na, das wären ja zur Abwechslung mal richtig gute Neuigkeiten, *darling*», sagte Cedric. «Ich wünsch dir Glück!»

Etwas irritiert hatte ich das Gespräch beendet. Warum wünschte Cedric mir Glück? Ich konnte es mir nur so erklären, dass er selbst in einer ganz schlechten Verfassung war. Und das war ja auch verständlich.

Doch als ich jetzt im Hotel du Nord auf Luc wartete und die Minuten in quälender Langsamkeit verstrichen, merkte ich, wie ich selbst anfing, mein Glück anzuzweifeln. Zehn vor acht. Ich nahm mein Telefon vom Tisch und überlegte gerade, ob ich Luc anrufen sollte, als ich seine Stimme hörte.

«*Salut*, Joséphine!»

Ich blickte auf, und da kam Luc auch schon lächelnd auf mich zu. Er trat an den Tisch, gab mir einen Kuss und zog seinen dunkelblauen Wintermantel aus. «Bitte entschuldige die Verspätung. Der Verkehr...» Er legte den Mantel über den freien Stuhl und nahm über Eck Platz.

«Ist schon gut», sagte ich erleichtert. «Irgendwie hatte ich schon gedacht, du kommst gar nicht mehr.»

«Was du nur immer denkst», sagte er und nahm meine

beiden Hände in seine. «Wie hübsch du heute Abend aussiehst.»

«Na ja», gab ich zurück und merkte, wie mein Herz anfing zu klopfen. «Es ist ja auch ein ganz besonderer Abend heute, nicht wahr?»

Er nickte. «So ist es.» Er schaute mich gedankenverloren an. «Weißt du noch, wie wir uns hier zum ersten Mal getroffen haben, *mon amour?*»

«Ja, daran habe ich eben auch noch gedacht.» Ich nickte ihm zu und lächelte.

Der Kellner kam wieder an den Tisch und brachte die Menükarten.

«Darf ich Ihnen vielleicht einen Aperitif bringen?», fragte er höflich.

«Ja, das dürfen Sie.» Luc lehnte sich in seinem Stuhl zurück. «Bringen Sie uns eine Flasche Champagner! Einen Dom Pérignon.»

«Wow», sagte ich, als der Kellner wieder verschwunden war. «Eine ganze Flasche gleich. Gibt's denn was zu feiern?»

Luc lächelte. «Und ob», sagte er. «Und ob.»

Der Kellner baute den Champagnerkübel neben uns auf, öffnete die Flasche und füllte die Gläser.

Ich nahm mein Glas in die Hand. Der Champagner war eiskalt.

«Und worauf trinken wir, Luc?»

«Auf uns, *mon amour!*»

Wir stießen an, und ich nahm einen Schluck und verschluckte mich fast vor Aufregung. Jetzt würde er es sagen. Jetzt würde er es endlich sagen. Ich wartete schon so lange darauf.

«Meine liebe Joséphine», begann Luc. «Im Februar sind wir drei Jahre zusammen ...»

«Ja, ich weiß ...» Ich setzte mich auf.

«Damals haben wir uns hier im Hotel du Nord zum ersten Mal getroffen, und es war eine ganz wundervolle Nacht. Aber eine Nacht ist viel zu wenig, nicht wahr? Ich möchte gern mehr Zeit mit dir verbringen, Joséphine.»

«Das möchte ich auch.» Aufgeregt umklammerte ich das Champagnerglas.

«Und deswegen ...» Er sah mich bedeutungsvoll an, und ich hing förmlich an seinen Lippen. «... habe ich mir etwas ganz Besonderes überlegt.» Er zog umständlich einen Umschlag aus seiner Tasche und legte ihn vor mich hin.

«*Voilà!*», sagte er stolz. «Meine Überraschung!»

Ich starrte auf den Umschlag. Was sollte das Theater? Konnte er mir nicht einfach ganz normal sagen, dass er mit seiner Frau gesprochen hatte und wir Weihnachten zusammen feiern würden?

Ich zog die Augenbrauen in die Höhe und schüttelte lächelnd den Kopf. «Luc, was ...»

«Nein, mach erst auf», sagte er. «Es wird dir gefallen.»

Ich nahm den Umschlag in die Hand und öffnete ihn. Überrascht zog ich den Hochglanzprospekt eines Relais-&-Châteaux-Hotels heraus, das sich in Nizza befand.

«Was ist das?», fragte ich.

«Unser Hotel», erklärte er lächelnd. «Wir fahren im

Februar für eine Woche nach Nizza. Über unseren Jahrestag. Ich habe alle Hebel in Bewegung gesetzt, um mir diese Woche freizuschaufeln. Na, was sagst du jetzt?»

Ich sagte gar nichts.

Luc strahlte mich an, und ich hatte mit einem Mal das Gefühl, dass die Sache in eine ganz falsche Richtung lief.

«Und *das* soll die Überraschung sein?», fragte ich. «Oder wolltest du mir sonst noch etwas sagen?» Ich merkte, wie mir die Tränen in die Augen traten.

«Was sagen? Wie meinst du das?» Er sah mich erstaunt an. «Was ist los? Magst du Nizza nicht? Wir können auch woanders hinfahren, Kleines. Aber im Februar ist es herrlich dort. Da blühen die Mimosen ...»

«Luc!», unterbrach ich ihn. «Das ist ja alles schön und gut, aber was ist mit Weihnachten? Was. Ist. Mit. Weihnachten?»

«Mit Weihnachten?», wiederholte er unbehaglich, und da wusste ich, dass er nicht mit seiner Frau gesprochen hatte.

«Ja, mit Weihnachten! Worüber reden wir denn hier die ganze Zeit? Du wolltest mit Agnès sprechen, du wolltest ihr sagen, dass wir zusammen sind. Du wolltest an Weihnachten mit zu meinen Eltern kommen. Und jetzt schenkst du mir eine Woche Nizza im *Februar*? Glaubst du, ich lasse mich damit bestechen?»

«Aber ich will dich doch nicht bestechen, was redest du da? Ich wollte dir einfach nur eine Freude machen», sagte er bedrückt. «Ich dachte, dass es dich freut.»

«Und was ist mit Weihnachten?», fragte ich noch einmal.

«Na ja», meinte er und hob die Schultern. «Das ist kompliziert diesmal. Weißt du, Agnès ...»

«Aha.» Ich schnitt ihm das Wort ab. «Kompliziert, ja? Was ist denn diesmal der Grund, warum du Agnès nicht endlich reinen Wein einschenken kannst?» Ich nahm einen großen Schluck Champagner und lehnte mich im Sitz zurück. «Ich bin schon gespannt auf die nächste Ausrede.»

«Bitte, Joséphine! Reg dich doch nicht so auf», versuchte er mich zu beschwichtigen. «Ich rede ja mit ihr, ich will ja mit ihr reden, und ich werde auch mit ihr reden ...»

«Du müsstest dich mal hören, Luc. Es ist erbärmlich, wie du dir selbst etwas vormachst.»

«Aber sie ist noch so krank, Joséphine. Sie ist noch total geschwächt von dieser entsetzlichen Grippe. Verstehst du denn nicht, dass ich erst warten muss, bis sie wieder einigermaßen auf dem Damm ist?»

«Nein, Luc, das verstehe ich nicht. Agnès liegt doch nicht in den letzten Zügen auf der Intensivstation, oder?»

«Nein, das nicht», murmelte er. «Aber es geht ihr wirklich nicht gut im Moment. Lass uns Weihnachten noch abwarten, dann rede ich mit ihr, das verspreche ich dir.»

Ich holte tief Luft und merkte, wie meine Enttäuschung in kalte Wut umschlug. «Nein, Luc», sagte ich.

«So geht das nicht. Entweder du redest vor Weihnachten mit Agnès, oder wir sind geschiedene Leute.»

«Ich verstehe ja, dass du wütend bist, Kleines. Du hast jeden Grund dazu. Aber bitte versteh doch auch meine Situation, wenigstens ein bisschen.»

Ich sah ihn schweigend an und dachte an all die Schwüre und Versprechungen, die er mir im Laufe der letzten drei Jahre schon gemacht hatte.

«Bitte, Joséphine. Ich will dich nicht verlieren.» Er sah mich flehend an. «Ich möchte doch auch mit dir zusammen sein. Ich werde alles dafür tun, aber gib mir noch ein paar Wochen Zeit. Agnès ist noch so schwach ... Und die Kinder freuen sich schon so auf Weihnachten ...»

«Nein.» Ich schüttelte den Kopf. «Du hast es eben ganz richtig gesagt. Wir kennen uns jetzt fast drei Jahre. Und das ist Zeit genug, um sich zu entscheiden. Wenn du mich dieses Jahr wieder an Weihnachten sitzen lässt, war's das!»

«Ist das wirklich dein letztes Wort? Wir können doch über alles reden, Joséphine.» Ich sah, wie er an der Menükarte herumspielte, in dem Versuch, Zeit zu gewinnen.

«Es ist schon viel zu viel geredet worden, Luc. Bitte, geh jetzt.» Ich steckte den Reiseprospekt wieder in den Umschlag und schob ihn über den Tisch. «Und das hier nimm am besten mit. Vielleicht freut sich ja deine Frau über eine Reise nach Nizza zur Mimosenblüte.»

Er sah mich verletzt an. «Joséphine, warum bist du so hart. Ich wollte deine Gefühle niemals verletzen, das musst du mir glauben. Ich liebe dich doch.» Er versuchte, meine Hand zu ergreifen, aber ich zog sie weg und verschränkte meine Arme vor der Brust.

«Ja, ich weiß», sagte ich. «Komm wieder, wenn du mir etwas Neues zu erzählen hast.»

«Also schön. Ich schaue, was sich machen lässt. Ich ruf dich dann an, ja?» Er wartete einen Moment, und als ich nichts sagte, stand er auf und schlich durch das Restaurant wie ein geprügelter Hund. Ich sah, wie er vorne an der Bar stehen blieb, um den Champagner zu bezahlen. Er war schon immer ein Kavalier alter Schule gewesen. Dann drehte er sich noch einmal zu mir um, hob die Hand, lächelte zerknirscht und hoffte vielleicht, dass ich ihn aufhalten würde.

Doch ich blieb eisern sitzen und verzog keine Miene. Erst als Luc Clément durch die Tür des Hotel du Nord gegangen war, ließ ich meinen Tränen freien Lauf.

Der Kellner umkreiste unbehaglich meinen Tisch. «Ich nehme an, Sie möchten nichts mehr bestellen, Mademoiselle?», sagte er nach einer Weile. «Kann ich Ihnen sonst noch etwas bringen? Ein Taschentuch vielleicht?»

Ich schüttelte den Kopf. Seit etwa zehn Minuten saß ich einfach nur da und weinte lautlos vor mich hin. Ab und zu schauten einige Gäste zu meinem Tisch herüber, doch die meisten bemerkten die traurige Gestalt in der Ecke des Restaurants nicht.

Der Kellner legte eine Packung Papiertaschentücher auf den Tisch und schob sie behutsam in meine Richtung. «Nehmen Sie es sich nicht so zu Herzen, Mademoiselle. Das geht vorbei. Haben Sie denn niemanden, den Sie anrufen können? Eine Freundin vielleicht.»

«Doch, habe ich.» Ich nahm eines der Papiertaschentücher und wischte mir die Tränen weg. Und dann rief ich Cedric an.

Es tat so gut, seine Stimme zu hören.

«Cedric!», sagte ich nur.

«*Darling*, was ist passiert?», fragte er alarmiert. «Ist das Essen schon vorbei?»

«Das Essen ist ausgefallen», erklärte ich mit bebender Stimme. «Aber es ist noch jede Menge Champagner da. Wollen wir uns zusammen betrinken?»

Es dauerte keine fünf Minuten, bis Cedric am Eingang des Hotel du Nord auftauchte. Mit wehendem Schal eilte er zu meinem Tisch und zog mich in die Arme.

Und so saßen wir am Ende des Tages beide in dem alten Hotel, zwei verzweifelte Liebende, jeder auf seine Weise unglücklich. Immerhin hegten wir keine Selbstmordabsichten. Wir leerten die Flasche Champagner bis auf den Grund, und dann bestellte Cedric noch eine weitere Flasche.

«Das hast du gut gemacht, *darling!*», sagte er, als wir zwei Stunden später das Hotel leicht schwankend verließen. Ehrlich gesagt, waren wir ziemlich betrunken. «Du hast diesem Mann die Pistole endlich auf die Brust gesetzt. Jetzt hat er kapiert, dass er sich entscheiden muss. Ich bin gespannt, was nun passiert.» Wir gingen ein paar Schritte und überquerten dann die Schleusenbrücke, um zum Quai de Valmy zu gelangen. «Und das Gute daran ist», Cedric blieb einen Moment stehen und hob den Finger auf professorale Weise, «es kann für dich nur besser werden.»

«Das ist eine interessante Theorie», sagte ich und kicherte. Mit einem Mal war alles so furchtbar komisch.

«Doch, doch», bekräftigte Cedric mit schwerer Zunge. «Denn wenn er sich von seiner Frau trennt, ist es gut. Und wenn er sich nicht trennt, ist es auch gut ... *weil* ... dann weißt du, dass du ihn in der Pfeife rauchen kannst, und dann kannst du deine Energien ...» Er stieg leicht torkelnd die Treppe der Brücke hinunter, rutschte von der Stufe ab und verlor für einen Moment das Gleichgewicht und den Faden. «Wo war ich? Ach ja ... deine *Energien* auf andere Dinge richten», schloss er zufrieden.

Ich hakte mich bei ihm unter, während wir den kleinen Fußweg am Kanal entlangwankten. «Auch andere Mütter haben schöne Söhne, weissu?», erklärte er lallend. «Ich würde mal wetten, deinen Luc siehssu so bald nicht wieder.»

Doch was das anging, sollte Cedric nicht recht behalten.

Ich sah Luc wieder. Bereits wenige Tage, nachdem wir uns im Hotel du Nord getrennt hatten.

12

Dass ein Unglück selten allein kommt, ist eine Binsenweisheit, doch oft genug trifft sie zu. Drei Tage nach dem verunglückten Abendessen mit Luc gab auch noch die Heizung ihren Geist auf, und so lange ich auch an den gusseisernen Rippen herumklopfte und den altmodischen Knauf hin und her drehte, es passierte nichts. Die Wohnung blieb kalt.

Bereits am Morgen war ich in einem Eispalast aufgewacht.

«So ein Mist», hatte ich geflucht und nach meinen Fellpantoffeln geangelt. Dann war ich zu dem Heizkörper gestapft, der neben der Tür hing. Die Rippen des Heizkörpers waren kalt. «Muss das jetzt auch noch sein?»

Ich rief Monsieur Crillon an, meinen Vermieter. Er versprach, jemanden vorbeizuschicken.

«Wann?», fragte ich. «Meine Wohnung ist eiskalt.»

Inzwischen hatte ich meinen dicksten Pullover übergezogen – ein unförmiges handgestricktes Gebilde mit blauen Sternen, das mir fast bis zu den Knien reichte und das ich mir vor vielen Jahren in Helsinki in einem der Verkaufszelte auf dem Weihnachtsmarkt neben der Orthodoxen Kirche gekauft hatte, als ich dort mein Auslandssemester machte und es Tag und Nacht schneite.

«Ich fürchte, heute wird das nichts mehr», gab Monsieur Crillon zurück. «Haben Sie denn keinen Radiator? Oder wenigstens ein Heizöfchen? So was muss man doch haben für den Notfall.»

«Nein.» Wie es aussah, war ich für Notfälle grundsätzlich nicht besonders gut ausgerüstet. «Ich habe nur ein Heizkissen.»

Ich war nicht sicher, ob das hässliche Ding, das mir meine Ärzte-Schwester Eugénie vor Jahren mal geschenkt hatte, als ich nach dem Streichen meiner Wohnung einen Hexenschuss bekommen hatte, überhaupt noch funktionierte. Nachdem ich in der Zeitung einen Artikel darüber gelesen hatte, dass solche Heizkissen oft genug die Ursache von Wohnungsbränden sind, hatte ich das Teil vorsichtshalber in die Tiefen meines Kleiderschranks verbannt.

Monsieur Crillon lachte. «Mit einem Heizkissen werden Sie nicht weit kommen, Mademoiselle Beauregard. Warum besorgen Sie sich nicht so ein Heizöfchen – die Dinger kosten doch nichts.»

«Bitte, Monsieur Crillon», quengelte ich. «Kann denn nicht doch noch heute jemand vorbeikommen? Es ist wirklich ein Notfall. Ich erfriere hier.»

«Das kann ich wirklich nicht versprechen, Mademoiselle. Ich versuche mein Möglichstes, noch einen Monteur aufzutreiben. Vielleicht klappt es noch am frühen Abend. Sonst morgen. *Bonne journée.*»

Er legte auf, und ich blickte seufzend aus dem Fenster.

Draußen regnete es, und ich hatte eigentlich überhaupt keine Lust, meine Wohnung zu verlassen. Ich versuchte, Cedric zu erreichen, vielleicht besaß er so ein Öfchen, aber er ging nicht an den Apparat. Dann fiel mir ein, dass er dienstags immer in der Redaktion war.

Ich beschloss, in die Stadt zu fahren. Wenn ich schon bei diesem miesen Wetter rausmusste, würde ich meinen unliebsamen Einkauf mit einem Abstecher ins Bon Marché verbinden, um die letzten Weihnachtsgeschenke zu besorgen.

Weihnachten! Ach!

Mein Herz zog sich schmerzlich zusammen, als ich wenig später vor dem wunderschönen alten Kaufhaus an der Rue de Sèvres ankam und in die Schaufenster blickte. Weiße Papiersterne und silberne Lichter, Schaufensterpuppen in festlicher Abendrobe, zu deren Füßen Berge von silbernen und goldenen Päckchen drapiert waren. Ich musste an mein blaues Samtkleid denken und schluckte. Luc hatte sich nicht mehr gemeldet. Immer wenn mein Telefon klingelte, dachte ich, er wäre es. Doch er war es nie. Ich ermahnte mich, alle Gedanken an Luc aus meinem Kopf zu verbannen, und betrat das helle mehrstöckige Gebäude.

Ein Schwall warmer Luft schlug mir entgegen, als ich mich jetzt unter die elegant gekleideten Leute mischte, die an den Verkaufsständen vorbeiflanierten, um nach letzten Weihnachtsgeschenken Ausschau zu halten. Das Bon Marché war ziemlich gut besucht für einen Dienstagvormittag, doch in einem Kaufhaus wie diesem ging alles ganz gesittet und geräuschlos über die Bühne. Hier gab es kein Gedrängel und Geschubse, was den Aufenthalt sehr angenehm machte. Ich ließ mich eine Weile im Parterre treiben, wo es unter anderem eine wunderbare Parfümerie und kleine Stände von jungen Designern gab. Ich probierte ein paar Düfte aus, befühlte die feinen Strickwaren auf den Tischen, kaufte ein Paar rote Strickhandschuhe für Eugénie und einen weichen dunkelblauen Schal für Pauline und bewunderte anschließend den Schmuck, der in den gläsernen Schaukästen funkelte. Dann ging ich weiter. Wenigstens musste ich hier drinnen nicht frieren. Ich ließ mich einfangen von den schönen Dingen um mich herum, stand eine ganze Weile vor einem Ständer mit Herrenbademänteln. Ich hatte für Luc schon vor Wochen eine blaue Seidenkrawatte mit kleinen roten Punkten gekauft – wer wusste schon, ob ich jemals die Gelegenheit haben würde, sie ihm zu überreichen. Ich zog einen Bademantel hervor, der die Farbe von Lucs Augen hatte, dann hängte ich ihn bedauernd zurück.

Was machte ich da? Für Luc würde ich wohl keinen Bademantel mehr brauchen. Wollte man Cedrics Worten Glauben schenken, war mein Geliebter aus dem Ministerium bereits Geschichte. Aber es gab immer noch diesen kleinen Funken Hoffnung in mir, der einfach nicht zu löschen war. Schließlich passierten doch immer wieder ganz unglaubliche Dinge, warum konnte das in meinem Fall nicht auch so sein?

Gedankenverloren schlenderte ich weiter und warf einen Blick auf die Uhr. Es war halb eins, und ich überlegte, ob ich mir oben im Restaurant nicht noch einen kleinen Imbiss gönnen sollte.

Ich ging schon wieder Richtung Rolltreppe zurück, vorbei an den Auslagen mit dem Schmuck, da bemerkte ich plötzlich einen Mann, der wie Luc aussah. Ich trat zögernd näher. Doch, er war es, unverkennbar, der dunkelblaue Wintermantel, der gestreifte Schal, das war Luc. Und er war nicht allein. Neben ihm stand eine hübsche Frau mit dunkelblonden Haaren. Sie war vielleicht fünfzehn Jahre älter als ich, trug einen hellblauen Mantel mit einer dazu passenden niedlichen Kappe, hatte vergissmeinnichtfarbene Augen und einen rot geschminkten Mund. Sie hatte sich bei Luc eingehängt und deutete gerade lächelnd auf eine Cartier-Uhr in der Vitrine. Luc nickte, und die Verkäuferin holte die goldene Uhr mit dem dunkelroten Lederarmband heraus.

Aus sicherer Entfernung beobachte ich, wie die Verkäuferin die Armbanduhr präsentierte und anschließend in eine Schmuckschatulle tat, während die Frau mit der Kappe sich glücklich an Luc schmiegte und ihm einen Kuss gab. Dann schaute sie einen Moment in meine Richtung, ohne mich zu sehen. Aber selbst, wenn sie mich bemerkt hätte, wäre das nicht schlimm gewesen. Sie kannte mich ja nicht.

Das also war Agnès. Sie hatte ein freundliches Gesicht,

und sie hatte keinen blassen Schimmer davon, dass die Geliebte ihres Mannes nur wenige Meter von ihr entfernt stand und gerade fassungslos realisierte, dass die Frau von Luc Clément weder eine Hexe war noch todkrank im Bett lag. Wie es aussah, war sie eine durchaus liebenswerte Person, die in der Mittagspause mit ihrem Mann ins Bon Marché gegangen war, um sich ihr Weihnachtsgeschenk auszusuchen.

Madame Clément beugte sich zu ihrem Mann, sagte etwas zu ihm und ging dann zu einem Stand mit Handtaschen voraus. Und während der ahnungslose Luc seine Brieftasche hervorzog, um zu zahlen, trat ich aus meinem Versteck hervor. Ich machte ein paar leise Schritte in seine Richtung und tippte ihm dann von hinten auf die Schulter. Überrascht drehte er sich um.

Als er mich sah, erstarrte er vor Schreck.

«Joséphine!» Seine Augen flackerten beunruhigt.

«*Coucou*, Luc», sagte ich freundlich, und registrierte mit einem grimmigen Lächeln, wie er zu der Frau mit der hellblauen Kappe herüberschielte, die hinter den Schmuckvitrinen gerade eine Tasche begutachtete.

«Weihnachts-Shopping?» Ich zog spöttisch die Augenbrauen hoch und schaute auf das lederbezogene rote Cartier-Kästchen, das die Verkäuferin gerade in einer edlen Tragetasche verschwinden ließ.

«Bitte sehr, Monsieur!», flötete sie. «Ihre Frau wird sicher lange Freude haben an diesem schönen Geschenk.»

«Äh ... ja.» Er nahm hastig die Tüte. Dann strich er sich durchs Haar und warf wieder einen sichernden Blick in Richtung Taschenstand. Wahrscheinlich befürchtete er eine Szene.

Ich lächelte.

«Hör mal, Kleines, es ist leider gerade ganz schlecht», murmelte er.

«Das hab ich schon gesehen.» Ich schüttelte in gespieltem Mitleid den Kopf. «Die arme Agnès. *So* krank. Erstaunlich, wie rasch sie sich dann doch wieder erholt hat», sagte ich mit beißendem Spott. «Eine Spontanheilung sozusagen. Dann wirst du ja sicher bald mit ihr sprechen, nicht wahr?»

Ich sah noch, wie ihm die Röte in die Wangen stieg, dann ging ich hocherhobenen Hauptes zum Ausgang, spannte meinen Schirm auf und trat in den Regen hinaus.

———— ❀ ————

Natürlich vergaß ich das Heizöfchen völlig. Ich quetschte mich in das nächstbeste Café, auf der Flucht vor dem Eisregen und meinen zutiefst verletzten Gefühlen, und versuchte es wieder bei Cedric, meinem Vertrauten und Leidensgenossen. Diesmal ging er an den Apparat, und ich erzählte ihm aufgebracht von meinen neusten Erlebnissen.

«Ich meine, was *will* er von mir? Er hat eine nette Frau und kauft ihr Cartier-Uhren», wütete ich.

«Nimm's nicht persönlich», beschwichtigte mich Cedric. «Er ist ein Mann. Ein ganz normaler verheirateter Mann. Wir sind in Paris. So läuft das nun mal. *C'est la vie.*»

«Ach ja?», entgegnete ich bitter. «Das war mir neu. Nun ja, was soll man schon von einem Tag erwarten, der mit einer kaputten Heizung anfängt. Ich bin schon gespannt, was noch passiert. Aller guten Dinge sind drei, oder?»

Ich erwartete keine Antwort und badete weiter im Selbstmitleid.

«Ich will dich ja nicht abwürgen, *darling*, aber ich bin noch in der Redaktion», erklärte Cedric nach einer Weile. «Können wir vielleicht später weiterreden? Am frühen Abend bin ich wieder zu Hause.»

«Ja, natürlich. Entschuldige bitte, dass ich dich so zugetextet habe.»

«Kein Problem. Was machst du jetzt?» Er schien besorgt.

Ich zuckte die Achseln. «Keine Ahnung. Ich versuch vielleicht, etwas zu arbeiten an meiner Übersetzung. Aber erst schau ich mal, ob ich so einen kleinen elektrischen Heizofen auftreibe. Sonst kann ich bald in Fingerlingen schreiben wie Doktor Schiwago. An meinen Fensterscheiben sind schon Eisblumen.»

Am Nachmittag kehrte ich völlig durchfroren in meine kalte Wohnung zurück. Immerhin war meine Suche nach einem Öfchen erfolgreich gewesen. In einem kleinen Elektroladen bei mir im Viertel hatte ich schließlich ein gebrauchtes Gerät gefunden, das, wie der Verkäufer mir versicherte, einwandfrei funktionierte. «Sie müssen nur aufpassen, dass sich das Gerät nicht überhitzt», meinte er, während er mir das Öfchen in einen Karton packte. Nun stellte ich das Gerät in die Mitte des Raumes und steckte den Stecker in die Steckdose an der Wand. Ich drehte den Ofen auf die höchste Stufe, ein dunkelrotes Licht im Inneren des Geräts glühte auf, ein leises Surren erklang, und bald schon wurde es wärmer in der Wohnung. Erleichtert hängte ich die nassen Sachen im Bad auf und schlüpfte in Pulli und Jogginghose. Dann machte ich mir einen Tee und setzte mich an den Schreibtisch. Das Öfchen schnurrte, und ein warmer Luftstrom strich wohltuend um meine Beine. Ich vertiefte mich in meine Übersetzung und war gerade bei dem ersten Mord angekommen, als es an der Tür klingelte.

Überrascht sah ich auf. Es war halb sechs. Wer konnte das sein? Cedric vielleicht? Als ich aufstand und zur Tür ging, fiel mir wieder das Gespräch mit meinem Vermieter ein. Wunderbar, dachte ich erfreut. Offenbar hatte Monsieur Crillon doch noch einen Monteur aufgetrieben, der sich um meine defekte Heizung kümmern konnte.

«*Oui?*» Ich drückte den Knopf der Gegensprechanlage, hörte aber nur ein Rauschen. «Hallo?», fragte ich noch mal. «Ist da der Monteur? Kommen Sie rauf!»

Ich wartete einen Augenblick, und da klopfte es auch schon an meiner Wohnungstür. Wow, dachte ich noch, die Handwerker sind sportliche Leute. Vom Parterre in den vierten Stock in zehn Sekunden. Ein echter Rekord.

Lächelnd zog ich die Tür auf, und dann gefror mein Gesicht von einer Sekunde auf die andere.

«Was willst du?», fragte ich.

Im Treppenhaus stand Luc. In seiner Hand hielt er einen Strauß weißer Rosen, den er wie eine Fahne schwenkte.

«Frieden», sagte er. «Sei nicht sauer, Joséphine.» Er lächelte, und seine Augen sahen mich bittend an.

«Das glaube ich jetzt nicht.» Ich trat einen Schritt zurück, was er offenbar als Aufforderung auffasste einzutreten.

«Stopp!», sagte ich und fasste mit einer Hand an den Türrahmen, um ihm den Weg zu versperren. «Du glaubst doch nicht im Ernst, dass du noch mal in meine Wohnung kommst, Luc? Nach allem, was ich heute im Bon Marché gesehen habe.»

Er senkte den Kopf. «Tut mir leid. Aber dann nimm wenigstens die Blumen. Als Zeichen meiner Kapitulation.»

«Als Zeichen deiner *Kapitulation*?» Verwirrt ließ ich es zu, dass er mir die Rosen in die Hand drückte. «Was soll denn das jetzt heißen?»

Er sah mich an und zuckte hilflos mit den Schultern. Er stand da wie ein kleiner Junge, der was ausgefressen hat.

«Ich kapituliere vor dir. Es tut mir leid, dass ich dich wegen Agnès angelogen habe, ich hatte einfach Angst vor der Wahrheit. Ich weiß, es klingt komisch. Aber es ist einfach so ... Als ich dich heute Mittag plötzlich vor mir stehen sah im Bon Marché, ist mir klar geworden, wie viel du mir bedeutest. Ich vermisse dich, Joséphine. Gib uns noch eine Chance ...»

Ich merkte, wie ich schwankte, und Luc merkte es auch.

Er trat einen Schritt näher. «Ich möchte keinen Streit mit dir. Kann ich nicht doch kurz reinkommen?»

Er lächelte mich an. Ich sah in seine Augen, und einen Moment lang war alles wie immer.

«Wir gehören doch zusammen, *mon amour*», sagte er sanft und zog mich an sich. «Oder etwa nicht?» Er bedeckte mein Gesicht mit Küssen und verbarg seinen Kopf an meiner Schulter. Es wäre so leicht gewesen, sich dem Augenblick zu ergeben, Lucs schönen Worten zu erliegen, sich wieder einmal in seinen Armen zu verlieren und alles andere zu vergessen. Ich merkte, wie der Strauß mir aus den Händen glitt, und Luc schob mich küssend in die Wohnung.

«Aber was ist mit deiner Frau», protestierte ich. «Was ist mit Agnès?»

«Es wird sich alles finden», murmelte er. «Glaub mir.»

Und da hatte ich plötzlich einen Moment von erhellender Klarheit. Wie in einem Film sah ich all die Momente, in denen Luc mir sein «Glaub mir» ins Ohr geflüstert hatte. Wenn ich mich jetzt wieder darauf einließ, würde es die nächsten hundert Jahre so weitergehen. Ich würde immer weiter warten. Mir selbst etwas vormachen. Ich würde älter werden. Und am Ende würde ich mit leeren Händen dastehen, allein, weil ich lieber das glauben wollte, was Luc mir versicherte, als selbst eine Entscheidung zu treffen.

Ich atmete tief durch und schob ihn wieder in den Flur zurück.

«Nein, Luc», sagte ich.

«Nein?» Er schaute mich verdutzt an.

«Ich möchte dir so gern glauben, Luc», sagte ich mit fester Stimme. «Du hast mir so viel versprochen, aber jetzt will ich endlich Taten sehen.» Ich klang wie die Heldin aus einer Shakespeare-Tragödie, aber es war mir egal. «Ich möchte keine Blumen von dir und auch keine Reisen nach Nizza, von denen niemand wissen darf. Ich möchte einen Mann, mit dem ich Hand in Hand durchs Leben gehen kann. Ich habe dir gesagt, was ich will, aber ich sag's dir gern noch mal: Entweder bist du an Weihnachten an meiner Seite, oder ich streiche dich aus meinem Leben. Sag mir einfach Bescheid, wenn du weißt, was du willst.»

Ohne seine Antwort abzuwarten, machte ich die Tür zu. Dann drehte ich mich um und lehnte mich mit dem Rücken dagegen.

Einen Moment herrschte Stille im Treppenhaus, dann klopfte es erneut an die Tür.

«Joséphine? Das kann doch nicht dein Ernst sein. Bitte, mach auf! He, Joséphine, lässt du mich jetzt wirklich hier draußen stehen? Warum, meinst du wohl, bin ich extra gekommen? Ich weiß, was ich will, hörst du?» Er klopfte wieder. «Komm, Kleines, jetzt sei nicht kindisch, und mach die Tür auf. Ich bringe diese Sache in Ordnung, ich versprech's dir. Joséphine? *Joséphine?!*»

Ich lauschte mit hämmerndem Herzen und hielt den

Atem an. Draußen wurde es ruhig. Offenbar stand Luc noch immer vor der Tür und wartete, dass ich ihn hereinließ. Ich atmete tief ein und aus, ein und aus.

Dann endlich hörte ich seine Schritte auf der Treppe, ein wenig unentschlossen, wie mir schien, aber schließlich fiel unten die Tür ins Schloss.

13

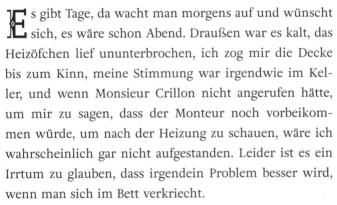

Es gibt Tage, da wacht man morgens auf und wünscht sich, es wäre schon Abend. Draußen war es kalt, das Heizöfchen lief ununterbrochen, ich zog mir die Decke bis zum Kinn, meine Stimmung war irgendwie im Keller, und wenn Monsieur Crillon nicht angerufen hätte, um mir zu sagen, dass der Monteur noch vorbeikommen würde, um nach der Heizung zu schauen, wäre ich wahrscheinlich gar nicht aufgestanden. Leider ist es ein Irrtum zu glauben, dass irgendein Problem besser wird, wenn man sich im Bett verkriecht.

Also stand ich am Ende doch auf, machte mir einen Milchkaffee und philosophierte noch ein bisschen über die Ungerechtigkeit des Lebens. Ich haderte mit meinem Schicksal, räumte die Rosen vor meiner Tür weg, stellte sie erst in eine Vase, warf sie dann in den Mülleimer und wusste plötzlich nicht mehr genau, ob es richtig gewesen war, Luc wegzuschicken und das Risiko einzugehen, dass er sich nun gar nicht mehr bei mir meldete. Vielleicht aber würde er sich ja doch bei mir melden. Vielleicht war es gerade gut, dass ich hart geblieben war, damit sich endlich mal etwas bewegte. So gingen die Gedanken hin und her, und ich wusste jetzt schon, dass die Tage bis Weihnachten von dieser inneren Unruhe geprägt sein würden. Hatte ich noch eine Beziehung? Hatte ich keine mehr? War es wirklich realistisch anzunehmen, dass Luc sich am Ende von seiner Frau trennte und seine Familie verließ, um mit mir zusammen zu sein? Machte er sich etwas vor? Machte ich mir etwas vor? Solange nicht das Gegenteil bewiesen ist, ist alles möglich, dachte ich trotzig und spülte meine Tasse ab.

Und wenn Luc sich bis Weihnachten nicht meldete, würde ich die Sache eben selbst beenden. Dann hatte ich auch Klarheit.

Wenn man jemandem die Pistole auf die Brust setzt, muss man eben auch bereit sein zu schießen. So einfach war das.

Mit diesen heroischen Gedanken setzte ich mich an meine Übersetzung. Der Kriminalroman war recht unterhaltsam und nicht besonders anspruchsvoll, und bald schon war ich vertieft in den mysteriösen Mordfall und folgte dem englischen Ermittler durch das verschneite Dörfchen Snowhill. Inspektor Rutherford war nicht der Schnellste, seine Vorliebe für buttriges Shortbread, das er ständig zum Tee aß, hatte ihn etwas unbeweglich gemacht. Doch auch wenn der Mörder bedauerlicherweise immer schon ein paar Minuten, bevor der Inspektor schnaufend am Tatort ankam, zugeschlagen hatte, besaß Rutherford doch ein erstaunliches kombinatorisches Geschick.

Gerade war ein Schuss hinter der kleinen Kirche gefallen, man ahnte nichts Gutes, und dann knallte es plötzlich auch hinter mir, und alle Lichter gingen aus. Der Bildschirm meines Computers wurde schwarz.

«Oh nein! Was ist denn das?», rief ich. Ich drehte mich um. Der Ventilator des kleinen Heizofens war zum Stillstand gekommen, und das überhitzte Gerät hatte einen Kurzschluss ausgelöst. Geistesgegenwärtig riss ich den Stecker aus der Steckdose. Dann ging ich zum Sicherungskasten im Flur, der sich leider hinter dem chinesischen Schrank befand. Ächzend rückte ich den Schrank ab und stieß mit aller Kraft dagegen, und mit einem Mal geriet oben auf dem Schrank etwas gefährlich ins Schwanken und kippte herunter. Ich stieß einen entsetzten Schrei aus, als ein dunkles Etwas auf mich zusauste, und fing die Urne mit der Asche meines Onkels gerade noch so auf.

Das hätte noch gefehlt! Wollte Onkel Albert sich bei mir in Erinnerung rufen? Ich musste wirklich schauen, dass ich die Urne bald zu diesem Château brachte, bevor die sterblichen Überreste meines Onkels auf dem Holzfußboden meiner Mansarde ein unrühmliches Ende nahmen. Vorsichtig stellte ich die Urne auf die kleine Kommode, auf der auch der Schlüsselbund mit dem silbernen Anker lag. Dabei fiel mir Maxime Lafôret wieder ein. Hatte er sich nicht bei mir melden wollen, wenn er den Schrankschlüssel gefunden hatte? Na ja, dachte ich, wer weiß schon, ob er wirklich danach sucht. Lafôret war nun nicht gerade ein Ausbund an Zuverlässigkeit. Aber er brachte einen zum Lachen. Manchmal. Ich musste unwillkürlich lächeln, als ich an seine Theorie von den Goldbarren dachte, die angeblich im Schrank auf dem Hausboot lagerten. Erst jetzt fiel mir auf, dass ich bei unserem Kaffeetrinken in der Bar Sainte-Marthe zwei Stunden mal nicht an Luc gedacht hatte.

Dieser Lafôret war irgendwie so ungeheuer ... *präsent*. Und das lag gewiss nicht nur an seiner Körpergröße. Auf eine bestimmte Art hatte er etwas sehr Einnehmendes. Bei diesem Mann hatte man immer das Gefühl, dass er genau an dem Ort war, wo er sich gerade befand, und das fanden einige Menschen sicher sehr bestechend. Er konzentrierte sich auf den Moment. Zudem war Lafôret keiner, der viel grübelte oder zauderte oder sich in irgendwelchen unrealistischen Fantastereien verlor. Er zumindest wusste, was er wollte. Auch wenn er, was das Hausboot anging, leider etwas anderes wollte als ich.

Seufzend öffnete ich den Sicherungskasten. Sämtliche Schalter waren unten. Ich holte einen Holzkochlöffel und drückte sie behutsam wieder nach oben. Das Licht ging an, und auch der Computer ließ sich wieder einschalten. Nur das Öfchen hatte seinen Geist aufgegeben.

Und so war ich sehr froh, als wenig später der Heizungsmonteur klingelte, diesmal war er es wirklich, und meine alte Heizung wieder zum Leben erweckte, indem er sie entlüftete und Wasser nachfüllte.

«Kann sein, dass da zu wenig Druck drauf ist», meinte er fachmännisch. «Sie wohnen ja ganz oben. Und die Heizung ist im Keller. Da kommt womöglich nicht viel an. Dann muss ich noch mal unten schauen. Behalten Sie das

Ganze im Auge. Wenn's wieder kalt wird – anrufen!» Er hielt Daumen und kleinen Finger an sein Ohr und tat, als ob er einen Hörer in der Hand hätte. Dann legte er seine Visitenkarte auf die Kommode und schaute einen Moment irritiert auf die Urne.

«Ihr Hund?», fragte er mitfühlend.

«Mein Onkel», erklärte ich rasch. «Die Asche wird noch verstreut. An der Loire», setzte ich hinzu.

«An der Loire ...», wiederholte er. «Schöne Gegend. Aber wenn man erst mal in *dem* Zustand ist, hat man auch nicht mehr viel von der Aussicht, was?» Er lachte dröhnend.

«Man kann nie wissen», entgegnete ich und hoffte, dass Onkel Albert doch etwas von seiner letzten Ruhestätte haben würde.

«Sie sagen es.» Der Monteur nickte und nahm seinen Werkzeugkoffer. «Na, dann hoffe ich mal, dass die Heizung jetzt wieder läuft, Mademoiselle. Ist ja schon ein altes Schätzchen. Und wenn nicht ...» Er sah mich an und machte wieder das Telefonzeichen.

«Dann ruf ich an.»

—— ❀ ——

Der Rest der Woche verlief unspektakulär. Ich stürzte mich in die Arbeit und versuchte, den Gedanken an Weihnachten, so gut es ging, zu verdrängen. Die Heizung blieb warm, das Wetter blieb schlecht. Und meine Laune war ziemlich miserabel.

Cedric kam an einem Abend vorbei und erzählte mir, dass Augustin sich endlich gemeldet hatte.

«Und – was hat er gesagt?», wollte ich wissen.

«Nichts. Ich meine, wir haben nicht wirklich miteinander gesprochen. Er hat mir nur eine Nachricht geschickt und gefragt, ob wir uns am Wochenende vielleicht sehen können.» Cedric sah mich verunsichert an.

«Na, das ist doch schon mal was, dass er sich gemeldet hat», sagte ich. Von Luc konnte ich das nicht behaupten. Der Mann meiner Träume war abgetaucht.

«Vielleicht will Augustin ja auch nur seine Sachen holen», meinte Cedric und zuckte mit den Schultern. «Trotzdem bin ich irgendwie froh, dass er sich gemeldet hat.» Er sah mich an. «Und bei dir?»

«Fehlanzeige», erklärte ich. «Na ja, das Ultimatum ist ja auch noch nicht abgelaufen, hahaha.» Ich zog eine Grimasse in dem Versuch, lustig zu sein, aber mir war ganz seltsam zumute.

«Wenn das so weitergeht, können wir an Weihnachten den Ball der einsamen Herzen veranstalten», meinte Cedric. «Du bist herzlich eingeladen, *darling*.»

«Das wäre nicht die schlechteste Idee», sagte ich. «Mir graut schon ein bisschen bei der Vorstellung, wieder mal allein zu Hause anzutanzen. Wo es doch alles ganz anders geplant war ...» Ich seufzte tief.

«Ich weiß nicht, was ich dir wünschen soll», meinte Cedric nachdenklich. «Ich meine ja immer, du hast was Besseres verdient als diesen Luc.»

«Du kennst ihn nicht, Cedric. Er hat auch seine guten

Seiten», sagte ich geknickt. «Es ist eben alles nicht so einfach.»

«Wenn man etwas wirklich will, ist es eigentlich sehr einfach», meinte Cedric bedächtig, und ich gab ihm im Stillen recht. «Jedenfalls hast du es genau richtig gemacht, Joséphine. Und wer weiß? Am Ende liege ich total falsch, und es gibt noch das Wunder der Weihnacht.»

«Schauen wir mal», meinte ich.

———— ❀ ————

Doch dann verstrich ein Tag nach dem anderen, ohne dass Luc sich meldete. Dafür rief Maman mich an und wollte wissen, wie es mir ginge, sie habe schon so lange nichts von mir gehört.

«Ist denn alles in Ordnung?», fragte sie.

«Ja, alles gut», sagte ich. «Und bei euch?»

Es war kurz vor neun, und ich hatte mich gerade ein bisschen auf dem Bett ausgestreckt, um zu lesen. Ich hatte den ganzen Tag am Schreibtisch gesessen, und mir tat der Rücken weh.

«Abgesehen davon, dass dein Vater immerzu in der Kanzlei ist, um diesen neuen Anwalt einzuarbeiten, geht es gut, ja. Papa ist jetzt noch im Büro, ich warte schon die ganze Zeit mit dem Essen. Ich hoffe wirklich, dass er im neuen Jahr mal ein bisschen kürzertreten kann.» Sie seufzte, und ich konnte mir ein Grinsen nicht verkneifen. Maman war immer glücklich, wenn sie sich beklagen konnte.

«Nun ja, dieser Bailleul scheint jedenfalls ein ganz heller Kopf zu sein», fuhr sie fort und unterbrach sich dann. «Na, das muss ich dir ja nicht erzählen, Joséphine. Du warst ja schon mit diesem Mann in der Oper...» Sie wartete einen Moment, und ich hörte ihre unausgesprochene Frage.

«Genau», sagte ich obenhin. «Wir hatten einen wirklich netten Abend. Und die Oper war ganz großartig. Die könntet ihr euch auch mal anschauen.»

«Ach, ich mach mir nicht viel aus dem Gesinge, Kind. Ich ziehe das Theater vor, das weißt du doch. Was habt ihr noch mal gesehen? *Turandot*, nicht wahr?»

Sie formulierte es als Frage, dabei wettete ich darauf, dass sie es ganz genau wusste.

«Ja. *Turandot*. Von Puccini.»

«Ist das nicht die Geschichte mit der Prinzessin, die keinen Mann will?», fragte sie bedeutungsvoll.

«Das ist jetzt sehr verkürzt wiedergegeben, Maman, aber, ja... so in etwa geht die Handlung.»

«Und?»

«Und ... *was*? Am Ende kommt jemand an den Hof, der die drei Rätsel, die ihm die Königstochter stellt, lösen kann, er wird nicht geköpft, und die beiden heiraten. Zufrieden?»

Ich seufzte leicht entnervt, und Maman seufzte auch.

«Nein», sagte sie dann. «Ich meinte, wollt ihr euch noch mal treffen? Du und Bailleul?»

«Maman, bitte! Soll das jetzt ein Verhör werden?», entgegnete ich. «Schon möglich, dass wir uns noch mal sehen, aber im Moment ist nichts geplant. Ich bin gerade sehr beschäftigt, weißt du?»

«Ja, ich weiß», sagte sie. «Pauline hat's mir schon erzählt.»

«Was hat Pauline dir erzählt?»

«Na ja, dass du sehr beschäftigt bist eben», meinte sie ausweichend. Es entstand eine kleine Pause.

«Trotzdem schade, mit Bailleul», sagte sie dann. «Warum beißt du immer alle netten Männer weg, Kind?»

«Aber, Maman», sagte ich einigermaßen fassungslos. «Was redest du denn da?»

«Ich will ja nur, dass du glücklich wirst, Joséphine.»

«Ich *bin* glücklich, Maman», log ich. «Sehr, sehr glücklich.»

Wenn ich es noch oft genug sagte, würde ich es selbst glauben.

«Isst du denn wenigstens genug?»

«Maman, ich bin über dreißig und nicht dreizehn. Natürlich esse ich genug. Erst letzten Freitag habe ich noch einen fabelhaften *Coq au Vin* gemacht.» Ich grinste, aber das sah sie ja nicht.

«Oh, wie schön! Hattest du Besuch?»

«Ja», sagte ich. «Ein Freund war da.»

Ich hatte Cedric meinen Eltern nie vorgestellt.

«Und stell dir vor, er hat mich auf eine ganz tolle Party auf einem Hausboot mitgenommen», sagte ich. «Auf das Rosa Bonheur sur Seine. Wir haben sogar getanzt.»

«Ach, das ist ja wunderbar. Wie heißt denn dieser Freund, kenne ich ihn?»

Ich lächelte. «Er heißt Cedric, Maman. Und nein, du kennst ihn nicht. Aber sicher stelle ich ihn euch irgendwann mal vor.»

Maman schien beruhigt. In ihrer Vorstellung führte ihre jüngste Tochter das Leben einer Einsiedlerin. Finnische Bücher zu übersetzen, war in ihren Augen sicher eine Vorstufe zum Autismus, zumindest aber doch sehr befremdlich.

«Möchtest du am Sonntag vielleicht zum Lunch kommen? Eugénie und die Kinder werden auch da sein. Du könntest deinen Cedric mitbringen.»

Ich konnte mir nichts Schöneres vorstellen, als mit meinem schwulen Freund mit der perfekten Familie meiner ältesten Schwester an einem Tisch zu sitzen und mich von der naseweisen Camille wieder zu meiner aktuellen Lebenssituation befragen zu lassen.

«Das ist sehr nett, Maman, aber ich muss wirklich sehen, dass ich mit meiner Übersetzung weiterkomme. Und die Woche drauf ist doch sowieso schon Weihnachten.»

«Papa würde sich auch freuen, dich zu sehen.» Sie überlegte einen Augenblick. «Was macht eigentlich der Hausbootverkauf?», wollte sie dann wissen.

«Ist erst mal auf Eis gelegt. Es gab da gewisse... Schwierigkeiten.»

«Ja, das hab ich schon gehört. Dieser Mieter soll ja ganz furchtbar sein. Ein wahres *Monster!*»

Ich lachte.

«Ach, weißt du, Maman, so furchtbar ist er gar nicht.

Über kurz oder lang werden wir uns schon arrangieren», meinte ich.

Erst nachdem ich aufgelegt hatte und mich wieder auf meinem Bett ausstreckte, um weiter zu lesen, wurde mir bewusst, dass ich zum ersten Mal etwas Nettes über Maxime Lafôret gesagt hatte.

Und als ob er es gehört hätte, rief er mich noch am gleichen Abend an.

«Ich habe gute Neuigkeiten, Mademoiselle Beauregard», sagte er und kam ohne Umschweife zum Grund seines Anrufs. «Sie werden nicht glauben, wo ich den Schlüssel gefunden habe.»

14

———— ❀ ————

Als ich am nächsten Tag mit eiligen Schritten an der Uferpromenade entlanglief und mich dem Pont Alexandre III näherte, wartete Maxime Lafôret schon an Deck und hielt nach mir Ausschau. Er trug wieder seine unvermeidliche Barbourjacke und hob die Hand zum Gruß, als er mich kommen sah. Neben ihm saß Filou, der aufgeregt zu bellen anfing, als ich jetzt vor der *Princesse de la Loire* stehen blieb.

«*Bonjour*, Monsieur Lafôret», rief ich atemlos und kletterte aufs Boot. Vor Aufregung stolperte ich fast über den großen Eisenring, an dem das Hausboot vertäut war.

«Kommen Sie!» Lafôret reichte mir die Hand, und ich ergriff sie dankbar. «Nicht, dass Sie mir noch ins Wasser fallen wie der arme Monsieur Wong.» Er zog mich an Bord, und unsere Blicke kreuzten sich.

«Darüber wollen wir besser nicht sprechen. Ein ganz dunkles Kapitel», sagte ich und ließ seine Hand los.

Einen Moment standen wir uns gegenüber in der Mittagssonne, die sich in den Fenstern des Hausboots spiegelte. Ein strahlend blauer Himmel spannte sich über der Seine, und es war so kalt, dass unser Atem in kleinen weißen Wolken vor unseren Gesichtern aufstieg.

«Also», sagte ich schließlich und vergrub meine Hände tiefer in meine Jackentaschen. Filou schnupperte aufgeregt an meinen Hosenbeinen und wedelte dann auffordernd mit dem Schwanz. «Worauf warten wir? Wollen wir nicht reingehen?»

«Heute ist Freitag», meinte Lafôret.

«Ja ... und?»

«Es ist bereits zwölf Uhr. Eigentlich dürfte ich gar nicht mehr hier sein.» Er grinste breit. «Oder wollen wir eine Ausnahme machen? Ich nehme mal an, für heute sind keine Besichtigungen geplant?»

«Reden Sie keinen Unsinn, Monsieur Lafôret», entgegnete ich und verdrehte kurz die Augen. «Heute wird nur der Schrank besichtigt. Wo ist der Schlüssel?»

Lafôret zog einen schweren Messingschlüssel aus der Hosentasche und hielt ihn mir entgegen.

«Hier ist das gute Stück», sagte er. Ich griff danach, und er schwenkte den Schlüssel spielerisch über seinem Kopf. «Was bekommt der ehrliche Finder?»

«Na, die Hälfte vom Schatz», erklärte ich mit einem Augenzwinkern. «Das hatten wir doch so abgesprochen. Ich halte immer mein Wort, Monsieur Lafôret. Und jetzt geben Sie mir endlich das Ding.» Ich riss ihm den Schlüssel aus der Hand. «Ich will doch wohl hoffen, dass Sie den Schrank noch nicht aufgemacht haben?»

«Ich habe mich nur schwer beherrschen können»,

erklärte er vergnügt. «Der Gedanke an das viele Gold war sehr verlockend.» Er schob sich mit einer raschen Bewegung die Haare aus der Stirn. «Aber auch ich halte mein Wort.»

«Umso besser.» Ich zog die Tür zum Hausboot auf und ging die Treppe zur Kajüte hinunter. Filou lief schwanzwedelnd neben mir her, und hinter ihm polterte sein Herrchen die Stufen hinunter.

«Wollen Sie denn gar nicht wissen, wo ich den Schlüssel gefunden habe?»

Ich war schon am Schrank und drehte mich zu ihm um.

Lafôret stand da und verschränkte stolz die Arme, während er mich Beifall heischend ansah.

«Also, wo haben Sie den Schlüssel gefunden?» Ich lächelte nachsichtig.

«Da kommen Sie nie drauf.»

Er trat zu der gerahmten Fotografie von Onkel Albert und nahm sie ab.

«Er klebte hinter dem *Bild*? Aber den Tipp hatte ich Ihnen doch gegeben.»

«Nicht ganz», meinte er und drehte das Bild um. «Hier war nichts hinter.» Er sah mich bedeutungsvoll an. «Aber als ich das Bild von der Wand genommen habe, ist mir etwas aufgefallen.» Er deutete auf die Holzverkleidung. «Hier», sagte er. «Schauen Sie mal genau hin. Sehen Sie das?»

Ich trat näher und musterte das glänzende Mahagoniholz.

«Hm», machte ich und fuhr mit der Hand die Kassettenvertäfelung entlang. «Hier ist ein Riss oder so», sagte ich dann erstaunt.

«Genau. Aber es ist nicht einfach nur ein Riss.» Lafôret drückte gegen das obere Ende der Einfassung, und die Kassette öffnete sich. Dahinter befand sich ein kleines Fach.

«Das gibt's ja nicht», rief ich erstaunt. «Nein, da wäre ich in der Tat niemals draufgekommen. Ein Geheimfach! Wer vermutet denn so etwas!» Ich warf Lafôret einen anerkennenden Blick zu. «Und da haben Sie den Schlüssel gefunden?»

«So ist es.» Er strahlte mich an. «Offenbar war Ihrem Onkel sehr daran gelegen, dass niemand den Schlüssel so schnell entdeckt. Aber ich habe Ihnen ja gesagt, wenn der Schlüssel auf dem Boot ist, dann finde ich ihn auch.»

Er drückte das Fach wieder zu.

Ich war beeindruckt.

«Nicht schlecht, Monsieur Lafôret, an Ihnen ist ja ein Detektiv verloren gegangen.»

«Ich will nicht unbescheiden klingen, aber da sind Sie nicht die Erste, die das sagt.» Er grinste, und in diesem Moment begriff ich nicht die Doppeldeutigkeit seiner Worte. «Und nun machen Sie schon den Schrank auf, ich will endlich die Goldbarren sehen.»

Er nickte mir komplizenhaft zu, und ich kicherte nervös. Die Situation hatte etwas vollkommen Unwirkliches. Wir standen vor dem alten Schrank wie zwei Abenteurer vor der Schatzkammer des Tutenchamun. Was hatte Onkel Albert hier nur versteckt?

«Also dann …», sagte ich.

Ich nahm den Schlüssel und steckte ihn ins Schloss. Er glitt in die Öffnung wie in Butter.

«Er passt», flüsterte ich triumphierend und merkte, wie mein Herz anfing, schneller zu klopfen.

«Na klar passt er», raunte Lafôret mir ins Ohr. «Jetzt machen Sie schon auf!» Ich spürte seinen Atem in meinem Nacken, und eine Gänsehaut lief mir über den Rücken. «Los!»

Aufgeregt drehte ich den Schlüssel zwei Mal um, und die Schranktür öffnete sich mit einem leisen Knarren.

Gespannt beugten wir die Köpfe vor.

«So ein Mist!», sagte Lafôret.

«Was denn?», fragte ich. «Haben Sie wirklich geglaubt, wir finden hier Gold?»

«Nein», entgegnete er. «Aber ich hätte es toll gefunden, einen Schatz mit Ihnen zu heben.»

Natürlich befanden sich keine Goldbarren im Schrank meines Onkels. Aber was wir dort fanden, war viel mehr. Es war das Geheimnis seines Lebens.

Das Innere des Schranks bestand aus drei Fächern. Und in jedem Fach entdeckte ich Dinge, die wie die Teile eines Puzzles zueinanderpassten.

Ein altes Parfümfläschchen mit einem spitz zulaufenden Verschluss, der an ein kleines Dach erinnerte, war das Erste, was mir ins Auge fiel. Ich nahm es in die Hand.

Chamade. Ein alter Duft aus dem Hause Guerlain, den es, wie ich meinte, immer noch gab.

Überrascht öffnete ich den Glasflakon mit dem goldenen Etikett und schnupperte daran. Ein blumig-frischer Geruch schlug mir entgegen. Ich roch Bergamotte und Hyazinthe und einen Hauch von Jasmin und Rose. Ich hielt einen Augenblick inne, schloss die Augen und atmete tief ein. Da war ... Flieder ... und darunter nahm ich Vetiver und Sandelholz wahr ... Der Geruch ließ mich an eine sommerliche Blumenwiese denken, an Waldboden und frische Hölzer.

Und mit einem Mal war da wieder dieses Bild aus dem Traum in meinem Kopf. Die Pagode von Chanteloup, das Picknick, die Prinzessin mit dem langen silberblonden Haar ...

Ich öffnete die Augen und spürte Lafôrets fragenden Blick auf mir ruhen.

«Was ist? Sie sehen aus, als hätten Sie eine Erscheinung gehabt.»

«Das habe ich auch.» Aufgeregt wandte ich mich wieder dem Schrank zu und holte aus dem zweiten Fach ein mit winzigen Korallenperlen besticktes Täschchen hervor, dessen bronzefarbener Bügelverschluss ein wenig klemmte. Im Inneren des Täschchens befanden sich eine silberblonde Strähne und eine dunkelbraune Locke, die in zwei mit Seide gefütterten Fächern nebeneinander ruhten.

Seltsam.

Mit klopfendem Herz wandte ich mich dem untersten

Fach zu, in dem ein rot lackierter Holzkasten stand. Ich hob ihn heraus und setzte ihn auf den Boden. Dann öffnete ich vorsichtig den Deckel des Kastens und schob das Seidenpapier, das obenauf lag, auseinander.

Mit einem leisen Rascheln gab es den Blick auf den Inhalt frei, der meinem Onkel so kostbar gewesen war.

Eine vergilbte Postkarte, die das Château de Sully zeigte, ein altes Wasserschloss, das mit seinen wehrhaften bauchigen Türmen und seiner steinernen Brücke in der Abendsonne aufragte. Auf der Rückseite nur ein Satz: «*J'attendrai*. Ich erwarte dich.»

Ein silbernes Medaillon, in dem sich das verblichene Foto einer jungen Frau mit hellen Augen und einem reizenden Lächeln befand.

Eine CD von Françoise Hardy, die noch aus den Anfängen der Compact Discs zu stammen schien. Ich drehte die Hülle um, die die Sängerin in jungen Jahren zeigte, und überflog die Chansons, von denen ich die meisten nicht kannte.

Il n'y a pas d'amour heureux, las ich, *Le temps des amours, Tous les garçon et les filles* und *Mon amie la rose*.

«Françoise Hardy?», kommentierte Lafôret, der sich neben mir niedergelassen hatte. «Zeigen Sie mal her ...» Er nahm mir die Hülle aus der Hand und schaute auf die Sängerin mit den schulterlangen hellbraunen Haaren, die uns scheu und mit melancholischem Blick vom Cover entgegenlächelte. «Meine Güte, für die hab ich auch mal geschwärmt. Eine Ikone! Ich wusste gar nicht, dass Albert eine Schwäche für Françoise Hardy hatte. Ah, das Lied hier kennt man natürlich», meinte er dann und tippte auf die Hülle. *Tous les garçons et les filles de mon âge se promènent dans la rue deux à deux ...*» Er sang den Refrain des Chansons. «Das war damals ein ganz großer Erfolg.»

Ich nickte. «Ja, das kenne ich auch.»

Lafôret beugte sich über meine Schulter.

«Ach – und hier – *Le temps de l'amour* – kennen Sie das? Das ist auch sehr schön.»

Er fing an, die ersten Takte zu singen.

C'est le temps de l'amour
Le temps des copains
Et de l'aventure
Quand le temps va et vient
On ne pense à rien
Malgré ses blessures
Car le temps de l'amour
C'est long et c'est court
Ça dure toujours
On s'en souvient

«Yéyé!», schloss er leise.

Ich lächelte. «Die Zeit der Liebe und der Abenteuer? Wo man an nichts denkt und glaubt, dass alles ewig währt? Woher kennen *Sie* denn dieses Lied, Monsieur Lafôret?»

«*On s'en souvient*», wiederholte er. «Daran erinnert man sich eben.» Er blickte einen Moment versonnen auf die alte CD. «Und genauso ist es doch, wenn man jung ist, oder? Da ist man der König der Welt. Man sucht das Abenteuer, den unendlichen blauen Himmel in den Augen ... Manche Dinge ändern sich eben nie.»

«Oh, là, là. Sie sind ja ein Poet, Monsieur Lafôret», spottete ich. «Haben Sie etwa eine sentimentale Ader, von der ich noch gar nichts weiß?»

«Ach, was wissen Sie schon über mich!» Er zuckte die Achseln. «Sie sehen eben das, was Sie sehen wollen, Mademoiselle Beauregard.»

«Tut das denn nicht jeder?» Ich legte die Hülle beiseite, und Lafôret griff danach.

«Wollen wir die CD mal einlegen?» Ohne meine Antwort abzuwarten, stand er auf und ging zur Anrichte, auf der ein kleiner schwarzer CD-Player stand. Er legte die CD ein und setzte sich dann an den Tisch, wo er etwas in sein Notizbuch kritzelte und dann seinen Laptop aufklappte.

Und während ich in der Kiste weiter den Spuren von Onkel Alberts Vergangenheit nachging, erklangen im Hintergrund leise die melancholischen Chansons von Françoise Hardy.

Aber nicht mein Onkel war der eigentliche Bewunderer dieser Sängerin gewesen. Die CD musste, wie die anderen Dinge, die er im Schrank aufbewahrte, das Geschenk einer Frau gewesen sein. Das begriff ich, als ich einen kleinen Stapel Briefe fand, der von einem blauen Band zusammengehalten wurde.

Vorsichtig löste ich die Schleife und nahm zögernd den ersten Brief zur Hand. Dann den zweiten und dritten ... All diese Briefe stammten von einer gewissen Laurence, und es waren unverkennbar Liebesbriefe, die diese Frau an meinen Onkel geschrieben hatte.

Mein Geliebter, erst eine Stunde bist du fort, und ich vermisse dich bereits so sehr, dass ich ...

Liebster, wie kann es sein, dass wir uns begegnet sind, wo wir doch aus so unterschiedlichen Welten stammen. Welch glückliche Fügung, die ich immer noch nicht ganz begreifen kann. Ich will dir gerne meine Welt zeigen, wenn du mir die deine zeigst ...

Albert, mein über alles geliebter Albert, wie wir alle habe auch ich ein Herz, das nichts versprechen kann, aber ich schwöre dir, mit dir könnte ich jedes Abenteuer ...

Mit angehaltenem Atem, als ob ich etwas Verbotenes täte, las ich die mit blassblauer Tinte beschriebenen Bögen, und schon bald war ich ganz versunken in einer anderen Welt, in der ich vieles über meinen Onkel erfuhr und manches mir Rätsel aufgab. Einer Welt, die so weit weg von mir war wie der Mond und in der ich mich dann zu meiner Überraschung selbst wiederfand.

Liebster, ich liege noch wach und träume mit offenen Augen. Unser Ausflug nach Chanteloup, dieser endlose, herrliche Sommertag, unsere heimlichen Küsse, davon werde ich die nächsten Wochen zehren, bis wir wieder zusammen sein

*können. Wie geht es deiner kleinen Nichte? Seid ihr gut
wieder nach Paris zurückgekommen? Sie ist ein so reizen-
des Mädchen. Stell dir vor, wir hätten eines Tages auch so
ein Kindchen ...*

Unwillkürlich hielt ich den Atem an.

Unser Ausflug nach Chanteloup? Deine kleine Nichte?

Und da wurde mir klar: Ich selbst war bei diesem Ausflug dabei gewesen! An jenem sonnendurchfluteten Tag,
an dessen Bilder ich mich nur noch verschwommen erinnerte, hatte ich die große Liebe meines Onkels kennengelernt, ohne es auch nur zu ahnen.

Aufgeregt nahm ich den nächsten Brief zur Hand. Was
war passiert mit den beiden? Warum waren sie nicht
zusammengekommen?

Ich las weiter, und bald schon wurde mir klar, dass
diese hoffnungsvolle Liebe auf ein tragisches Ende zu-
steuerte.

Die Briefe von Laurence wurden zunehmend unglück-
licher und verzweifelter. Sie wisse nicht, was sie tun solle,
ihre Mutter bedränge sie, ihren Verlobten zu heiraten. Wo
war Albert?

*Warum meldest du dich nicht, mein Liebster? Ich höre
nichts von dir ... Hast du meine Briefe denn nicht bekommen? Ich warte auf deine Antwort ...*

Was soll ich tun? ... Ich kann nun nicht mehr warten ...

*Du kommst zu spät, Albert ... Wie hätte ich denn wissen
können ... Ich werde dich nie vergessen ... Deine zutiefst
unglückliche ...*

Der letzte Brief, den ich fand, war ein Abschiedsbrief. Laurence wünschte meinem Onkel alles Gute und schrieb,
dass es ihr das Herz breche, ihn nicht mehr wiedersehen zu können. Und sie endete mit den Worten aus dem
Chanson von Françoise Hardy *Il n'y a pas d'amour heureux* ...
Es gibt keine glückliche Liebe ...

Betroffen legte ich die Briefe wieder zusammen und band
das blaue Band um den kleinen Stapel. Irgendetwas war
ganz furchtbar schiefgelaufen in dieser Geschichte, aber
was? Die junge Frau schien untröstlich, und wie es aussah,
hatte auch Onkel Albert seiner großen Liebe nachgetrau-
ert, die irgendwann für ihn so unerreichbar geworden
war wie das Sternbild der Andromeda, das er mir damals
auf der Flussfahrt gezeigt hatte. Aus irgendeinem Grund
war er zu spät gekommen, hatte den alles entscheidenden
Moment verpasst, und die zutiefst unglückliche Laurence
hatte einen anderen geheiratet.

Aber als ich in jenem Sommer mit ihm auf dem Boot
war, als wir unsere Ausflüge an die Loire-Schlösser unter-
nahmen und an der Pagode de Chanteloup im Schatten
der Bäume picknickten, war Onkel Albert noch heiter
und unbeschwert gewesen. Doch dann hatte er einen
Fehler gemacht. Er hatte Laurence zu lange warten lassen. Und das hatte tragische Folgen gehabt.

Was für eine traurige Geschichte, dachte ich und hielt seltsam bewegt den kleinen Stapel in Händen, der plötzlich das Gewicht des Unglücks bekommen hatte. Als ich ihn wieder zurücklegte, entdeckte ich ganz unten in der Kiste noch etwas, was ich zunächst für einen weiteren Brief hielt.

Aber es war kein Brief.

Es war eine feste Karte aus vergilbtem Büttenpapier mit einem feinen schwarzen Rand. Und auf der Karte stand in englischer Schrift der Name jener Frau, die all diese Briefe geschrieben hatte, jener Frau, die meinem Onkel das Medaillon mit ihrem Bild geschenkt hatte:

Laurence de Béthune.

Fassungslos schaute ich auf die schlichte Todesanzeige, auf der drei welke Rosen zu sehen waren. Konnte es denn sein, dass Laurence de Béthune noch vor Onkel Albert gestorben war?

Rasch überflog ich die Geburts- und Todesdaten. Ich wusste nicht viel über diese junge Frau, die *Chamade* benutzte, sich in den Liedern von Françoise Hardy wiederfand, Onkel Albert abends auf der Brücke des Wasserschlosses erwartete und überdies die schönsten Liebesbriefe verfasst hatte, die ich jemals gelesen hatte. Und doch begann ich, die Zusammenhänge zu ahnen, als ich jetzt begriff, dass die unglückliche Laurence de Béthune im Alter von nur neunundzwanzig Jahren auf dem Château de Sully gestorben war.

Sie war jünger gewesen als ich selbst, und unter den Trauernden suchte ich den Namen meines Onkels vergeblich. Offenbar hatten sich die beiden nicht mehr gesehen, nachdem Laurence geheiratet hatte. Der letzte Brief, den sie an Albert geschrieben hatte, und ihr Todestag lagen knapp zwei Jahre auseinander. Aus der Anzeige ging nicht hervor, woran die Prinzessin von Béthune gestorben war. Konnte man an gebrochenem Herzen sterben?

Beklommen starrte ich auf die Anzeige. Der frühe Tod dieser jungen Frau bestürzte mich. Wie mochte mein Onkel sich gefühlt haben, als er davon erfuhr? Offenbar hatte er diese Geschichte nie verwunden. Sich seinen Fehler nie verziehen. Noch in seinem Abschiedsbrief hatte er mir eine glücklichere Hand in der Liebe gewünscht, als er sie selbst gehabt hatte. Und von dem alles entscheidenden Moment gesprochen, den man nicht verpassen dürfe.

Ob er deswegen später getrunken hatte, wie meine Eltern und Pauline immer behaupteten? Um seinen Schmerz zu vergessen?

Er hatte versucht, diese Frau zu vergessen. Und nur wenige Jahre später hatte Onkel Albert dann angefangen, alles zu vergessen – seine Familie, uns, und selbst seine große Liebe, Laurence de Béthune. Die Krankheit hatte ihm all seine Erinnerungen geraubt.

Ich schüttelte nachdenklich den Kopf und legte den Finger an die Lippen. Ich hatte meinen Onkel immer gemocht – dass er später so unglücklich geworden war, hatte ich nicht gewusst. Die Geschichte der beiden Liebenden vom Château de Sully machte mich ganz traurig. Doch dann fielen mir plötzlich wieder die Worte ein, die

Onkel Albert bei meinem letzten Besuch in Chablis zu mir gesagt hatte.

«*Ah, c'est toi! Ma petite princesse de la Loire.* Hast du mich endlich gefunden?», hatte er gesagt. Damals hatte ich geglaubt, er würde mich meinen. Aber jetzt wusste ich, dass er eine ganz andere Person vor sich gesehen hatte. Eine Prinzessin mit silberblondem Haar, von der er sich so sehr wünschte, sie noch einmal wiederzusehen, dass er in seinem Testament verfügt hatte, dass seine Asche am Château de Sully verstreut werden sollte. Damit er in alle Ewigkeit mit ihr zusammen sein konnte.

«Schlechte Nachrichten?», fragte Lafôret leise.

Ich ließ die Anzeige sinken und blickte überrascht auf. Ich hatte alles um mich herum vergessen, auch Maxime Lafôret. Wie viel Zeit war vergangen? Zehn Minuten? Ein ganzes Leben?

Er stand neben mir und sah mich fragend an, und im Hintergrund sang immer noch Françoise Hardy. Erst jetzt bemerkte ich, dass mir die Tränen über die Wangen liefen. Ich wischte mir rasch über die Augen, legte die Anzeige zurück in die Holzkiste und klappte den Deckel entschlossen zu.

«Ach, wie man's nimmt», sagte ich und versuchte, wieder in der Gegenwart anzukommen. «Ich habe gerade erst begriffen, dass ich nie die *Princesse de la Loire* gewesen bin, nach der mein Onkel dieses Boot benannt hat.»

«Nicht?» Lafôret zog die Augenbrauen hoch. «Da hätte ich aber meinen rechten Arm drauf verwettet, Mademoiselle Beauregard. Wo Sie doch nach einer *Kaiserin* benannt sind ...» Er zwinkerte mir zu und zauberte ein Stofftaschentuch aus seiner Hosentasche. «Keine Sorge, ist unbenutzt», fügte er grinsend hinzu, als ich es zögernd nahm.

15

---◆❀◆---

An diesem Nachmittag saßen mein Mieter und ich noch eine Weile zusammen in der Kajüte des Hausboots und aßen Omelett mit Schinken.

Lafôret hatte darauf bestanden.

«Ich lasse Sie hier nicht weg, bevor Sie nicht etwas gegessen haben», bestimmte er. «Sie scheinen mir im Moment nicht ganz stabil zu sein, Mademoiselle Beauregard. Ehrlich, Sie sind ein bisschen blass um die Nase. Nicht, dass Sie mir noch umkippen, denn was mach ich dann mit Ihnen?» Er lächelte. «Kommen Sie, setzen Sie sich einen Moment. Ich haue uns ein paar Eier in die Pfanne. Ich wette, Sie haben noch nichts gegessen.»

Er drückte mich auf die Sitzbank und machte sich am Herd zu schaffen. Vermutlich war Omelett das einzige Gericht, das er zubereiten konnte, dachte ich, während er die Eier verquirlte. Wenig später kam er mit der Pfanne an den Tisch. Es duftete verführerisch nach Schinken, das Omelett war goldgelb, und ich merkte, wie ich tatsächlich Hunger bekam.

«Ich kann Ihre Enttäuschung ja verstehen», meinte er, als er sich jetzt zu mir setzte und mir einen bedauernden Blick zuwarf. «Unsere kleine Schatzsuche war ja auch eine ziemliche Pleite, wenn ich das mal so sagen darf! Da denkt man, wer weiß was in dem Schrank ist, und dann? Nur alter Plunder. Ich hatte mir, ehrlich gesagt, mehr erhofft.»

Er verteilte das Omelett auf die Teller.

«Nun, für mich ist es sehr viel mehr als alter Plunder», meinte ich gedankenverloren. «Diese Dinge erzählen eine Geschichte. Wenn auch noch ein paar Fragen offenbleiben ...» Ich spießte ein Stück von meinem Omelett auf und starrte es nachdenklich an.

«Sagen Sie ... hat mein Onkel Ihnen jemals etwas aus seinem Leben erzählt? Etwas Privates, meine ich. Hat er jemals eine Laurence de Béthune erwähnt?»

Lafôret überlegte einen Moment, dann schüttelte er den Kopf. «Nicht, dass ich wüsste ... Wir haben über Bootstouren geredet, die man machen kann. Übers Angeln und über Weine, die er mir empfehlen konnte. Und natürlich über die Schlösser der Loire – die liebte ihr Onkel sehr. Amboise, Sully, Chambord, Azay-le-Rideau ... Wirklich prächtige alte Kästen, da kann man schon ins Schwärmen kommen. Und ich – na ja, ich war ja auch öfter dort, wegen ... nun ja ... wegen meiner Arbeit in den Gärten.» Seine Augen flackerten belustigt. «Da konnten wir uns gut austauschen, wissen Sie?» Er warf einen Blick auf die Holzkiste, die immer noch auf dem Boden stand. «Hat *sie* all diese Briefe an Ihren Onkel geschrieben – diese Laurence, meine ich? Die Frau in dem Medaillon.»

«Ja.» Ich nickte. «Aber wie es aussieht, sind sie am Ende wohl nicht zusammengekommen. Und Laurence ist ganz jung gestorben. Wirklich tragisch.» Ich seufzte, während ich langsam weiteraß.

«Scheißspiel», meinte Lafôret prosaisch. «Was wollen Sie nun mit den Sachen machen?»

«Ich weiß nicht», erwiderte ich. «Ich glaube, ich lasse sie erst mal im Schrank.» Ich trank einen Schluck von dem Wein, den Lafôret mir hingestellt hatte, und überlegte, dass ich, wenn die Zeit gekommen war, all diese Erinnerungsstücke zusammen mit Onkel Alberts Asche von der kleinen Brücke am Château de Sully ins Wasser werfen würde. Dann war alles beieinander. Die Liebesbriefe, die alte Postkarte, die Asche, das Parfüm, das silberne Medaillon mit dem Foto und das kleine Täschchen mit den Haarsträhnen. Und dann würde die Prinzessin von der Loire nicht mehr vergeblich auf ihren Liebsten warten müssen. Das hoffte ich jedenfalls.

«Sie sind so still, was geht Ihnen durch den Kopf?» Lafôrets Augen ruhten interessiert auf mir. «Nun vergessen Sie doch mal den Krempel aus dem Schrank. All diese Dinge sind längst Geschichte. Sie sollten sich über Vergangenes nicht den Kopf zerbrechen. Schauen Sie lieber nach vorn. Auf Ihr eigenes Leben. Das ist immer die bessere Wahl.»

Ich seufzte. «Ja, da haben Sie wohl recht. Nur eines noch. Sie waren doch öfter mit meinem Onkel zusammen damals. Hatten Sie eigentlich das Gefühl, dass er unglücklich war?»

«Unglücklich?» Lafôret zuckte die Schultern und überlegte einen Moment. «Keine Ahnung, ob er unglücklich war. Er hat sich jedenfalls nie beklagt», meinte er dann. «Aber besonders glücklich schien er mir nun auch nicht zu sein. Ich meine, Ihr Onkel hatte sein Herz am rechten Fleck, aber er wirkte immer ein bisschen wie ein Einzelgänger auf mich. War nicht besonders gesellig. Hat nie eine Frau angeschaut, wenn wir mal was trinken gegangen sind. Das war bei mir schon anders.»

Er grinste.

«Ja, das glaube ich Ihnen aufs Wort.»

«Höre ich da kritische Untertöne?»

«Aber nein, wie kommen Sie darauf?»

«Na, Sie haben doch immer was an mir auszusetzen, Mademoiselle Beauregard.»

«Nicht immer. Ihr Omelett ist ziemlich gut, muss ich sagen.»

«Ist das etwa der Beginn einer wunderbaren Freundschaft?», spottete er.

«Belassen wir's lieber bei dem Omelett.»

«Einverstanden.» Er sprang unbekümmert auf und ging zur Küchenanrichte. «Möchten Sie denn noch etwas von meinem wunderbaren Omelett?» Er rappelte mit der Pfanne herum, und Filou, der die ganze Zeit ruhig in seinem Körbchen gelegen hatte, hob den Kopf und winselte leise.

«Nein, wirklich nicht, ich hatte genug», entgegnete

ich lächelnd. «Ihre Portionen bin ich nicht gewohnt. Aber vielleicht möchte Ihr Hund ja noch was, nicht wahr, Filou?»

Filou bellte zustimmend und wedelte begeistert mit dem Schwanz, als Lafôret ihm jetzt etwas von der Eierspeise in seinen Napf tat. Ich stand auf und stellte die Kiste in den Schrank zurück. Dann machte ich die Schranktür zu. «Ich denke, ich sollte mich jetzt mal wieder auf den Weg machen.» Ich nickte Lafôret zu. «Jedenfalls danke für Ihre Mithilfe.»

«Hier.» Er nahm die CD aus dem Player und legte sie in die Hülle. «Vergessen Sie die nicht.» Er trat zu mir und hielt mir die CD hin.

«Wissen Sie was, die nehme ich mit», sagte ich. «Zur Erinnerung.»

Die Chansons von Françoise Hardy konnte ich mir zu Hause noch einmal in Ruhe anhören. Die arme Laurence. Ich steckte die CD in meine Tasche und musste mit einem Mal an meine eigene, nicht so ganz glückliche Liebesgeschichte denken.

Il n'y a pas d'amour heureux. Es gab mir einen Stich ins Herz, und ich seufzte unwillkürlich. Lafôret bemerkte es sofort.

«He! Was ist los? Was bedrückt Sie denn so? Das kann doch nicht nur diese alte Geschichte sein?»

Ich sah ihn an und schüttelte den Kopf. Von Maxime Lafôret konnte ich einen Rat in Sachen Liebe wohl am wenigsten gebrauchen.

«Ist es wegen der Goldbarren?» Er hob die Augenbrauen. «Es ist doch wohl nicht wegen der Goldbarren? Ha!» Er richtete seinen Zeigefinger auf mich. «Ich wette, Sie hatten sich auch mehr erwartet, was? Geben Sie's ruhig zu.» Er zwinkerte.

Ich musste lächeln. «Können Sie nicht einmal ernst bleiben?»

«Warum?» Er sah mich forschend an. «Macht das irgendwas besser? Also, Hand aufs Herz, was haben Sie gerade gedacht?»

«Ach», sagte ich. «Ich dachte gerade ... Ich meine ...» Was machte ich hier? Ich würde doch diesem Lafôret jetzt nicht mein Herz ausschütten.

Ich schaute in seine dunklen Augen, die erwartungsvoll auf mich gerichtet waren.

«Ja?», ermunterte er mich.

«Gehen denn wirklich *alle* Liebesgeschichten unglücklich aus?»

Maxime Lafôret sah mich erstaunt an. «Aber nein! *Nein!* Wer erzählt denn so einen Unsinn?»

Maxime Lafôret hatte wahrscheinlich keine Ahnung vom Leben, wie es wirklich war. Er arbeitete nicht, er war ein Luftikus und zu tieferen Gefühlen sowieso nicht fähig. Aber an diesem Nachmittag trösteten mich seine Worte irgendwie. Er begleitete mich an Deck und versprach, auf den Inhalt des Schranks gut aufzupassen. Und ich versprach ihm, ihn nicht so schnell wieder wegen des Hausboots zu behelligen.

«Na, wunderbar, dann wird das Jahr ja doch noch gut

enden», meinte er. «Aber keine Sorge, freitags lasse ich mich hier nicht blicken – da gehört das Hausboot ganz Ihnen», erklärte er großzügig und blickte mir zufrieden nach, als ich von Bord ging und mich in Richtung Pont de la Concorde auf den Weg machte. Er schien sichtlich erleichtert, sein kleines Reich wieder für sich zu haben.

— ❖ —

Als ich mir später zu Hause die CD von Françoise Hardy noch einmal anhörte, stellte ich fest, dass es durchaus auch Stücke gab, die von unbeschwertem Liebesglück kündeten. *Les Temps des Amours* gefiel mir besonders gut. Das Lied hatte eine Aufbruchsstimmung und Unbeschwertheit, die mir ein wenig abhandengekommen war in letzter Zeit.

Ich saß noch eine Weile an meinem Schreibtisch, in dem Versuch, wieder in meine Übersetzung hineinzufinden. Doch die Gedanken an Onkel Albert und die viel zu früh verstorbene Prinzessin von der Loire überlagerten alle Ermittlungsversuche des dicklichen Inspektors, der inzwischen auf seine dritte Leiche gestoßen war und immer noch nicht wusste, wer der Mörder war.

Schließlich schaltete ich den Computer aus.

Ich stand auf, lief ein bisschen in der Wohnung auf und ab, machte mir ein Sandwich, trat ans Fenster und ging schließlich in den kleinen Flur, wo auf der Kommode immer noch die Urne stand.

Der Ausflug in die Vergangenheit hatte mich mehr

aufgewühlt, als ich dachte, ich war noch immer unter dem Bann der tragischen Verstrickungen, die so unerwartet zutage getreten waren, und überdies machte ich mir Vorwürfe, dass ich nicht schon vor Jahren zu meinem Onkel gefahren war – zu einem Zeitpunkt, als er mir vielleicht noch von Laurence de Béthune hätte erzählen können.

Vielleicht hätte er mir aber auch nie von ihr erzählt, dachte ich dann. Nicht mal, als er noch gesund genug war, um sich zu erinnern.

Diese Geschichte war sein Geheimnis, und manche Geheimnisse nahm man besser mit ins Grab. *Frag nicht, warum*, hatte er in seinem Abschiedsbrief an mich geschrieben. *Frag nicht, warum.*

Vielleicht hatte er recht. Eine traurige Geschichte wurde nicht dadurch wieder gut, dass man sie erzählte. Und nicht alle Wunden, die das Leben einem zufügte, wurden durch die Zeit geheilt. Immerhin hatte Onkel Albert den Gedanken als tröstlich empfunden, dass seine Asche dort verstreut werden würde, wo seine Liebste gestorben war. Das war sein letzter Wunsch, und er hatte mich damit beauftragt – vielleicht, weil er mir vertraute, vielleicht aber auch, weil ich der einzige Mensch aus unserer Familie war, der seine Geliebte jemals kennengelernt hatte.

Ich legte meine Hand auf die Urne. «Keine Sorge, Onkel Albert», sagte ich, und mir wurde ganz feierlich zumute. «Ich habe dich nicht vergessen. Wir fahren bald zum Château de Sully. Das verspreche ich dir.»

Ich wäre sicherlich höchst erstaunt gewesen, wenn ich gewusst hätte, *wie* bald ich mein Versprechen einlösen würde. Und ich wusste auch nicht, dass mein spontaner Entschluss, nach Sully-sur-Loire aufzubrechen, von der plötzlichen Erkenntnis beflügelt werden würde, den alles entscheidenden Moment nicht zu verpassen.

An diesem Abend ging ich früh zu Bett. Ein letzter Blick auf mein Telefon zeigte mir, dass es keine neuen Nachrichten gab.

Cedric hatte sich nicht gemeldet und Luc auch nicht. Und in genau einer Woche war Weihnachten.

Ich schlief unruhig in dieser Nacht, die von wirren Träumen begleitet war. Und ich schlief noch, als das Telefon klingelte. Verwirrt richtete ich mich auf und warf einen Blick auf die Uhr. Halb acht! Wer rief am Wochenende um halb acht an? Ich zog mir das Kissen über den Kopf, aber es klingelte beharrlich weiter, und schließlich tastete ich zwischen den Büchern und meiner Teetasse auf dem kleinen marokkanischen Beistelltisch neben dem Bett herum, bis ich das Telefon fand.

«Wer stört?», fragte ich und ließ mich stöhnend in mein Kissen zurückfallen. «Ich schlafe noch.»

«Ich bin's, *darling!*»

«Cedric? Was gibt's denn?», seufzte ich. «Ich habe ganz schlecht geschlafen.»

«Und ich habe überhaupt nicht geschlafen», entgegnete Cedric, aber dafür klang er erstaunlich wach.

«Aha ...» Ich versuchte, meine Gedanken zu sortieren. «Augustin war doch hier.»

«Richtig.» Die Erinnerung kehrte langsam zurück. «Er wollte dich ja sprechen.» Ich hoffte, dass es keine neuen Dramen gegeben hatte. «Und, was hat er gesagt?»

«Er hat gesagt, dass es endgültig aus ist.» Cedrics Stimme zitterte ein wenig.

«*Was?*» Nun war ich hellwach. «Ach du meine Güte!» Der arme Cedric!

«Ja. Er kam ganz geknickt hier an, und als ich ihn fragte, ob er seine Sachen abholen wollte, ist er plötzlich in Tränen ausgebrochen und hat mich um Verzeihung gebeten.» Cedric stockte einen Moment.

«Du meinst, mit dem Adonis ist es aus?»

«Das sage ich doch die ganze Zeit, *darling*, hörst du mir überhaupt zu? Augustin war völlig aufgelöst. Er beteuerte immer nur, er hätte einen Riesenfehler gemacht. Er sagte, er liebe nur mich, das wisse er jetzt. Und dass dieser Typ völlig oberflächlich sei, dass er sich habe blenden lassen, dass er gar nicht verstehe, wie das habe passieren können. Dass er schon nach ein paar Tagen ein ganz ungutes Gefühl gehabt hätte. Und ob ich ihn wieder zurücknehmen würde.»

Er machte wieder eine Pause.

«Und», fragte ich atemlos. «Hast du ihm verziehen?» Cedric schwieg.

«Cedric? Bist du noch dran? Jetzt mach's nicht so spannend, ich kriege hier gerade einen Herzinfarkt.»

Seine Stimme klang tränenerstickt. «Natürlich habe

ich ihm verziehen. Ich liebe ihn doch.» Cedric weinte vor Erleichterung, und ich hätte fast mitgeweint.

«Ach, Cedric», sagte ich schließlich. «Das ist doch alles ganz wunderbar. Ich freue mich so für euch. Ich hoffe, Augustin weiß es zu schätzen, dass du ihm nichts nachträgst.»

«Doch, das weiß er», meinte Cedric. «Er hat gesagt, dass das nicht selbstverständlich ist und dass er es auch verstanden hätte, wenn ich ihn hochkant rausgeschmissen hätte. Aber du weißt ja: ‹Love means never having to say you're sorry.›»

«Was für ein blöder Spruch», spottete ich.

«Ja, ziemlich *old school*, da gebe ich dir recht.»

Cedric lachte, er war selig. «Und das Beste ist, dass wir jetzt doch wie geplant an Weihnachten zusammen zu Augustins Schwester fahren können. Weihnachten *en famille*. Ich liebe es.»

Ich lächelte. Augustins Schwester Béatrice wohnte in den Vogesen, wo auch Augustin ursprünglich herkam. Sie musste eine ganz reizende Person sein und hatte eine kleine Tochter, Coralie, die Augustins Patenkind war. Aber nicht nur Augustin, auch Cedric war ganz vernarrt in das kleine Mädchen, das ihn ganz selbstverständlich Onkel Cedric nannte. Seit vielen Jahren hatten Cedric und Augustin die Weihnachtstage immer zusammen dort verbracht und waren anschließend zum Skifahren gegangen.

«Jetzt freue ich mich wieder so richtig auf Weihnachten», erklärte Cedric glücklich, und ich merkte, wie mir in diesem Moment das Herz schwer wurde. Wie würde mein Weihnachten werden?

«Nur mit unserem Ball der einsamen Herzen wird's jetzt nichts werden», sagte Cedric da auch schon. «Aber vielleicht erlebst du ja auch noch eine schöne Überraschung.»

«Bestimmt. Du bist jedenfalls der Erste, den ich dann anrufe», scherzte ich. «Und wenn es mitten in der Nacht ist. Rache ist süß.» Ich versuchte, meine dunklen Gedanken abzuschütteln.

«Gut», sagte Cedric.

«Und wo ist Augustin jetzt?»

«Macht Frühstück.»

«Dann lass dich mal verwöhnen.»

«Das tu ich. Und – Joséphine?»

«Ja?»

«Danke, dass du mir Mut gemacht hast.»

«Das hab ich gern gemacht», sagte ich. «Ich wusste immer, dass Augustin zu dir zurückkommt. Du bist einfach ein Mann zum Verlieben.»

«Wenn du es sagst.» Wir lachten, und ich hörte, wie es im Hintergrund klapperte. «Aah, da kommt Augustin. Hmmm ... das sieht ja umwerfend aus. Sind das etwa pochierte Eier? – *Darling*, ich muss Schluss machen. Wollen wir uns vielleicht morgen sehen?»

Ich wusste sein Angebot zu schätzen.

«Nein, Cedric. Ich habe hier genug zu tun. Genießt erst mal eure Versöhnung. Und grüß Augustin von mir. Sag ihm, ich verzeihe ihm auch.»

«Das mach ich. Aber wir sehen uns auf jeden Fall noch, bevor wir losfahren. Und wenn es etwas Neues gibt, ruf mich an.»

«Auf jeden Fall», entgegnete ich, und dann legte ich auf. Ich machte mir eine große Tasse Milchkaffee und ging wieder in mein Bett. Ich versuchte zu lesen, aber ich konnte mich nicht konzentrieren. Immer wieder sah ich zum Kleiderschrank hinüber, an dem mein blaues Samtkleid hing.

Ich fragte mich, ob ich noch jemals etwas von Luc hören würde.

Der Samstag verstrich, der Sonntag schleppte sich dahin, der Montag ging irgendwie vorbei. Am Dienstag war die Moral auf dem Tiefpunkt. Ich nahm die gepunktete Krawatte und stopfte sie ganz hinten in die Schublade.

Und am Mittwoch, zwei Tage vor Weihnachten, rief Luc tatsächlich an.

16

Manchmal, wenn man zu lange und zu angespannt auf etwas Großes wartet und es dann endlich eintritt, kann es sein, dass einen mit einem Mal ein Gefühl bleierner Müdigkeit überkommt. Vielleicht ist es eine physische Reaktion, eine Art Selbstschutz. So, als wolle der Körper plötzlich etwas künstlich hinauszögern, was ihm Anstrengung bedeutet.

Als ich an diesem Mittwochmorgen Lucs Namen – diesen so lang ersehnten, stündlich erwarteten Namen! – auf dem Display meines Telefons sah, fühlte ich im ersten Moment nichts außer einer großen Benommenheit. Ich setzte mich in den Korbstuhl und nahm ab.

«Hallo, Luc», sagte ich.

«Hallo, Kleines», sagte er.

Dann sagten wir beide eine Weile nichts, und in dieses Schweigen hinein fiel meinem Herzen offenbar wieder ein, dass es doch noch da war. Plötzlich pulsierte das Blut wieder in meinen Adern, ich war überwach und spürte das Pochen meines Herzens.

«Bist du noch dran?», fragte Luc.

«Ja.» Mein Mund war ganz trocken. «Was gibt's?», sagte ich, als ob es ein ganz normales Telefonat wäre.

«Ich wollte mal hören, wie's dir so geht.»

«Gut», sagte ich. «Und dir?»

«Nicht so gut.» Er klang ziemlich kläglich.

«Wie kommt's?» Mein Herz hämmerte jetzt wie verrückt.

Ich habe mit Agnès gesprochen, dachte ich. *Sag es endlich, du Blödmann!*

«Ich habe mit Agnès gesprochen», sagte Luc.

«*Was?!*» Ich presste den Hörer an mein Ohr und lauschte atemlos. «Ja ... und?», fragte ich schließlich, weil er so völlig verstummt war.

«Es war schrecklich.»

«Ach herrje!» Ich nickte. Das konnte ich mir vorstellen. Keiner hatte je behauptet, dass Agnès ihm lächelnd viel Glück wünschen würde, wenn er ihr von mir erzählte.

«Sie hat die Kinder zu ihren Eltern gebracht, und wir haben Tag und Nacht geredet», fuhr er stockend fort. «Aber am Ende hat sie mir verziehen.»

«Sie hat dir ... *verziehen*?», stammelte ich verwirrt. «Was meinst du damit, sie hat dir verziehen?» Ich verstand überhaupt nichts mehr. *Was* hatte Agnès ihm verziehen? Dass er seit drei Jahren eine heimliche Geliebte hatte? Dass er sie verlassen würde?

«Ja, weißt du ...», sagte Luc unglücklich. «Es ist alles ganz anders gekommen, als ich dachte, *ma petite* ...»

«Wovon redest du, Luc? Was ist denn nur passiert?»

War seine Frau von einem Bus überfahren worden? Hatte sie vielleicht selbst einen Geliebten?

«Na ja», meinte er zögernd. «Agnès hat den Beleg aus dem Hotel du Nord gefunden – den von der Champagnerflasche.» Er räusperte sich verlegen, und ich musste an unseren verunglückten Abend denken, als er mir die Reise nach Nizza hatte schenken wollen.

«Und das wäre ja auch nicht weiter schlimm gewesen», fuhr er fort, «nur dass ich ihr gesagt hatte, dass ich abends im Café Marly wäre, um einen alten Freund zu treffen, der nur an diesem Tag in Paris sei – du erinnerst dich, es war ein Samstag, und da musste ich mir schon was einfallen lassen, um von zu Hause wegzukommen. Na, jedenfalls, ein paar Tage später hat sie dich dann im Bon Marché gesehen, wie du mit mir geredet hast, und da ist sie irgendwie misstrauisch geworden und hat Nachforschungen angestellt ...»

«Aha», sagte ich. «Und dann?» Die freundliche Frau mit der hellblauen Kappe war nicht zu unterschätzen.

«Ach, Kleines», seufzte Luc. «Sie hat alles rausgefunden. Sie hat mit den Kellnern im Hotel du Nord gesprochen, mit den Leuten an der Rezeption – und die erinnerten sich noch sehr gut an uns. Und dann hat sie noch eine Sprachnachricht von dir auf dem AB gefunden, die ich vergessen hatte zu löschen. ‹Wer ist eigentlich Joséphine, *chéri*?›, hat sie gesagt. ‹Und wie lange geht das mit euch beiden schon?› Und am Ende habe ich alles zugegeben. Ich schwöre dir, es waren die schlimmsten Stunden meines Lebens.»

«Oh Mann», sagte ich. «Das tut mir echt leid.» Kein Wunder, dass ich nichts von ihm gehört hatte. «Na ja», meinte ich dann. «Weißt du, Luc, es ist vielleicht nicht ganz optimal gelaufen, aber jetzt ist die Sache wenigstens ausgestanden.»

Ich ließ mich schwer im Korbsessel zurücksinken, unfähig, es selbst zu glauben. Luc hatte mit Agnès Schluss gemacht. Oder vielleicht hatte auch Agnès mit Luc Schluss gemacht. Was unterm Strich jedoch dasselbe bedeutete. Das Hochgefühl wollte sich seltsamerweise noch nicht so recht einstellen. Wahrscheinlich war die Neuigkeit noch nicht in allen Fasern meines Körpers angekommen.

«Ja», meinte Luc niedergeschlagen. «Es wäre auf Dauer wohl auch nicht gut gegangen. All diese Heimlichkeiten, das ganze Versteckspiel. Es ging einfach nicht so weiter.»

«Dann kommst du also an Weihnachten mit?», fragte ich vorsichtig.

«Hör mal, Joséphine», sagte er da, und etwas an seiner Stimme gefiel mir ganz und gar nicht. «Ich muss dir etwas sagen, und deswegen rufe ich ja auch an. Du … ich meine … Du weißt, was ich für dich empfinde. Aber in dem Moment, als Agnès alles herausgefunden hatte, als sie vor mir stand und sagte, ich könne sofort ausziehen und meine Koffer packen und ob all die gemeinsamen Jahre mit ihr mir denn überhaupt nichts bedeuten würden, unsere Kinder, alles, was wir uns zusammen aufgebaut hätten, da bekam ich plötzlich einen Riesenschreck. Es war, als ob ich plötzlich aufgewacht wäre, verstehst du?»

Nein, ich verstand nicht.

«Und da habe ich begriffen, dass ich in meinem wirklichen Leben zu Agnès und den Kindern gehöre ...»

«Und was ist mit uns?», fragte ich wie betäubt. «War das denn etwa nicht wirklich?»

«Ach, Joséphine», sagte Luc. «Das mit uns war ... wie ein wunderbarer Traum. Aber in einem Traum kann man nicht auf Dauer leben.»

«Man kann einen Traum auch Wirklichkeit werden lassen», entgegnete ich. «Wenn man es wirklich will.»

Er seufzte.

«Schau mal, Kleines, wenn man es realistisch betrachtet, bin ich doch viel zu alt für dich ...»

«Das hat dich sonst auch nie gestört.»

«Ich weiß, ich weiß. Aber du verdienst einen anderen Mann als mich. Jemand, der mit dir Hand in Hand durchs Leben geht, wie du es mir neulich im Hotel so richtig um die Ohren gehauen hast.» Er lachte verlegen. «Und meine Hand gehört nun mal in die von Agnès. Es tut mir leid, dass mir das erst so spät klar geworden ist. Agnès hat mir verziehen, und ich hoffe, du verzeihst mir auch.»

Ich schluckte. «Dann hast du dich also entschieden.»

«Ja, das habe ich wohl», entgegnete er leise. «Wir werden uns nicht mehr sehen, Kleines, auch wenn es mir das Herz bricht, dir das sagen zu müssen. Agnès hat mir unmissverständlich klargemacht, dass es aus ist, wenn wir uns noch mal treffen.»

«Unter diesen Umständen würde ich dich auch gar

nicht mehr treffen wollen», erklärte ich mit Nachdruck. «Das hatte ich dir ja gesagt.»

Ich war sehr tapfer.

«Ich weiß», sagte Luc. «Ich werde dich vermissen, *mon amour*. Danke für dein Verständnis. Und trotzdem frohe Weihnachten.»

«Dir auch», sagte ich tonlos.

Es knackte leise, als die Verbindung abbrach. Luc hatte aufgelegt. Ich ließ das Telefon sinken und hatte das Gefühl, auch in meiner Brust ein leises Knacken zu spüren. Dort, wo das Herz saß.

Ich legte das Telefon auf den kleinen runden Tisch neben dem Sessel und starrte eine Weile einfach nur aus dem Fenster. Und obwohl ich es die ganze Zeit geahnt hatte, obwohl ich es eigentlich immer gewusst hatte, war ich am Boden zerstört. Wahrscheinlich war auch ich gerade aus einem Traum aufgewacht. Ich war aus meinem kleinen Wolkenschloss gefallen, und der Aufprall tat trotz allem weh.

Ich sah auf mein blaues Kleid, das am Kleiderschrank hing. Übermorgen war Weihnachten. Punktlandung, dachte ich.

Bedauerlicherweise konnte ich nicht für den Rest meines Lebens im Korbsessel sitzen bleiben. Also stand ich irgendwann auf. Mittlerweile war es Mittag, und mir war ganz flau von allem. Ich schälte mir eine Banane und aß einen Joghurt. Dann holte ich Lucs Krawatte aus der Schublade und ließ sie im Mülleimer verschwinden. Ich spülte das Geschirr, das in der Spüle stand. Ich zog mich an und kämmte mir die Haare. Ich breitete die bunte Decke über meinen Diwan, strich sie mechanisch glatt und verteilte die Kissen. Am Ende nahm ich mein Telefon, das immer noch auf dem Marmortischchen lag, und starrte eine Weile auf Lucs Kontakt, bevor ich ihn löschte.

Dann atmete ich tief durch und wählte Cedrics Nummer.

«Ich hatte doch versprochen anzurufen, wenn es Neuigkeiten gibt», sagte ich.

———— ✿ ————

Auf dem Platz vor der Saint-Sulpice-Kirche gab es einen kleinen Weihnachtsmarkt mit weißen Zelten, wo sich die Menschen in dicken Mänteln und Jacken drängten. Sie lachten und schwatzten, blieben abrupt stehen und gingen weiter, wenn sie etwas noch Schöneres entdeckt hatten. Es lag eine fröhliche, vorweihnachtliche Stimmung in der Luft – wenn man mal von meiner eigenen Stimmung absah. Und es war kalt, sehr kalt, nicht wie damals in Helsinki, aber ich hatte das Gefühl, dass dieser Winter niemals enden würde. Ich zog meine Mütze tiefer ins Gesicht und war froh, dass ich an Handschuhe gedacht hatte. Mit gerunzelter Stirn bahnte ich mir den Weg durch die schmalen Gänge zwischen den Ständen, an denen die Leute sich drängten und Weihnachtsspielzeug, bunte Sterne, Holzfiguren, Schmuck, Strickwaren und nostalgische Karten mit Silberglitter kauften. Die bunten

Lämpchen an den Zelten brannten, und alles war erleuchtet. Auch das Café de la Mairie, auf das ich entschlossenen Schrittes zustrebte, erstrahlte in weihnachtlichem Glanz. Es lag gegenüber dem Seitenschiff der Saint-Sulpice-Kirche, die hell und uneinnehmbar wie eine Burg auf dem Platz aufragte. Und am Eingang des Cafés wartete Cedric auf mich, mein treuer Ritter.

Er hatte wieder einen seiner Flaneur-Spaziergänge gemacht – diesmal rund um die Kirche von Saint-Sulpice – und mich gefragt, ob ich herkommen könne. Erleichtert lief ich auf ihn zu und warf mich in seine Arme.

«*Shit happens, darling*», meinte er, als wir wenig später im verglasten Wintergarten des Cafés im Warmen saßen, jeder eine heiße Schokolade vor sich. «Nimm's nicht so schwer. Jetzt bist du wieder eine freie Frau.»

«Ich war immer eine freie Frau», erklärte ich. «Freier, als mir lieb ist», setzte ich bitter hinzu und dachte darüber nach, dass Freiheit auch nur ein anderes Wort dafür war, dass man nichts zu verlieren hatte. «Drei Jahre meines Lebens verschwendet an diesen Mann, und jetzt bin ich wieder allein.» Ich merkte, wie mir die Tränen in die Augen stiegen. «Ich hätte es auch mal schön gefunden, an Weihnachten nicht allein zu sein.»

«Aber du *bist* nicht allein», entgegnete Cedric. «Wenn du möchtest, kannst du mit uns in die Vogesen kommen. Ich habe schon mit Augustin gesprochen, das Haus seiner Schwester ist groß genug. Und dann kommst du mit zum Skifahren. Was meinst du, was das für ein Spaß wird.

Außerdem lernt man beim Skifahren immer tolle Leute kennen.» Er verdrehte begeistert die Augen.

«Ich will aber keine tollen Leute kennenlernen», entgegnete ich dumpf. «Und Skifahren kann ich auch nicht.»

«Dann lernst du es eben, *darling*. Jetzt sei mal ein bisschen offen. Das Dümmste, was du machen kannst, ist, dich jetzt zurückzuziehen.» Er winkte dem Kellner. «Noch zweimal heiße Schokolade, bitte!» Dann sah er mich aufmunternd an. «Komm doch mit, Joséphine, wir würden uns freuen.»

Ich schüttelte den Kopf. «Das ist so lieb von euch, aber nein. Ich hab ja eine Familie, wo ich hingehen kann ...» Ich zog eine kleine weinerliche Grimasse. «Nur hätte ich mir so gewünscht ... ich hätte mir so gewünscht ... Ach, scheiße!» Ich legte meine Hand über den Mund und versuchte, nicht zu weinen.

Cedric strich mir beruhigend über die Schulter. «Das wird schon wieder», sagte er. «Du wirst einen anderen Mann kennenlernen. Einen viel netteren Mann als diesen blöden Luc. Das hat mir meine kleine Kristallkugel verraten. Im neuen Jahr suchen wir dir einen neuen Mann. Neues Spiel, neues Glück! Na, klingt das nach einem guten Plan?»

Er lächelte mir zu, in dem Versuch, mich zu trösten.

Ich versuchte, auch zu lächeln, und sah ihn mit blanken Augen an.

«Ach, Cedric», sagte ich. «Du bist immer so nett. Aber weißt du ...»

Ich wusste nicht, wie ich es beschreiben sollte. Ich

starrte durch den verglasten Wintergarten hinaus auf die Kirche, die sich vor dem dunklen Himmel hell abzeichnete, auf all die Lichter da draußen, auf die Menschen, die untergehakt nebeneinander hergingen, und mit einem Mal hatte ich das Gefühl, nirgendwo so richtig hinzugehören. Nicht in die Rue de Bourgogne, wo Maman jetzt sicher schon das perfekte Weihnachtsfest vorbereitete, und auch nicht mehr an Lucs Seite.

«In zwei Tagen ist Weihnachten, und mein Herz tut so weh, und ich weiß gar nicht, wie es weitergehen soll», schloss ich unglücklich.

«Aber es geht weiter, *darling*», entgegnete Cedric und drückte meine Hand. «Es geht *immer* weiter. Du weißt doch, dass nichts so stark ist wie ein menschliches Herz, das wieder und wieder bricht und doch immer weiter schlägt.»

«Ja, Cedric, ich weiß», sagte ich. Ich kannte das schöne Gedicht von Rupi Kaur auch.

17

Die Luft roch nach Schnee, als ich mich am Abend des 24. Dezember auf den Weg zu meinen Eltern machte. Große Erwartungen hatte ich nicht. Ich würde in meinem neuen Kleid dasitzen, und es würde so grässlich werden wie letztes Jahr. Abgesehen davon, dass ich wahrscheinlich dazu noch eine Erkältung bekommen würde. Denn meine Heizung war schon wieder ausgefallen.

Am Vormittag waren Cedric und Augustin hereingeschneit, um sich von mir zu verabschieden. Im Gegensatz zu mir waren sie voller Vorfreude auf die Weihnachtstage. Cedric setzte sein schickes Louis-Vuitton-Katzen-Transport-Täschchen ab, in dem sich Nana befand, sein kleiner Liebling, der natürlich mit in die Berge kommen würde, und rieb sich fröstelnd die Arme.

«*Mon Dieu*, warum ist es so kalt in deiner Hütte?», fragte er. «Bist du jetzt schon so arm, dass du nicht mehr heizt? Oder sparst du am falschen Ende?» Er musterte meinen dicken Strickpullover und die Fellpantoffeln. «Wirf mal den Ofen an, Miss Scrooge!»

Ich ging zur Heizung und befühlte die Rippen. Der Thermostat stand auf der höchsten Stufe, aber die Heizung war kalt.

«Oh nein!», rief ich. «Jetzt ist die blöde Heizung schon wieder ausgefallen!» Ich dachte an das kaputte Heizöfchen im Schrank und hob in einer verzweifelten Geste die Hände. «Und heute kommt bestimmt kein Monteur mehr.» Ich seufzte. «Wisst ihr was? Allmählich gebe ich auf. Offenbar hat sich das Universum gegen mich verschworen. Vielleicht erfriere ich einfach.»

«Red keinen Quatsch!», sagte Cedric. «Mach uns lieber einen kleinen Kaffee. Du gehst doch nachher sowieso zu deinen Eltern, und da hast du es warm und kuschelig.»

«Ja, kuschelig vor allem», entgegnete ich mit einem schiefen Lächeln. «Der Gemütlichkeitsfaktor wird sicher sehr hoch sein, wenn sie mich alle wieder ins Kreuzverhör nehmen. Und Camille wissen will, warum ihre Tante immer noch keinen Mann hat.»

Ich löffelte das Kaffeepulver in die silberne Espressomaschine, und während die Kanne auf dem Gasherd brodelte und zischte und wenigstens ein bisschen Wärme abgab, dachte ich, dass es vielleicht doch besser war, nicht zu erfrieren und Mamans Gastfreundschaft in Anspruch zu nehmen. Meine Mutter ging sowieso davon aus, dass ich, genau wie der Rest der Familie, die Weihnachtstage in der Rue de Bourgogne verbringen würde. «Warum haben wir denn eine so große Wohnung», sagte sie immer, und alle – außer mir natürlich – empfanden es als Ausbund an Gemütlichkeit, die ganzen Feiertage aufeinander zu hocken und alle Mahlzeiten vom Frühstück bis zum Abendessen miteinander einzunehmen.

Ich holte zwei Espressotassen aus dem Regal und stellte sie vor Cedric und Augustin auf den Tisch. «Hier», sagte ich. «Gegen die Kälte.»

Cedric nahm einen Schluck und schüttelte sich. «Mann, das haut rein. Was ist das für eine Mischung? Damit kannst du ja den stärksten Mann umbringen», meinte er. Dann zog er ein Päckchen hervor. «Hier, für dich. Frohe Weihnachten, Joséphine!»

Es war ein teures Parfüm – *Quelques Fleurs* –, und Cedric bestand darauf, dass ich es sofort ausprobierte. Also tupfte ich mir ein wenig aus dem kostbaren Flakon hinter die Ohren und auf die Handgelenke.

«Aaah, ich wusste es!», rief Cedric entzückt. «Dieser Duft ist einfach unwiderstehlich an dir, *darling* – was sagst du, Augustin?»

«Ja, ganz zauberhaft», sagte Augustin und schnupperte an meinem Handgelenk. «Es riecht wie … wie Frühling im Winter.»

—— ❋ ——

Wie Frühling im Winter, dachte ich, als ich jetzt etwas verfroren durch die Rue de Varenne ging und meine Schritte in Richtung Rue de Bourgogne lenkte. Die Absätze meiner Spangenschuhe hallten in der leeren Straße wider, und die Kälte kroch durch die dünnen Sohlen. Der Winter hatte wirklich Einzug gehalten in Paris, und der Frühling war noch lange nicht in Sicht. Eine eisige Windböe schlug mir entgegen, als ich jetzt um die Ecke bog, und ließ die Schöße meines Mantels auffliegen, der meine Knie gerade so bedeckte.

Nachdem Cedric und Augustin gegangen waren, hatte ich meine letzten Geschenke verpackt und mich dann in einem Anfall von heroischer Entschlossenheit, die nicht nur der Kälte trotzte, besonders hübsch gemacht für den Heiligabend.

Nach einem kurzen inneren Kampf hatte ich das teure Samtkleid mit den Perlen dann doch angezogen, hatte in der Kommode nach einer Feinstrumpfhose gesucht und mir die Haare aufgedreht, die wenig später in weichen Locken um mein Gesicht fielen. Maman würde begeistert sein, dass ich endlich einmal ordentlich frisiert war. Eine breite Strassspange glitzerte auf meinem Hinterkopf und hielt das Haar aus der Stirn. Ich hatte mir die Wimpern getuscht und einen karmesinroten Lippenstift aufgetragen. Wenigstens an meiner Erscheinung sollte an diesem Abend nichts auszusetzen sein.

Mit klappernden Absätzen eilte ich die Rue de Bourgogne weiter und fasste die Tasche mit meinen Geschenken fester. Ich verbot mir jeden Gedanken an Luc. Alles konnte nur besser werden, aber sicherlich nicht heute Abend.

Als ich mich jetzt dem Haus meiner Eltern näherte, dachte ich bedauernd, dass ich mich so gern einmal wieder auf Weihnachten gefreut hätte – so wie früher, als ich noch ein Kind war. Doch seither war einiges passiert.

Erwartungen waren enttäuscht worden, Hoffnungen zunichte gemacht – und erst vor zwei Tagen noch waren meine eigenen unrealistischen Träume zerplatzt.

Ich muss gestehen, ich fühlte mich nicht gerade in Topform an diesem 24. Dezember, und die Aussicht, wieder einmal als die «arme Joséphine» beim Weihnachtsfest aufzukreuzen, war mir ein Graus. Ich hatte schon eine ziemlich klare Vorstellung davon, wie der Abend ablaufen würde.

Wie jedes Jahr würde die ganze Familie um den langen ovalen Tisch im Esszimmer versammelt sein, alle würden mit vielen Aahs und Oohs das Weihnachtsgeschirr mit den roten Beeren und den grünen Blättern, das nur einmal im Jahr aufgelegt wurde, bestaunen, den Tannenbaum mit den echten Kerzen, der festlich geschmückt im Erker stand, die bunten Päckchen, die darunter lagen. Alle würden das fantastische Essen preisen, das Maman wieder einmal gezaubert hatte. Den Châteauneuf-du-Pape, den Papa zur Feier des Tages aus dem Keller hochgeholt hatte und der schon geöffnet auf dem Tisch stehen würde, wobei mein Vater es sich auch diesmal nicht nehmen lassen würde, die Anekdote zu erzählen, wie er, als er mit Maman und uns Kindern einmal im Frühling nach Avignon gefahren war, auf dem Rückweg sämtliche Koffer mit der Bahn vorausschicken musste, um im Kofferraum Platz zu schaffen für die Kisten mit Rotwein, die er in einem Rausch der Begeisterung in der Kellerei des kleinen Ortes Châteauneuf-du-Pape im Département Vaucluse gekauft hatte.

Nach dem Begrüßungs-Champagner und der Wildterrine mit dem Zwiebelconfit, die üblicherweise als Horsd'œuvre gereicht wurde, würde die Unterhaltung so richtig in Schwung kommen. Und nachdem alle Neuigkeiten meiner Schwestern über das großartige Leben, das sie führten, ausgetauscht worden waren, nachdem die Kleinen am Tisch herumgehampelt hatten und Camille immer wieder gefragt hatte, wann sie endlich ihre Geschenke auspacken dürften, nachdem Papa gerührt einen Toast auf seine wunderbare Frau Isabelle ausgebracht und Maman ihm mit einem zufriedenen Lächeln die Hand gedrückt hatte, würde sich das geballte Interesse der Tischgesellschaft in Ermanglung anderer Themen auf das Sorgenkind der Familie richten – auf mich.

Und leider hatte ich wie immer keine wirklich positiven Neuigkeiten zu verkünden. Das Wunder der Weihnacht hatte sich auch in diesem Jahr nicht eingestellt.

Wenige Minuten später blieb ich vor dem mehrstöckigen herrschaftlichen Gebäude stehen. Ich klingelte kurz und gab dann den Zahlencode ein. Die Tür sprang auf. Als ich durch den Eingang schlüpfte und zögernd die Treppe zum zweiten Stock hochstieg, hoffte ich nur, dass ich diesen Abend einigermaßen überstehen würde. Oben ging die Tür auf, und das Licht quoll zusammen mit einem fröhlichen Gelächter ins Treppenhaus. Der Duft nach Truthahn und Maronen wehte mir entgegen.

Showtime, dachte ich und gab mir einen Ruck, während ich meinen Mund zu einem Lächeln verzog und

Camille begrüßte, die mir in einem rosa Kleidchen aufgeregt entgegensprang. «Sie ist da! Sie ist da», krähte sie. «Joséphine ist gekommen.»

Und plötzlich wünschte ich mir irgendwie doch, dass es ein schönes Weihnachten werden würde.

Es war ein frommer Wunsch. Der Abend endete in einer Katastrophe, und das lag zu einem guten Teil sicher auch an mir und meiner Dünnhäutigkeit.

Zu Beginn ließ sich alles noch gut an. Meine Schwestern mit ihren Männern und Kindern waren schon da, und nach einer lebhaften Begrüßung mit vielen Wangenküsschen und *Ça vas?* standen wir im Salon vor dem aufgeklappten schwarzen Flügel, auf dem die kleine Camille zusammen mit ihrer Mutter später noch ein paar Weihnachtslieder spielen würde, und tranken unseren Champagner.

Ich kippte beherzt gleich zwei Gläser herunter, und nachdem mir alle aus der Familie Komplimente wegen meines Kleids gemacht hatten, fühlte ich mich schon besser.

Selbst Maman strich bewundernd über den Samt mit den kleinen Perlen am Kragen. «Sehr schön», sagte sie und schien endlich einmal zufrieden zu sein. «Dieses Kleid steht dir ausgezeichnet. Wo hast du denn das gekauft? So etwas solltest du öfter tragen, Joséphine.»

«Nun ja, es ist ja nicht immer Weihnachten, Maman», entgegnete ich. «Außerdem kann ich mir so teure Kleider normalerweise nicht leisten.»

«Ja, schade, das ist wirklich bedauerlich», sagte Maman, und ich spürte, dass dies der Auftakt zu einer längeren Rede werden könnte.

Papa spürte es auch und schaltete sich ein. «Du siehst heute Abend wirklich ganz besonders zauberhaft aus, Joséphine!», rief er und legte den Arm um mich. «Aber nun wollen wir essen. *À table, la famille!* Ich freue mich schon den ganzen Tag auf den Truthahn.» Er geleitete mich ins Speisezimmer. «Was ist das für ein tolles Parfüm, das du da trägst?»

«Das ist *Quelques Fleurs* von Houbigant.» Ich lächelte stolz. «Das habe ich zu Weihnachten geschenkt bekommen.»

«Oh!» Maman, die neben uns ging, drehte sich kurz zu Pauline und warf ihr einen verschwörerischen Blick zu. «Houbigant!», meinte sie anerkennend. «Wer schenkt dir denn so ein teures Parfüm?»

«Das hat mir ein Freund geschenkt», entgegnete ich und bemerkte aus dem Augenwinkel, wie Pauline Eugénie in die Seite stupste.

«Ah, ein Freund!», wiederholte Maman bedeutungsvoll. «Willst du uns nicht mehr über diesen netten jungen Mann erzählen? Geschmack scheint er ja zu haben.»

«Er ist nur ein Freund, Maman», entgegnete ich leicht gereizt, und wenn Papa uns nicht an den Tisch gedrängt hätte, wäre die Situation möglicherweise da schon aus dem Ruder gelaufen.

Ich saß zwischen ihm und Pauline und aß schweigend meine Wildterrine, während die anderen sich über ihre Urlaubspläne unterhielten. Eugénie, die von ihrer anspruchsvollen Arbeit als Chirurgin und Wissenschaftlerin eine kleine Auszeit benötigte, wie sie lächelnd bemerkte, wollte mit Guy und den beiden Kindern im Februar nach Mauritius fliegen.

«Da gibt es Wasserfälle und rote Seesterne im Meer», rief Camille wie aufs Stichwort. «Die sind sooo groß!»

Sie zeigte die Größe eines gigantischen imaginären Seesterns und warf dabei ein Glas um. Glücklicherweise war es nur ein Wasserglas, denn «die gute Decke», seufzte Maman. «Na, macht ja nichts.» Dem reizenden Kind wurde vieles nachgesehen.

«Die Kleine ist immer so lebhaft», erklärte meine älteste Schwester lächelnd. «Sie hat eben dein Temperament, Guy. Gut, dass César so ein ausgeglichenes Kind ist.» Der kleine César saß nachdenklich in seinem Hochstuhl und versuchte sich an der Wildterrine, in die er seinen mundgerechten Silberlöffel immer wieder sausen ließ.

Pauline hatte keine so großen Reisepläne. «Wir fahren Ende Mai an die Côte d'Azur, ganz gemütlich mit dem Auto, nicht wahr, *chéri?* Dann ist es auch noch nicht so heiß.»

Ihr Mann nickte. «Ja, ein bisschen Nizza und Antibes vielleicht, und dann haben wir in der Nähe von Saint-Tropez ein kleines Ferienhaus gemietet, in der Wildnis sozusagen. Aber man ist doch schnell am Strand von Pampelonne.»

Ich senkte den Kopf und dachte verbittert an die Mimosenblüte in Nizza, die ohne mich stattfinden würde.

Fast hätte ich gesagt: «Warum fahrt ihr denn nicht im Februar nach Nizza, zur Mimosenblüte, das muss doch so besonders schön sein. Ich kann euch da ein sehr gutes Relais-&-Châteaux-Hotel empfehlen.»

Aber natürlich sagte ich es nicht. Ich war in keiner guten Verfassung. Ich trank meinen Wein und hoffte, dass man mich einfach vergessen würde. Tatsächlich ging eine Weile alles gut. Und das lag vor allem daran, dass es nach Papas obligatorischer Weihnachtsansprache und der Würdigung seiner wunderbaren Ehefrau eine Überraschung gab, die zunächst einmal alles in den Schatten stellte. Oder besser gesagt – überstrahlte.

Noch vor dem Hauptgang ließ Pauline die Bombe platzen.

«Meine Lieben», sagte sie plötzlich und hielt ihr Glas nach oben. «Es gibt übrigens noch einen Grund anzustoßen.» Ihre Wangen waren ganz rosig, und ihre Augen glänzten. «Nächstes Jahr an Weihnachten werden wir wohl noch eine weitere Person am Tisch haben. Nun ja», sie lächelte verschmitzt, und ihre dunklen Haarspitzen wippten akkurat nach vorn. «Vielleicht nicht unbedingt am Tisch.» Sie machte eine Kunstpause. «Bertrand und ich bekommen ein Kind. Ein Mädchen.»

Einen Moment lang herrschte Stille.

Dann fiel Maman fast in Ohnmacht vor Freude, und Papa lachte ungläubig.

«Na, das ging ja jetzt schnell», sagte er, während alle anderen durcheinanderriefen, lachten und klatschten und Camille um den Tisch rannte und immer wieder schrie: «Ich bekomme eine Cousine, ich bekomme eine Cousine!»

Papa hob das Glas. «Was für eine wunderbare Neuigkeit», sagte er. «Das ist unser schönstes Weihnachtsgeschenk, nicht wahr, Isabelle?» Wir stießen alle an, und Maman weinte ein bisschen und war ganz ergriffen, und dann ging sie zu Pauline hinüber und umarmte sie kurz, bevor sie in der Küche verschwand, um den Truthahn mit der Kastanienfüllung aus dem Ofen zu holen.

Pauline saß glücklich lächelnd in dem ganzen Tohuwabohu und ließ sich als werdende Mutter feiern. Sie war bereits im vierten Monat, und keiner hatte etwas geahnt, nicht einmal Papa, der sie doch beinahe täglich sah.

«He – warum hast du mir nichts erzählt, alte Geheimniskrämerin?», fragte ich und dachte an all unsere Treffen, die wir wegen des Hausboots in den letzten Wochen gehabt hatten.

«Du erzählst mir ja auch nicht alles, kleine Schwester, oder? Wolltest du nicht heute Abend jemanden mitbringen?»

«Das hast du falsch verstanden», sagte ich und verfluchte noch einmal Luc, der mich hatte hängen lassen.

«Soso», meinte Pauline und spielte an ihrer Perlenkette. Sicher würde ihr Kind mal genau so perfekt werden wie sie.

«Willst du Patentante werden?»

«Wenn's sich nicht verhindern lässt», entgegnete ich. «Aber große Geschenke kann ich nicht machen. Das sage ich dir gleich.»

Ich tat so, als würde es mir nichts bedeuten, aber natürlich freute ich mich, dass sie mich gefragt hatte. Ich freute mich auch für sie, aber gleichzeitig überkam mich ein seltsam leeres Gefühl. Nächstes Jahr an Weihnachten würde auch Pauline ein Kind haben. Dann würde es schon zwei glückliche Familien bei den Beauregards geben. Nur ich würde höchstwahrscheinlich immer noch allein am Tisch sitzen und in meiner Mansarde finnische Romane übersetzen. Das waren doch tolle Aussichten. Ich leerte mein Glas und tat mir selbst ein bisschen leid.

Der Truthahn, den Maman stolz hereintrug und auf den Tisch stellte, fand allgemeinen Anklang. Er war riesig und goldbraun, und Papa zerlegte ihn fachmännisch mit der Geflügelschere. Und nachdem sich die Aufregung um den Familienzuwachs ein wenig gelegt hatte und das Essen auf den Tellern verteilt war, kam die Reihe dann doch noch an mich.

Ich kann mich nicht mehr genau erinnern, wie der ganze Streit eigentlich anfing – ich glaube, Papa erwähnte ohne größeren Hintergedanken Richard Bailleul und wie gut es gewesen sei, dass er ihn in weiser Voraussicht in die Kanzlei geholt hätte, wo Pauline doch nun bald für eine Weile ausfallen würde. Dann kam die Rede noch einmal auf mein Hausboot, das der Anwalt nun leider doch nicht gekauft hatte. Und schließlich wurde darüber gesprochen, dass ich mit Richard Bailleul in der Oper gewesen war, was Éugenie offenbar noch nicht mitbekommen hatte.

«Oh, das ist ja mal was ganz Neues – du gehst mit einem *Anwalt* aus?», fragte sie.

«Nein», entgegnete ich und konnte nicht verhindern, dass meine Stimme einen leicht feindseligen Klang bekam.

Während Papa sich mit Guy und Pauline unterhielt und Camille anfing zu quengeln, weil sie die Geschenke nicht erst nach dem Dessert auspacken wollte, sondern sofort, tuschelte meine älteste Schwester mit Maman, und durch das allgemeine Stimmengewirr schnappte ich etwas auf wie «... finde ich auch sehr schade ... gute Partie ... aber stell dir vor, Pauline hat gesagt ...»

Ich umklammerte mein Weinglas und versuchte, möglichst unbeteiligt dreinzuschauen.

«*Bon appetit*», meinte Maman, als alle ihr Geflügel vor sich hatten, und schaute mit heiterer Miene in die Runde. Dann blieb ihr Blick an mir hängen. «Nachdem uns Pauline heute Abend eine so wundervolle Überraschung beschert hat, fragen wir uns natürlich alle, wann du uns deine großen Neuigkeiten erzählen wirst, Joséphine.»

«Was für große Neuigkeiten meinst du, Maman?», erwiderte ich erstaunt.

«Nun ja», erklärte sie lächelnd. «Das neue Kleid, dein teures Parfüm ... da kann man doch zwei und zwei zusammenzählen, *ma petite*.»

«Maman, lass es», entgegnete ich gereizt und hörte Éugenie leise lachen. «Ich weiß nicht, was du dir da zusammenreimst, aber es ist Blödsinn.» Natürlich hatte Maman nicht ganz unrecht mit ihrer Vermutung, natürlich hatte ich das Kleid im Überschwang einer Vision von Glück gekauft, die sich als falsch erwiesen hatte, aber das ließ mich nur noch heftiger reagieren. «Meine Güte, ich kann mir doch mal ein neues Kleid kaufen, ohne dass hier gleich alle Alarmglocken angehen», setzte ich aufsässig hinzu. «Und hör endlich auf, mich *ma petite* zu nennen, ich bin über dreißig.»

Das letzte *ma petite* hatte ich aus Lucs Mund gehört, und das machte die Sache nun auch nicht gerade besser. Offenbar konnte sich jeder in mein Leben einmischen, wie es ihm gefiel. Weil ich immer die Kleine war.

Maman klappte den Mund zu. Sie war ganz offensichtlich eingeschnappt. Dann machte sie ihn wieder auf. Die Neugier überwog. «Und ich dachte schon, du wolltest uns sagen, dass bei dir auch bald noch jemand dazukommt», meinte sie. «Pauline hat es mir erzählt...»

«Was hat dir Pauline erzählt?»

Ich starrte meine Schwester an, und dann fiel mir unser Gespräch vor den Toilettenspiegeln der Brasserie Lipp ein. Pauline zog entschuldigend die Schultern hoch, und ich hätte sie erwürgen können. Natürlich hatte sie Maman alles brühwarm weitererzählt.

«Na, dass du einen Freund hast», sagte Maman da auch schon. «Und dass du ihn uns an Weihnachten vorstellen willst. Wann kommt er denn nun? Morgen?»

Alle Augen richteten sich auf mich. Ich spürte, wie mir das Blut in die Wangen schoss, senkte den Blick und nahm einen großen Schluck Rotwein. Ruhig bleiben!, befahl ich mir.

«Pauline hat kompletten Unsinn erzählt», entgegnete ich und lehnte mich in meinem Stuhl zurück.

«Wie jetzt?» Maman schien einen Moment verwirrt. «Aber nein», sagte sie dann entschlossen. «Du hast mir doch selbst von diesem Mann erzählt, Joséphine!»

«Hab ich das?» Der Wein benebelte allmählich meine Sinne. Ich hatte Maman doch niemals von Luc Clément erzählt. Ich starrte in die Gesichter der anderen, die gebannt warteten und mit einer gewissen Sensationslust unseren Wortwechsel verfolgten. Selbst Camille hielt ausnahmsweise mal den süßen Schnabel.

«Ja! Er war doch bei dir, als wir neulich telefonierten. Erinnerst du dich nicht mehr? Cedric. Dein Freund. Wieso stellst du ihn uns nicht mal vor?» Sie sah mich an, ein lebender Vorwurf. «Meine Güte, Joséphine, warum musst du dich denn immer so schwierig machen? Warum bist du immer so verschlossen? Wir sind doch deine Familie. Wir meinen es alle nur gut mit dir.»

«Ja, kleine Schwester, stell ihn uns endlich mal vor», kam das Echo von Pauline. «Wir sind alle schon ganz gespannt. Oder ist dieser Mann ein Phantom? Das Phantom der Oper vielleicht?» Sie warf den Ball in die Runde, und Eugénie fing ihn auf und zückte das Skalpell.

«Nein, mit dem Phantom der Oper geht sie doch nicht mehr aus», witzelte sie. «Vielleicht ist ihr Freund einfach nicht besonders vorzeigbar.» Sie lächelte in meine Richtung. «Du hast ja schon so einige Bedürftige angeschleppt. Was ist es denn diesmal? Leichtlohngruppe oder armer Poet?»

Ich wusste nicht, ob ich lachen oder weinen sollte. Hier saß meine liebe Familie, und sie alle hetzten hinter meinem Rücken und reimten sich die tollsten Geschichten zusammen.

Und dann wurde ich einfach nur unglaublich wütend.

«Wisst ihr was, ihr könnt mich mal», stieß ich hervor. «Cedric Bonnieux ist ein bekannter Kolumnist. Er ist intelligent und hat einen exquisiten Geschmack. Er hat eine riesige Wohnung am Canal Saint-Martin, vor allem aber ist er ein großartiger Mensch ...»

«Aber das klingt doch alles wunderbar», rief Papa dazwischen. «Kommt, Kinder, deswegen müssen wir uns doch nicht streiten. Worum geht's denn eigentlich?»

«Genau, warum die Aufregung?», sagte Pauline.

Aber ich war schon nicht mehr zu stoppen. «Cedric ist mein Freund», fuhr ich mit lauter Stimme fort. «Und er ist schwul.»

Mit einem Mal wurde es still am Tisch. Ich trank mein Glas aus, setzte es ab und blickte in die Runde. «Alles klar soweit?», fragte ich. «Oder gibt es noch Fragen?»

«Was ist schwul, Maman?», fragte Camille.

Das Weihnachtsessen endete für mich, bevor ich auch nur einen Bissen vom Truthahn angerührt hatte. Ich glaube, nach meiner Offenbarung war Maman versucht, ein zweites Mal an diesem Abend in Ohnmacht zu fallen, dann aber stand sie empört auf und stürzte in die Küche, gefolgt von Pauline, ihrer Lieblingstochter.

Camille hatte, nachdem Éugenie ihr umsichtig die

Bedeutung des Wortes «schwul» zu erklären versuchte, begriffen, dass von einem Mann, der einen Mann liebte, nicht zwangsläufig neue Cousinen zu erwarten waren, und anschließend gefragt, warum Tante Joséphine sich nicht einfach einen ganz normalen Mann aussuchen könne.

Papa versuchte, die Stimmung noch irgendwie zu retten, indem er meinte, das alles sei heute ganz normal, und jeder habe doch selbstverständlich ein Recht auf seine eigene Sexualität und ob ich meinen Freund nicht trotzdem einmal mitbringen wolle. «Also, ich meine ... seid ihr denn jetzt zusammen?», fragte er verunsichert.

«Nein, natürlich *nicht*, Papa», antwortete ich entnervt und goss mir noch ein Glas vom Châteauneuf-du-Pape ein.

Es herrschte allgemeine Ratlosigkeit am Tisch, und Maman saß in der Küche und heulte. Nach ein paar Minuten kam Pauline wieder zurück und meinte, dass ich mitkommen und mich bei ihr entschuldigen sollte.

«Wofür», entgegnete ich. «Dafür, dass ich keinen Mann habe?»

«Nein, dafür, dass du ihr das Weihnachtsfest verdorben hast. Ich meine, sie steht seit Tagen in der Küche, bereitet alles vor, und dann bist du so gemein zu ihr.»

«Ach so ... *ich* bin jetzt an allem schuld ... Das wird ja immer besser!» Ich sprang auf. «Wer konnte denn den Mund nicht halten, das warst doch du, liebe Schwester!»

Ein Glück nur, dass ich mich nicht hatte hinreißen lassen, ihr tatsächlich von Luc zu erzählen.

Papa rang verzweifelt die Hände. «Bitte, Kinder, keinen Streit! Es ist doch Weihnachten», sagte er. Dann wandte er sich an mich.

«Maman macht sich einfach Sorgen um dich», meinte er beschwichtigend.

«Ja, weil sie mir nichts zutraut. Weil ihr alle mir nichts zutraut. Weil jeder denkt, ich wäre total unfähig.»

«Aber das stimmt doch gar nicht, Joséphine.» Papa seufzte. «Du weißt doch, wie deine Mutter ist. Du bist eben ihr Nesthäkchen und die Einzige, die noch nicht in festen Händen ist. Darunter leidet sie einfach.»

Man hörte einen vorwurfsvollen Schluchzer aus der Küche.

«*Sie* leidet darunter? Hallo? Was erwartet ihr eigentlich von mir? Dass ich mich auf die Straße stelle mit einem Schild um den Hals ‹Ich bin noch zu haben›, damit Maman nicht mehr so leidet und ihren Freundinnen endlich erzählen kann, dass es eine weitere Hochzeit im Hause Beauregard zu feiern gibt?», gab ich erregt zurück.

«Es ist nicht gut, dass du immer so allein bist, Joséphine. Vielleicht könntest du dich wirklich noch mal mit Richard Bailleul verabreden, ihr habt euch doch so gut verstanden. Die Liebe kann wachsen, weißt du?»

Papa sah mich treuherzig an.

«Oh mein Gott!» stöhnte ich. «Bitte! Hört auf damit, mir einen Mann suchen zu wollen. Das ist ja nicht auszuhalten. Ich brauche keinen Mann, um glücklich zu sein», fügte ich trotzig hinzu. «Wann kapiert ihr das endlich?»

«Wer braucht schon Männer?» Éugenie zog amüsiert

die Augenbrauen hoch. «Vielleicht steht sie ja neuerdings mehr auf Frauen», raunte sie Pauline zu, und die beiden prusteten los.

«Das habe ich gehört!», rief ich. «Und wisst ihr was? Ich gehe jetzt, dann könnt ihr euer perfektes Weihnachtsfest in aller Ruhe fortsetzen. Ich störe hier doch sowieso nur.»

Ich nahm meine Handtasche, riss Mantel und Schal von der Garderobe, und während ich zur Wohnungstür stürmte, hörte ich Éugenie noch pikiert sagen:

«Meine Güte, was hat sie denn nur? Man wird doch noch einen Witz machen dürfen. Die Kleine ist aber auch immer so empfindlich.»

Aufgebracht warf ich die Tür hinter mir zu.

18

Mit Stakkato-Schritten eilte ich die Rue de Bourgogne entlang. Es war kalt, aber ich spürte es nicht. Das Adrenalin rauschte durch meinen Körper, mein Herz hämmerte. Ich war völlig außer mir und wusste nicht, wohin mit meiner Wut, wohin mit mir selbst. Ich wollte einfach nur weg, raus aus dieser Szene, die ich keinen Moment länger mehr hätte ertragen können. Die ganze Familie machte sich über mich lustig, Papa war besorgt, was aus mir werden würde, Maman zutiefst beleidigt, weil ich allen das Weihnachtsfest verdorben hatte. Und ich selbst war verletzt, aufgewühlt, überempfindlich, enttäuscht und hatte eindeutig zu viel Rotwein getrunken.

Ganz in der Nähe, in der Rue Saint-Denis, feierte Luc jetzt mit seiner Familie Weihnachten. Cedric hatte sich mit Augustin versöhnt. Alle feierten Weihnachten und saßen gemütlich beieinander, nur ich war draußen auf der Straße und hatte kein Zuhause mehr.

Die Tränen schossen mir in die Augen, und ich ging

weiter und immer weiter, bog in die nächste Straße ein, dann in die übernächste und versuchte, einen klaren Kopf zu bekommen, während ich im Regierungsviertel im Karree lief, vorbei am Musée Rodin, vorbei am Musée Maillol, vorbei am Ministère de L'Éducation Nationale, vorbei am Rathaus des siebten Arrondissements und an all den erleuchteten Fenstern der hohen alten Stadthäuser. Es war still, die Straßen waren wie ausgestorben. Kein Mensch war unterwegs, nur ich rannte allein durch die Dunkelheit.

Eine Gestalt löste sich plötzlich von einer Hauswand, und ich bekam einen Riesenschreck. Es war ein alter Mann, der einsam über das Pflaster schlurfte. In der Hand hielt er eine Flasche, und er schwankte beträchtlich, als er jetzt auf mich zukam.

«*Joyeux Noël*, Mademoiselle», lallte er und torkelte an mir vorüber.

«*Joyeux Noël*», flüsterte ich heiser. Die Gestrandeten von Paris trafen sich nachts auf dem Bürgersteig und riefen sich ihre guten Wünsche zu. Das also war mein Weihnachten. Eine Woge von Weltschmerz überflutete mich.

Aufschluchzend bog ich in die nächste Straße ein und stellte mir vor, wie zu Hause alle wieder im Esszimmer saßen – irritiert über meinen spektakulären Abgang – und sich schließlich über der *Bûche de Noël* gütlich darauf einigten, dass mein Verhalten absolut unmöglich war. Und vielleicht war es das ja auch. Wieso nur hatte ich mich so provozieren lassen? Warum war ich dermaßen ausgerastet? Ich hätte die spöttischen Bemerkungen, die zudringlichen Fragen auch einfach überhören können. Ich hätte sagen sollen, das geht euch gar nichts an, meine Lieben, Themawechsel! Aber dazu war ich nicht mehr in der Lage gewesen. Es war einfach zu viel zusammengekommen in den letzten Wochen – und dieser Abend hatte das berühmte Fass zum Überlaufen gebracht.

Ich sagte mir, dass man immer wieder lesen konnte, dass an Weihnachten in den Familien die Emotionen oft genug hochkochten, weil alte Gräben wieder aufgerissen wurden und Kindheitsmuster griffen, aus denen man sich schon längst befreit zu haben glaubte, doch das war ein schwacher Trost. Ich starrte zu den erleuchteten Fenstern hoch und merkte, wie mich eine dumpfe Traurigkeit erfasste.

Allmählich wurde ich ruhiger, meine Schritte verlangsamten sich. Und jetzt spürte ich auch wieder die Kälte, die an meinen Seidenstrümpfen hochkroch, und fragte mich, wo ich eigentlich war. Suchend sah ich mich um und stellte fest, dass ich mich in der Rue de Grenelle befand, fast schon auf der Place des Invalides. Offenbar war ich im Kreis gelaufen. Von hier aus wäre es nicht weit gewesen, ich hätte nur ein paar Schritte zurückgehen müssen, um wieder in die Rue de Bourgogne zu gelangen, aber dorthin wollte ich nicht. Auch zu mir nach Hause wollte ich nicht – der Gedanke an meine eiskalte Wohnung deprimierte mich. Cedric war nicht da, und Luc war Geschichte.

Ratlos blieb ich einen Moment stehen. Mein Blick fiel auf den Eiffelturm, der sich zwischen zwei Gebäuden auf der gegenüberliegenden Seite erhob und trügerisch nah schien.

Zu meiner Linken glänzte die goldene Kuppel des Invalidendoms, rechts von mir, am Ende der Esplanade des Invalides, ragten die vier Säulen des Pont Alexandre III in den Nachthimmel, und das Licht der dreiarmigen Kandelaber zu beiden Seiten der Brücke ließ alles zu einem breiten goldenen Band verschwimmen, das sich schimmernd über die Seine legte. Es sah unglaublich schön aus, und wenn es nicht so kalt gewesen wäre, wäre ich sicher einfach hier stehen geblieben und hätte gewartet, bis alles wieder gut gewesen wäre.

Dann schlug ich wie von einem unsichtbaren Magneten angezogen den Weg zum Pont Alexandre III ein. Ich stolperte den unebenen Kiesweg entlang, der unter den Bäumen der Esplanades vorbeiführte, und als ich kurze Zeit später über die goldüberglänzte Brücke ging, beschleunigten sich meine Schritte wie von selbst. Plötzlich wusste ich, wo ich die Nacht verbringen würde.

Mit klopfendem Herzen verließ ich wenig später die Brücke am anderen Ufer der Seine und ging die Stufen zum Fluss hinunter, wo die Hausboote lagen. Einige waren ganz dunkel, bei anderen brannte Licht. Ich lief den dunklen Uferweg entlang, kein Mensch war unterwegs, und ich war mir sicher, dass auch Lafôret nicht da sein würde. Ein Mann wie Maxime Lafôret hatte gewiss jemanden, mit dem er die Feiertage verbringen konnte. Ich musste kurz an die blonde Verlegerin denken und fragte mich, ob die beiden wohl ein Paar waren. Wie es aussah, war ich die Einzige, die an diesem Abend übrig geblieben war – wie in dem Lied von Françoise Hardy, wo alle Hand in Hand in den Straßen spazieren und nur sie selbst ganz allein ist.

Nach ein paar Schritten war ich an der Anlegestelle und tastete in meiner Handtasche nach dem silbernen Anker, der mir mit einem Mal wie ein Rettungsanker erschien. Was für ein Segen, dass ich dieses Hausboot hatte. Heute Abend würde es mein Zufluchtsort sein, meine Herberge, mein Trost.

Die *Princesse de la Loire* lag im Dunkeln da und schien verlassen. Sie schaukelte ein wenig, als ich an Bord sprang. Doch als ich die Tür öffnete, hörte ich von drinnen Hundegebell. Einen Moment später kam mir Filou entgegengesprungen, und hinter ihm tauchte mit verstrubbeltem Haar sein Herrchen auf.

So ein Mist, dachte ich. Und was mache ich jetzt?

Ich umklammerte meine Handtasche und starrte Lafôret unbehaglich an.

«Nanu – wen haben wir denn da?» Er lächelte und zog erstaunt die Augenbrauen hoch. «Mit Ihnen hätte ich heute Abend wirklich am wenigsten gerechnet, Mademoiselle Beauregard. Was verschafft mir die Ehre?»

Er wirkte einen Moment irritiert, fing sich aber sofort wieder. Womöglich hatte er jemanden bei sich, und ich platzte in ein zärtliches *Tête-à-Tête*. Wie peinlich war das denn? Ich merkte, wie ich rot wurde.

«Ich … ähm … wollte nicht stören», sagte ich verlegen.

«Ich dachte, hier wäre keiner ... Außerdem ... Wir hatten doch eine Absprache, es ist schließlich Freitag. Sie sollten gar nicht auf dem Boot sein», stieß ich hervor.

«Aber es ist *Weihnachten!*», entgegnete er ehrlich überrascht. «Ich wusste nicht, dass unsere Absprache auch an Weihnachten gilt.» Er runzelte ungläubig die Stirn und legte den Kopf schief. «Jetzt sagen Sie nicht, Sie sind vorbeigekommen, um mich zu kontrollieren?» Offenbar hielt er mich für völlig verrückt.

«Nein, natürlich nicht.» Ich versuchte ein Lächeln und merkte, wie es gründlich misslang. «Ich möchte einfach nur ... auf mein Boot», stammelte ich.

«Ja, haben Sie denn niemanden, mit dem Sie feiern?», fragte er.

Er musterte mich überrascht, und ich sah plötzlich, was er sah: eine aufgelöste junge Frau mit rot geschminkten Lippen und verschmierten Augen, die in festlicher Garderobe mit Glitzerspange im Haar und dunklen Lackschuhen vor ihm stand.

Ich schüttelte stumm den Kopf.

«Was ist denn mit Ihrem feschen Freund?»

Ich schluckte.

«Die Sache ist die», sagte ich mit zitternder Stimme. «Mein fescher Freund war nie mein richtiger Freund, sondern nur ein guter Freund. Und der Mann, der mein richtiger Freund war, den gibt es seit vorgestern nicht mehr, jedenfalls nicht für mich. Der sitzt jetzt gemütlich bei seiner Familie, und meine eigene Familie lacht über mich, und ...»

«Verstehe.» Lafôret verstand offenbar gar nichts. Er strich sich verwirrt durchs Haar und warf mir einen mitfühlenden Blick zu. «Das klingt wirklich absolut furchtbar.»

«Es *ist* absolut furchtbar», versicherte ich. «Der Abend war eine einzige Katastrophe, es ist alles so schrecklich schiefgelaufen, und jetzt ... und jetzt ... ist Weihnachten, und ich ... bin ... ganz ... allein ...»

Ich spürte, wie mir die Tränen wieder in die Augen stiegen. Haltung, Joséphine, Haltung, dachte ich. Jetzt nur nicht heulen.

Und dann heulte ich doch.

Maxime Lafôret sah mich bestürzt an. «Aber, aber! Das ist doch kein Grund zu weinen. Nun kommen Sie erst mal rein.» Er legte den Arm um mich und führte mich ins Innere des Hausboots, während Filou schwanzwedelnd neben uns hersprang. «Himmelherrgott, Sie zittern ja. Natürlich sind Sie wieder mal viel zu dünn angezogen», schimpfte er, als ich mit klappernden Zähnen ins Warme trat. «Das ist wirklich nicht die passende Kleidung für ausgedehnte nächtliche Spaziergänge, Mademoiselle Beauregard. Wie lange sind Sie denn schon unterwegs bei dieser Kälte? Sie werden sich noch den Tod holen.»

In der Kajüte war es warm und behaglich, Lafôret polterte noch ein bisschen herum, während er eine karierte Wolldecke aus dem Schrank holte, sie mir um die Schultern legte und mich dann auf die Bank dirigierte. Schniefend wischte ich mir die Tränen weg und sah mich neugierig um. Auf dem Tisch brannte eine einsame Kerze, ein halb gefülltes Glas stand neben einer Flasche Rotwein. Es schien niemand sonst auf dem Boot zu sein.

Lafôret hielt mir ein frisches Taschentuch entgegen. «Ihr Taschentuchverbrauch in letzter Zeit ist ziemlich inflationär», stellte er seufzend fest. «Das muss wirklich anders werden, so viele Stofftaschentücher habe ich nämlich nicht.»

Dankbar nahm ich das Taschentuch und schaute ihm nach, als er jetzt zum Herd ging, wo etwas, das einen verführerischen Duft nach geschmortem Fleisch und Rotwein verbreitete, in einem großen Topf köchelte.

Lafôret hob den Deckel und rührte mit einem Holzlöffel darin herum, er kostete und nickte zufrieden. Dann drehte er sich zu mir um, lehnte sich an die Anrichte und verschränkte die Arme.

«Na schön, Mademoiselle Beauregard, jetzt passen Sie mal auf. Ich weiß, das ist Ihr Hausboot, und ich weiß auch, dass heute Freitag ist und ich eigentlich nicht hier sein sollte. Aber wie Sie sehen, bin ich nun mal hier, und wie es der Zufall will, bin ich heute Abend auch allein. Also, wenn das kein Zeichen ist!» Er schüttelte den Kopf, und sein Mund verzog sich zu einem breiten Grinsen. «Ich finde, wir sollten das Beste aus der Situation machen und diesen offensichtlich so verunglückten Abend zusammen verbringen. Als weihnachtliche Notgemeinschaft sozusagen. Es sei denn, Sie sind so kalt und herzlos, mich an Heiligabend vor die Tür zu setzen.»

«Niemand könnte so kalt und herzlos sein.» Ich

lächelte unter Tränen, dann putzte ich mir die Nase und knüllte das Taschentuch in meiner Hand zusammen. «Ich finde, Ihr Vorschlag klingt unter diesen besonderen Umständen ganz passabel, Monsieur Lafôret.»

«Das freut mich.» Er wandte sich wieder dem Topf zu und drehte das Gas herunter. «Ich hoffe, Sie mögen *Bœuf Bourguignon?*»

«Da haben Sie Glück, ich mag es sehr.»

«Da haben *Sie* Glück, denn mein *Bœuf Bourguignon* ist das beste, das Sie jemals gegessen haben!»

Wie immer war er sehr überzeugt von sich.

«Was Sie nicht sagen!», entgegnete ich. Ich spürte, wie die Wärme allmählich durch meine Glieder strömte und ich anfing, mich zu entspannen.

«Aber ja.» Er lächelte vergnügt. «Ich bin ein Mann mit vielen Qualitäten. Wenn Sie das nur endlich begreifen wollten, liebe Joséphine.»

Manchmal kommt die Rettung von völlig unerwarteter Seite. An diesem Abend, der ein langer und glücklicher Abend werden sollte, kam sie von einem Mann, den ich, wie es schien, grandios unterschätzt hatte. Und während wir zusammen aßen und tranken und miteinander redeten, passierte etwas Seltsames, etwas, das ich wohl niemals für möglich gehalten hätte. Maxime Lafôret zog eine Überraschung nach der anderen aus dem Hut. Staunend musste ich zusehen, wie alle meine Vorurteile nach und nach in sich zusammenfielen. Es war wie bei einem Dominospiel – ein Stein nach dem anderen kippte. Am

Ende war ich vollkommen entwaffnet, und das lag sicher nicht am Wein. Oder jedenfalls nicht nur.

Lafôret hatte nicht zu viel versprochen. Sein *Bœuf Bourguignon* war sicherlich das beste, das ich jemals gekostet hatte. Hatte ich diesem Mann eben noch unterstellt, dass er allenfalls in der Lage war, ein Omelett zuzubereiten, wurde ich nun eines Besseren belehrt. Im Gegensatz zu mir beherrschte Lafôret nicht nur ein Gericht. Mit anderen Worten: Er war ein guter Koch. Er war aber auch ein guter Gastgeber und ein amüsanter Gesprächspartner. Mehr als einmal brachte er mich mit seinen Geschichten zum Lachen. Die merkwürdigen Umstände meines Auftauchens erwähnte er mit keinem Wort.

Erst nach dem Essen lehnte er sich in seinem Sessel zurück und sah mich nachdenklich an.

«Geht es Ihnen jetzt wieder besser?»

Ich nickte.

«Wollen Sie mir nicht endlich erzählen, was heute Abend passiert ist? Wieso sind Sie hergekommen?»

«Hm», machte ich. Unentschlossen strich ich mit dem Finger über den Rand meines Weinglases.

«Und das soll ich gerade Ihnen erzählen?»

«Ja», entgegnete er. «Erstens bin ich ein guter Zuhörer, zweitens sind wir doch jetzt so etwas wie eine Schicksalsgemeinschaft, und drittens ...»

«Drittens?»

«Dazu kommen wir später.»

Ich blickte auf, aber in seinen braunen Augen lag kein Spott.

Und so kam es, dass ich Maxime Lafôret mein Herz ausschüttete und ihm berichtete, welche unglückseligen Umstände mich auf das Hausboot geführt hatten.

«Ich konnte ja nicht wissen, dass Sie hier sein würden», schloss ich.

«Nein, das konnten Sie nicht», entgegnete er lächelnd. «Aber jetzt sind Sie sicher froh, dass ich hier gewesen bin, oder?»

«Na ja ...» Ich zog die Schultern hoch und grinste. «Also ja», gab ich zu. «Warum *waren* Sie eigentlich hier?», fragte ich dann.

«Meine Pläne haben sich überraschend geändert», entgegnete er. «Eigentlich war ich eingeladen, aber dann hat die Ankunft eines kleinen Christkinds alles über den Haufen geworfen.» Er schmunzelte und zuckte die Schultern. «So ist das nun mal an Weihnachten.»

«Sie sprechen in Rätseln. Was für ein Christkind?»

Lafôret schenkte sich etwas Wein nach, und ich sah ihn gespannt an.

Dass er selbst da war, hatte ich, wie er mir bereitwillig erzählte, der Tatsache zu verdanken, dass sein bester Freund – genau, der, der neulich geheiratet hatte – das geplante Weihnachtsessen kurzfristig hatte absagen müssen, weil seine frisch angetraute Frau vorzeitig Wehen bekommen hatte und ins Krankenhaus musste. Und deswegen hatte er auch nicht die wunderschöne Florence kennengelernt – die Cousine der Frau seines Freundes, die man für ihn eingeladen hatte.

«Es war eine ziemliche Aufregung. Aber Mutter und

Kind sind wohlauf. Und mein Freund verbringt den Abend im Krankenhaus.»

«Das ging ja rasend schnell», sagte ich lächelnd. «Haben Sie mir nicht erzählt, dass die beiden erst neulich geheiratet haben?»

«Deswegen haben Sie ja geheiratet.» Er grinste. «Also nicht nur. Ich habe noch nie eine so glückliche schwangere Braut gesehen.» Er sah mich über sein Weinglas an.

«Sehen Sie jetzt, was für ein großes Glück Sie gehabt haben», meinte er dann. «Um ein Haar wäre ich nicht da gewesen. Und hätte statt mit Ihnen mit der wunderschönen Florence am Tisch gesessen.»

«Ja, aber Sie haben auch großes Glück gehabt», entgegnete ich. «Um ein Haar hätten Sie Ihr *Bœuf Bourguignon* ganz allein verspeisen müssen.» Die Sache fing allmählich an, mir Spaß zu machen. «Und wer weiß schon, ob das Treffen mit der wunderschönen Florence wirklich so toll gewesen wäre. Meiner Erfahrung nach funktionieren diese eingefädelten Rendezvous meistens nicht.»

«Soso», sagte er und sah mich einen Moment zu lange an. «Schönes Kleid, übrigens.»

«Da sind Sie heute Abend nicht der Erste, der das sagt», entgegnete ich und musste wieder an unsere Begegnung auf dem Rosa Bonheur denken. «Sagen Sie, was haben Sie damals eigentlich auf dem Verlagsfest gemacht?»

«Dasselbe wie Sie.»

«Dasselbe wie ich?» Ich lachte. «Ich war rein beruflich da.»

«Ich auch.» Er grinste.

«Und was war mit dieser blonden Verlegerin?», hakte ich nach.

Er zuckte die Achseln. «Rein beruflich, warum glauben Sie mir nicht?»

«Weil man einem Mann wie Ihnen niemals trauen darf. Das war mir von dem Moment an klar, als wir uns begegnet sind.» Ich ließ den Wein in meinem Glas kreisen und erinnerte mich lächelnd an unser erstes unfreiwilliges Zusammentreffen, bei dem Maxime Lafôret mir unmissverständlich klargemacht hatte, dass er mein Boot nicht verlassen würde. «Meine Güte, war ich damals wütend auf Sie.» Ich schüttelte den Kopf. «Schon komisch irgendwie...»

«Was ist komisch? Dass Sie wütend auf mich waren?»

«Nein, dass ich Sie damals so absolut unausstehlich fand. Ich hätte Sie auf den Mond schießen können. Und jetzt sitze ich an Weihnachten mit Ihnen auf meinem Boot und finde es eigentlich sehr...» Ich verstummte.

«Schön?»

Ich nickte und war plötzlich befangen.

Er zog die Augenbrauen hoch und lächelte.

«Soll ich Ihnen mal ein Geheimnis verraten, Mademoiselle Beauregard?»

Ich blickte auf, und mein Herz klopfte plötzlich ein bisschen schneller.

«Ich fand Sie nie unausstehlich. Okay, Sie lagen überraschenderweise in meinem Bett und haben das ganze Boot zusammengeschrien und mich beschimpft ... Aber unausstehlich fand ich Sie nie.» Er beugte sich zu mir, schob mir eine Locke hinter das Ohr, und seine dunklen Augen waren plötzlich ganz nah. «Und jetzt ...»

«Und jetzt ... was?», fragte ich leise, dabei wusste ich es schon.

«Werde ich dich endlich küssen, Joséphine.»

Es blieb nicht bei einem Kuss. Natürlich nicht. Es war einfach zu schön, um aufzuhören. An diesem 24. Dezember kamen wir uns so nah, wie sich zwei Menschen kommen können. So nah, dass sich unsere Lippen immer wieder in seligen Küssen fanden. So nah, dass die kleine Koje in der Schlafkajüte des Hausboots perfekt für uns beide passte. So nah, dass ich fast vergaß, dass Maxime Lafôret ein Vagabund und Hochstapler war. Mit klopfendem Herzen lagen wir beieinander, und ich wusste plötzlich, dass dies mein schönstes Weihnachten seit Langem war – vielleicht sogar das schönste Weihnachten meines Lebens. Ich schlief in Maximes Armen ein, und es war mir, als wäre ich endlich zu Hause, so sicher und geborgen fühlte ich mich. Als ich mitten in der Nacht aufwachte und ein gar nicht mehr so fremder Mann neben mir im Bett lag, ging mir der Gedanke durch den Kopf, dass es wohl so hatte kommen müssen. Dass Onkel Albert sich vielleicht doch etwas dabei gedacht hatte, als er sein Boot ausgerechnet an Maxime Lafôret vermietete. Und da fasste ich einen Entschluss.

«Also gut», sagte ich und setzte mich auf.

«Was meinst du mit ‹also gut›?», fragte Maxime interessiert. Er stützte sich auf den Ellbogen und sah mich an.

«Ich habe es mir anders überlegt. Ich werde das Hausboot nicht verkaufen. Zwar könnte ich das Geld gut gebrauchen, aber ich denke, ich komme auch so klar.» Inzwischen hatte ich wieder einige Aufträge, ich stand nicht mehr vor dem Nichts, und wenn ich so weitermachte, würde ich mit meinen Übersetzungen gut über die Runden kommen. «Wenn du willst, kannst du also auf dem Hausboot bleiben.»

«Für die nächsten fünf Jahre, meinst du?» Er sah mich gespannt an.

«Für so lange du willst, du Dummkopf.» Ich wuschelte ihm durch die Haare.

«Oh, ist das etwa eine Liebeserklärung?» Er lachte leise.

«Vielleicht.» Ich lächelte versonnen. «Allerdings habe ich eine Bedingung ...»

«Oje. Ich ahne es schon, ich soll dir die doppelte Miete zahlen.» Er seufzte in komischer Verzweiflung. «Aber keine Sorge, das kriege ich schon hin.» Er fuhr mir mit dem Finger über den Oberschenkel, und ich bekam eine Gänsehaut.

«Nein, Maxime, das musst du nicht, du hast ja selbst kein Geld», erklärte ich großzügig.

«Und was ist dann die Bedingung?»

Ich sah ihn an und lächelte. Er wusste nichts von der Urne, die immer noch auf meiner Kommode stand, und von dem kühnen Plan, der allmählich in meinem Kopf Gestalt annahm.

«Du fährst mit mir zum Château de Sully. Mit der

Princesse de la Loire. Ich möchte noch einmal dieselbe Flussfahrt machen wie damals mit Onkel Albert. Bist du dabei?»

«Klar, bin ich dabei.» Maxime räkelte sich wohlig in den Kissen und ließ seine Hand über meinen Bauch gleiten. «Wann soll's losgehen?»

Ich grinste. «Jetzt!»

«Jetzt?» Seine Hand erstarrte in der Bewegung. «Du meinst – *jetzt*?», wiederholte er überrascht.

«Ja!» Ich sah ihn mit glänzenden Augen an. «Genau jetzt.» Ich dachte an Onkel Albert und daran, was er mir in seinem Brief mit auf den Weg gegeben hatte. Ich würde mit beiden Händen nach dem Glück greifen, ich würde den richtigen Zeitpunkt nicht verpassen. Und der richtige Zeitpunkt war genau jetzt.

Ich küsste den verdutzten Maxime, und dann summte ich ihm die ersten Takte von *Le temps de l'amour* ins Ohr. «Ich finde, es ist Zeit für ein Abenteuer, für die Liebe und für alles, an das man sich immer erinnern möchte.»

Maxime lachte ungläubig.

«Wow!», meinte er anerkennend. «Ich wusste ja vom ersten Augenblick an, dass du ein bisschen durchgeknallt bist, aber das hätte ich dir nun doch nicht zugetraut.» Seufzend griff er nach seinen Kleidern, die verstreut vor dem Bett lagen, und zog sich an.

«Der Kapitän ist bereit!» Er wandte sich zu mir um. «Na, was ist, Prinzessin? Von mir aus kann's losgehen.»

«Moment», sagte ich lächelnd. «Es kommt noch jemand mit.»

«Wie?», fragte Maxime entgeistert. «Du willst noch jemanden mitnehmen?»

19

---❖---

Zwei Stunden später saßen wir wieder im Taxi und fuhren zurück Richtung Place de la Concorde. Das nächtliche Paris glitt an uns vorbei, und zwischen uns, auf dem Rücksitz, stand die Urne von Onkel Albert.

Zwei Stunden – so lange hatte es gedauert, ein Taxi zu finden, in meine Wohnung zu fahren, eine kleine Reisetasche mit dem Nötigsten zu packen, die Urne von der Kommode zu nehmen und wieder in das Taxi zu springen, das unten an der Place Sainte-Marthe auf uns wartete.

Ich lehnte den Kopf im Sitz zurück und sah aus dem Fenster, während der Wagen den Boulevard Haussmann entlangbrauste. Die Straße war frei, das Abenteuer hatte begonnen. Der Taxifahrer warf ab und zu einen Blick in den Rückspiegel und betrachtete uns neugierig. Offenbar wusste er sich keinen Reim darauf zu machen, warum wir es so eilig hatten an einem Heiligabend. Vermutlich dachte er, wir wären auf der Flucht. Ich lächelte in mich hinein und bemerkte plötzlich ein leises Brummen, das aus meiner Handtasche kam. Als ich das Telefon herauszog, sah ich, dass es Pauline war. Sie hatte bereits mehrfach versucht, mich zu erreichen, und schickte mir jetzt eine Nachricht.

Was ist los, kleine Schwester. Melde dich doch mal! Wir machen uns Sorgen. Hast du dich wieder beruhigt? Geht es dir gut? Wo steckst du?

Ich überlegte einen Moment. Dann schrieb ich zurück.

Macht euch keine Sorgen. Mir geht es sehr gut. Ich bin auf einer wichtigen Mission, und ich bin nicht allein. Wir sind unterwegs und bringen Onkel Alberts Asche zu seiner letzten Ruhestätte, es kann etwas dauern. Ich melde mich im neuen Jahr. Und dann stelle ich euch jemanden vor. Liebe Grüße an alle, Joséphine.

Kurz entschlossen schaltete ich das Handy aus. Ich war auf einer wichtigen Mission, und ich war nicht allein. Maxime Lafôret saß neben mir, und meine Familie wäre wahrscheinlich in Ohnmacht gefallen, wenn sie gewusst hätte, dass der Bonvivant und Tunichtgut, der sich auf meinem Hausboot breitmachte, mein Begleiter war. Das Taxi hielt kurz an einer roten Ampel und fuhr wieder weiter, und wir sahen uns an und lächelten wie zwei Verschwörer, während wir durch die Nacht fuhren.

Der Taxifahrer setzte den Blinker, als er jetzt auf die Place de la Concorde abbog. Wieder blickte er in den

Rückspiegel, und dann konnte er seine Neugier offensichtlich nicht mehr bezähmen. «Sagen Sie ... Ist das eine *Urne*, die Sie da bei sich haben?», fragte er.

«Ja, sicher», entgegnete Maxime, als ob es das Normalste von der Welt wäre, und ich musste ein hysterisches Kichern unterdrücken.

Es war schon ziemlich verrückt, an Heiligabend mit einer Urne im Taxi zu sitzen, mit einem Mann, mit dem man gerade seine erste Liebesnacht verbracht hatte, mit dem man später auf große Fahrt gehen würde – ich glaube, es war so ziemlich das Verrückteste, was ich jemals gemacht hatte. Aber gleichzeitig war es auch das Schönste und Bedeutsamste, was ich jemals gemacht hatte, und es fühlte sich genau richtig an.

Das Leben war eine Reise, wie Onkel Albert in seinem Brief geschrieben hatte. Man fuhr mal schneller, mal langsamer durch die Jahre, und meistens hielt man den immer gleichen Kurs. Entscheidend waren die Abzweigungen, für die man sich entschied. Das waren die Momente, die ein Leben veränderten.

Ich sah wieder zu Maxime hinüber, der einvernehmlich meine Hand drückte und mich angrinste, und plötzlich dachte ich, dass man mit einem solchen Mann an der Seite alle Abenteuer und Überraschungen meistern konnte, die das Leben für einen bereithielt.

Und kurze Zeit später, als wir wieder auf dem Hausboot ankamen, hatte auch Maxime Lafôret noch eine Überraschung für mich.

Nachdem ich die Urne sicher in dem alten Schrank verstaut hatte, wo auch die Kiste mit den Andenken und die Briefe der Prinzessin lagen, verstellte Maxime mir den Weg.

«Bevor wir losfahren, muss ich dir noch etwas sagen», meinte er, und ich blickte überrascht auf.

Mit einer raschen Bewegung trat er in die Schlafkajüte, zog ein Buch aus dem Regal und hielt es mir entgegen. «Ich habe nämlich auch noch eine Bedingung», sagte er.

«Ach ja?» Ich schaute belustigt auf den Loire-Krimi von Maurice Forestier, den Maxime in der Hand hielt. «*Mord im Gemüsegarten von Villandry*. Schrecklicher Titel, wer denkt sich so was aus?» Ich sah ihn an. «Und was willst du jetzt?»

Seine Augen funkelten, und ich fragte mich, was er nun schon wieder im Schilde führte.

«Ich weiß ja, dass du Kriminalromane nicht besonders schätzt», sagte er langsam, «aber ich finde, du könntest dich doch überwinden und wenigstens *einen* Krimi von mir lesen. Wenn ich schon mit dir an die Loire fahre ...»

Ich starrte ihn entgeistert an. Was faselte er da? Das war sicher wieder einer von seinen Scherzen.

«Wie jetzt ... Soll das ein Witz sein? *Du* willst Maurice Forestier sein? Das hättest du wohl gern.» Ich lachte. «Haha. Der war gut.» Ich stach ihm mit dem Zeigefinger in die Brust. «Aber mich führst du nicht aufs Glatteis, du alter Schwindler.»

Maxime sah mich an und lächelte amüsiert.

«Weder alt noch Schwindler. Maurice Forestier ist mein Pseudonym.»

«Was?»

«Ich dachte eigentlich, dass du eher darauf kommen würdest. Maxime Lafôret – Maurice Forestier. Du hast wirklich keinen kriminalistischen Spürsinn, *chérie*.» Er lachte. «Außerdem habe ich dir gleich bei unserer ersten Begegnung gesagt, dass diese Bücher von mir sind.»

«Ja, aber doch nicht in dem Sinne, dass du sie *geschrieben* hast.»

«Nein? Ich zeige dir gern die Verlagsverträge.» Er winkte mich aus der Schlafkajüte. «Du musst ja immer erst alles schwarz auf weiß sehen, bis du mir glaubst. Komm mit, ich hab sie hier, in meinem Computer.» Er ging voraus und öffnete die Kommode.

«Aber, aber ...» Ich wurde blass. Und dann wurde mir klar, dass Maxime tatsächlich die Wahrheit sagte. «He, du Scheusal, warte», rief ich und lief hinter ihm her. «Du schreibst *Bücher*? Und du hast mich die ganze Zeit in dem Glauben gelassen, dass du ein ... ein ...»

«Hochstapler und Schnorrer bist», beendete er den Satz vergnügt.

«Ja, genau! Ich meine, nein.» Ich sah ihn einigermaßen verlegen an.

«Ich habe dir gesagt, du würdest deine Worte noch mal bereuen, liebe Joséphine, erinnerst du dich?»

Natürlich erinnerte ich mich. Unser Gespräch in der Bar an der Place Sainte-Marthe, als ich noch mit meiner tollen Menschenkenntnis angegeben hatte. Dabei hatte dieser Kerl mich die ganze Zeit an der Nase herumgeführt.

«Und damals auf dem Rosa Bonheur ... da warst du gar nicht ... Ich meine ...», stammelte ich und dachte daran, wie ich ihm an den Kopf geworfen hatte, stets auf seinen Vorteil aus zu sein.

«Ich war in meiner Eigenschaft als Autor eingeladen ... Nicht weil es Gratis-Champagner gab. Obwohl der wirklich exzellent war.»

«Oh ...» Ich wurde rot. «Und diese blonde Frau ...»

«... ist meine Verlegerin.» Er grinste. «Aber keine Sorge ...»

«... ihr seid nicht zusammen», schloss ich schnell.

«Nein, das wollte ich eigentlich nicht sagen.»

«Nicht?», fragte ich verunsichert. «Hast du denn was mit ihr?»

Er lachte. «Joséphine, die Beziehung zu Madame Besier ist rein beruflich. Aber was ich eigentlich sagen wollte ist, dass du dir keine Sorgen machen musst – ich bin nicht einer von diesen Krimiautoren, denen du ein so langweiliges Leben unterstellst.»

«Das habe ich schon bemerkt.» Wenn jemand nicht langweilig war, dann Maxime Lafôret. Er hatte in den letzten Wochen für ziemlich viel Aufregung in meinem Leben gesorgt.

«Eigentlich bin ich Landschaftsgärtner.»

«Aha.» Ich nickte. Zumindest war mein Eindruck, dass dieser Mann sich viel an der frischen Luft aufhielt, richtig gewesen.

«Ich habe oft in den Gärten der Loire-Schlösser gearbeitet, aber auch in Versailles. Und auf dem Château de Villandry habe ich dann nicht nur Albert kennengelernt, sondern auch tatsächlich eines Tages eine Leiche im Gemüsebeet vorgefunden. Sie lag ganz friedlich zwischen den Kohlköpfen.»

«Nein!»

«Doch! Wie sich am Ende herausstellte, war es ein natürlicher Tod. Die Concierge, die dort ihren letzten Atemzug getan hatte, war einfach einem Herzinfarkt erlegen, aber es rückten sofort die Polizei und ein Inspektor an. Auf diese Weise bin ich überhaupt erst auf die Idee mit den Loire-Krimis gekommen, die ja nun nicht so ganz unerfolgreich laufen.» Er schmunzelte. «Es wird dich vielleicht freuen zu hören, dass ich ein Haus in Rueil-Malmaison habe – ganz in der Nähe von Schloss Malmaison übrigens, wo, wie mir sehr wohl bekannt ist, auch einst deine Namensvetterin Joséphine Beauharnais gelebt hat. Die *Kaiserin*.» Er deutete eine Verbeugung an. «Ich bin nicht ganz so ein Banause, wie du denkst, und die Rosengärten dort sind wirklich wunderbar.»

«Ich weiß», hauchte ich und fühlte mich einer Ohnmacht nahe. «Ich bin selbst einmal dort gewesen ... während des Studiums ...» Ich dachte an den Geburtstagsausflug, den meine Eltern mit mir unternommen hatten, und an das hübsche Rosenkissen, das meine Mutter mir damals gekauft hatte – *Les roses de l'Impératrice Joséphine*, war darauf gestickt. Maman würde begeistert sein über diese neue Wendung, von der sie noch gar nichts ahnte.

«Wie schade, dass wir uns nicht schon damals begegnet sind», fuhr er fort. «Das hätte uns sicher eine Menge Ärger und Aufregung erspart.»

Er führte meine Hand galant an seine Lippen, drehte sie dann um und küsste meine Handinnenflächen. «Wollen wir wirklich noch heute Nacht losfahren, *ma chérie?*»

Ich nickte stumm. Ich war noch dabei, alles für mich zu sortieren. «Aber wieso brauchtest du dann mein Hausboot? Wieso hast du dich so vehement geweigert auszuziehen? Ich habe gedacht, du hättest keine andere Bleibe.»

«Vielleicht wollte ich einfach mit dir in Verbindung bleiben? So als dein Mieter.» Er zwinkerte mir zu. «Wenn ich zugelassen hätte, dass du das Hausboot verkaufst, hätten wir uns vielleicht niemals wiedergesehen. Abgesehen davon übernachte ich oft auf dem Boot, wenn ich in Paris zu tun habe. Und wenn ich einen neuen Krimi schreiben will, verziehe ich mich auf die *Princesse de la Loire*, und dann tuckern wir los, Filou und ich, gehen vor Anker, wo wir wollen, und ich lasse mich inspirieren. Deswegen bin ich auch so froh, dass ich weiterhin auf dem Hausboot bleiben kann. Obwohl mein Ansinnen, es vielleicht irgendwann zu kaufen, nicht so völlig unrealistisch ist, wie du immer dachtest. Vielleicht verkaufst du mir die Hälfte, und dann gehört es uns beiden.»

Ich merkte, wie sich die Kajüte um mich zu drehen begann. Ich schwankte ein bisschen, und Maxime hielt mich fest.

«Was ist?», sagte er und strich mir mit einer zärtlichen Geste eine Haarsträhne aus dem Gesicht. «Zu viel Wein? Oder zu viele Überraschungen?»

«Beides.» Ich richtete mich auf und sah ihn vorwurfsvoll an. «Aber ... Aber ... Warum hast du mir das alles nie gesagt?», stammelte ich. «Warum hast du mich die ganze Zeit in dem Glauben gelassen, du seist ein armer Schlucker? Abgesehen davon, dass du dich die meiste Zeit wie ein Grobian aufgeführt hast ...»

Seine braunen Augen funkelten.

«Ach, weißt du, mein Herzchen, du warst so herrlich arrogant, das hat mich irgendwie herausgefordert. Unsere kleinen Wortgefechte haben mir Spaß gemacht, und dann ... tja, dann wollte ich einfach mal sehen, ob eine Frau, die nach einer Kaiserin benannt ist, auch mit einem Vagabunden wie mir ins Bett geht.»

«Aaah, das ist wirklich ... Du bist echt das Letzte, Maxime Lafôret! Ich hasse dich!» Ich schlug nach ihm, und er fing lachend meinen Arm in der Luft ab.

«Ich weiß. Aber du musst mir verzeihen, denn ...» Er sah mich an und wurde plötzlich ernst.

«Denn ...?»

«Ich liebe dich.» Er zog mich an sich und gab mir einen Kuss, der mir den Atem raubte.

«So ... jetzt gib endlich zu, dass ich nicht langweilig bin», sagte er. «Und dann fahren wir los.»

Lachend stürzten wir an Deck, beseelt von all dem Neuen, was gerade begonnen hatte, von all den Abenteuern, die noch vor uns lagen, von all den Momenten, die wir nie vergessen wollten. Und während wir die nächtliche Seine entlangglitten, vorbei an den tausend Lichtern der Stadt, vorbei an dem Eiffelturm, der zur vollen Stunde glitzerte und funkelte wie eine Wunderkerze, während wir den Pont de Bir-Hakim hinter uns ließen und den Pont Mirabeau, der die letzte Brücke von Paris ist, bemerkte ich plötzlich, wie eine kleine weiße Flocke lautlos wie eine Feder auf meinen Mantel fiel, dann noch eine und noch eine.

«Es schneit!» Ich jauchzte wie ein Kind und fasste Maxime bei der Hand, entzückt über das Wunder, das mir heute so unerwartet widerfahren war, entzückt über die Schneeflocken, die sich wie zarte Blüten über alles legten. Über mein Haar, Maximes dunkle Wimpern, unsere ineinander verschlungenen Hände, unser Boot, das allmählich aus Paris hinausglitt, und über die ganze Stadt.

Ich schmiegte mich an den Mann, der am Steuer neben mir stand, legte den Kopf in den Nacken und schaute in den Himmel, aus dem mir Millionen kleiner Lichtpunkte wie Sternschnuppen entgegenwirbelten.

«Frohe Weihnachten!», rief ich glücklich, und mein Herz wurde ganz weit. Und in diesem wundersamen Augenblick hätte ich nicht einmal sagen können, ob ich Maxime meinte, mich selbst oder die ganze Welt.

Weitere Titel

Das Lächeln der Frauen

Die Frau meines Lebens

Die Zeit der Kirschen

Du findest mich am Ende der Welt

Eines Abends in Paris

Menu d'amour

Tausend Lichter über der Seine